哈军工大院的故事

李妍 张淑茳 彭宗德 主编

哈爾濱工程大學出版社
Harbin Engineering University Press

内容简介

《哈军工大院的故事》是由哈军工创建时期的亲历者们所写的回忆录，记载了在哈军工大院里发生的故事，包括哈军工精神、建设初期、教学科研、师生情谊、学生时代、子女对父辈的回忆等六个方面。本书作者均为哈军工时期的学员、教职员工以及他们的后代，诸位作者以生动的文字再现了哈军工的创建和崛起，将自己对哈军工的感恩之情、点滴经历、绵绵回忆都化作文字，诉说着对哈军工的热爱和眷恋，表达了厚重的家国情怀。

图书在版编目（CIP）数据

哈军工大院的故事 / 李妍，张淑茳，彭宗德主编．—哈尔滨：哈尔滨工程大学出版社，2023.8

ISBN 978-7-5661-3932-0

Ⅰ．①哈… Ⅱ．①李… ②张… ③彭… Ⅲ．①回忆录—作品集—中国—当代 Ⅳ．①I251

中国国家版本馆 CIP 数据核字（2023）第 092327 号

哈军工大院的故事
HAJUNGONG DAYUAN DE GUSHI

选题策划 王春晖 史大伟
责任编辑 张 曦
封面设计 李海波

出版发行 哈尔滨工程大学出版社
社　　址 哈尔滨市南岗区南通大街 145 号
邮政编码 150001
发行电话 0451-82519328
传　　真 0451-82519699
经　　销 新华书店
印　　刷 哈尔滨午阳印刷有限公司
开　　本 787 mm×1 092 mm 1/16
印　　张 21.25
字　　数 246 千字
版　　次 2023 年 8 月第 1 版
印　　次 2023 年 8 月第 1 次印刷
定　　价 128.00 元

http://www.hrbeupress.com
E-mail:heupress@hrbeu.edu.cn

编 委 会

主　编　李　妍　张淑茳　彭宗德

副主编　高　峰　于险波　王玉珅　于凯秋　李　刚　秦洪明

参　编　刘文意　章忠光　尚鲜利　李庆芬　王守昌　王勤章

序

军工精神　薪火相传

巍巍学府，苒苒风华。诞生于1953年的哈军工（中国人民解放军军事工程学院，简称哈军工）经历几代人的不懈奋斗，筚路蓝缕，成绩斐然。肩负历史重任的哈军工，历经沧桑，风雨兼程，在与国家发展同频共振中一次次铸就辉煌。哈军工精神成了我国大学发展史上一颗耀眼的明珠，历久弥新，熠熠生辉。在历史发展的长河中，留存史料，是我们这一代人的任务，我们责无旁贷。

精忠为国，求真务实。哈军工虽然只有短短的13年历史（1966年哈军工转业改制），但哈军工人以祖国需要为第一需要、以国防需求为第一使命、以人民满意为第一标准的最高价值追求，以勇担重任的风范不断为国家船海事业建功立业。1953年，在首任院长陈赓大将的带领下，全体师生“三边并举”，培养和造就了一大批优秀的国防现代化建设人才，创造了数十项“共和国第一”。哈军工秉承“以教学为中心，一切为教学服务”的理念，尊师重教，首先提出“两老办院”的方针；从严治校，在艰苦卓绝的奋斗过程中，孕育了光耀千秋、泽被后世的哈军工精神。

凝心聚力、拼搏奋进。哈军工在创办之初的短短几年内就拥有了当时国内一流的校园、一流的设备、一流的专家，迅速成长为国内一流大学，这归功于哈军工人拥有齐心协力、勇于拼搏的精神。今天，哈军工精神仍然引领学校在内涵式发展的道路上不断转型升级，以加快推进高水平的人才培养体系建设、培养德智体美劳全面发展的社会主义建设者和接班人为目标，先后进入“211工程”建设院校、国家优势学科创新平台、“双一流”建设高校名录，并已建成“三海一核”领域特色鲜明的研究型大学，正在向特色鲜明的世界一流大学迈进。

岁月不居，时节如流。更迭的是春秋冬夏，不变的是初心使命。一代人有一代人的任务，一段路有一段路的风景，始终不变的是哈军工的精神气魄，始终坚守的是甘为人梯、砥砺奋进的家国情怀。正是因为有哈军工精神的传承和激励，哈船院（哈尔滨船舶工程学院，简称哈船院）、哈工程（哈尔滨工程大学，简称哈工程）才有了发展和超越的精神动力。从军工圣殿走出去的学子们，将梦想的足迹留在了祖国的大地上、蓝色的大海里，让哈军工精神在新时代焕发着璀璨的光辉。

后浪奔涌，薪火相传。继承和发扬哈军工精神，讲好哈军工的故事，留住哈军工的记忆，让历史文化起到春风化雨、润物无声的作用，是我们的职责所在，也是形势所需。哈军工的文化遗产时刻鼓舞当代哈工程师生勇担新时代赋予的新使命，以更坚定的信心、更扎实的工作、更优异的成绩、更奋进的姿态迈进学校内涵式发展的新征程。

心若年轻，岁月不老。在学校70载华诞到来之际，让我们跟随《哈军工大院的故事》，传承和践行宝贵的哈军工精神，沿着历史的足迹携梦前行，与时俱进、攻坚克难，为实现中国梦不懈奋斗，在中华民族伟大复兴的征程中续写海洋强国新篇章。

编　者

2023年5月

目　录

第一篇

筚路蓝缕　以启山林

菁菁者莪——杨士莪：倾听大海的声音

哈工程教师　唐晓伟

杨士莪院士崇文重教，一心向学，顺应时代，服从需要，终成学界泰斗。他的人生经历，展现了百余年来国家命运的风云激荡、中国水声科学发展之路的曲折与艰难，以及以他为代表的哈尔滨工程大学师生“谋海济国”的使命担当和执着坚守。“倾听大海的声音”，既是倾听杨士莪“汇小流以成江海”的成长足音，又是对他所从事的水声事业的形象描述，更是倾听包括哈尔滨工程大学师生在内的千万科技工作者为强国梦想奏响的磅礴的时代强音。

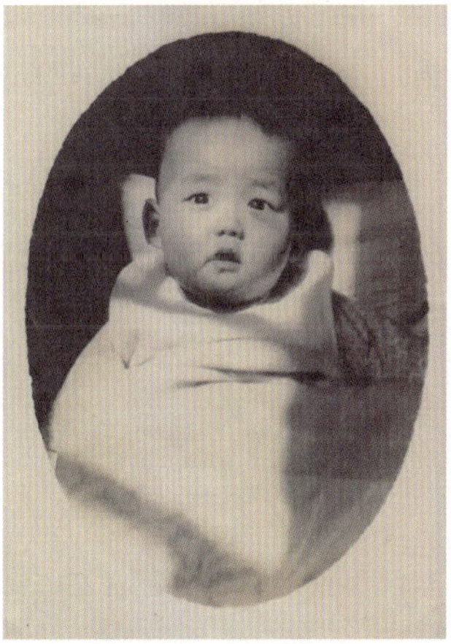
襁褓中的杨士莪

家风重教

1910 年，杨鹤汀、杨廷宝父子摄于南阳县城隍庙后院

1931年8月9日，农历六月廿六，杨士莪出生于天津市英租界马场道。在家国不幸中，这个蕴含着无限生机与希望的小生命，注定要像他的亿万同胞一样，在民族苦难的命运旋涡中饱受艰难困苦与颠沛流离。

国学功底深厚的杨士莪的祖父杨鹤汀反复考虑，为这个杨家“士”字辈长孙挑选了一个“莪”字，取名“士莪”。语出《诗经·小雅》中的《菁菁者莪》：“菁菁者莪，在彼中阿。既见君子，乐且有仪。”“莪”是一种生长在水边的多年生草本植物，生命力顽强。诗以“莪”之茂盛，生长在山陵水边，意指人才的成长。《诗经》有注本说：“菁菁者莪，乐育材也。君子能长育人材，则天下喜乐之矣。”后世用“菁莪”指育材，是对培育人才的赞美。“士莪”二字，凝结着一生致力于教育救国的祖父杨鹤汀对孙子的殷切期望。

命运中一个令人惊叹的巧合是，杨士莪的毕生研究领域的确与“水”密不可分，着实“生长在水边”，他也的确成长为我国水声领域的战略科学家，并为这一领域培育了大量领军人才，此是后话。

杨家子弟以父兄为榜样，崇文重教，诗书传家。几代人亲历了古老的中国从历经苦难到蜕变重生的过程，这个过程艰苦卓绝且缓慢痛苦，但即使在兵荒马乱、朝不保夕的艰难岁月，这个家族也坚定地保留了“几颗读书的种子”。多年后，杨廷宝、杨士莪及众多杨家子孙成就了“一门两院士，满门科教才”的家族荣耀。

杨士莪与父母、姐弟在北京四合院住所内合影

少年励志

1940年秋天，杨士莪插班进入歌乐山下的高店镇中心小学五年级学习。这所六年制的小学始建于1925年，整个学校有二三百人。学校没有校钟，上下课以学生摇铃为号。杨士莪与冰心之子吴平、

国民党高级将领王耀武之子王志林是同学。他还曾到吴平家——冰心在歌乐山的寓所“潜庐”做客。后来杨士莪学到语文课本里冰心的散文《笑》时，总会想起冰心阿姨那慈爱的微笑。良好的启蒙教育让杨士莪在这所小学里如鱼得水，每次考试都稳居第一。尽管有点儿淘气，但班主任王鹏飞老师对这个聪明伶俐的插班生却格外喜爱，毕业时以照片相赠留念。

1941 年，杨士莪报名重庆南开中学时留影

1941年秋，杨士莪提前结束了小学的学习，以同等学力顺利考入重庆南开中学初中部。从此，他接受了更严格的教育，学习科学、认识人生，由懵懂孩童成长为具有爱国意识的少年，奠定了他一生进修的基础。五年的“沙坪岁月”铸就了杨士莪更高的人生起点，也翻开了他新的人生篇章。

杨家此时经济上很窘迫，杨士莪姐弟五人先后就读于重庆南开中学，家庭负担颇重。父亲杨廷宝工作繁忙，常在嘉陵江畔的红薯挑上买两块红薯充饥，有时能吃上两三块热烧饼就算不错了。杨家在房前屋后养鸡、种菜，贴补家用。但即便再清苦，杨氏夫妇也从未放松对孩子的教育，一直非常关心孩子们的学习，常在寒暑假时邀请学校的老师及一位同住在歌乐山上的马来西亚华侨为杨士莪姐弟补习数学、英语等课程。在父亲这把大伞的支撑下，一家人在战火中抱团取暖，互相支撑。

“沙坪岁月”同时也翻开了杨廷宝新的人生篇章，他在此时走上了以从事建筑设计为主，兼顾建筑教育的新的职业道路。

大学求索

风华正茂的杨士莪在大学时代的留影

父母希望杨士莪考中央大学，因为学校就在家门口，但杨士莪向往远行独立，过不在父母眼皮子底下的自由生活，因而他选择了清华大学。至于专业，父亲当年选择专业的经历成了杨士莪最好的借鉴。

因为父亲的缘故，杨士莪对清华园有着天然的亲切感。1947年仲秋的一天，位于北京西北郊的“故园”迎来了这位行色匆匆的“新人”。由于接到通知书较晚，当杨士莪赶到学校报到时，只得在清华园北面带有外廊的平房——“二院”找了个栖身之处，与二十余位同学挤住在一间有上下铺的宿舍里。在这里，杨士莪遇到了诸多中学时代的同窗好友，如一同考入理学院物理系的周光召、陈遂等。他带着初入清华园的新奇和对知识的渴求，开始了大学生活。

杨士莪的成长成才经历就是他的教育观点的最好注脚。十余年的教育经历带给杨士莪的，除了知识与治学的方法以外，更重要的是自强不息、厚德载物、自由独立的精神和思想，这是他未来人生路上取之不尽的精神财富。

20世纪50年代初，对于即将走出大学校门的杨士莪等同学来说，他们要面临的是一个民族的新时代，也是人生的新阶段，他们将有更多发挥天赋与才能的机会，也将有更大施展抱负的空间。未来的道路该如何选择，才能不辜负这个伟大而崭新的时代？杨士莪期待着下一道人生选择题……

1950 年春，清华大学物理系同学欢送杨士莪等人参军时留影

初登杏坛

分别在即，杨士莪与高伯龙、周光召等几位同窗好友之间并没有什么离愁别绪，他们甚至带着踌躇满志的向往和兴奋之情，在大学驿站准备再出发时，他们或将继续读研深造，或将服从组织分配参加工作，或将参军入伍。在有限的选择自由下，面对不同的人生道路，几个人围坐在床铺旁，杨士莪、周光召将几年来“合资”买的书摊了一床，为公平起见，由高伯龙为二人“分家”。杨士莪告别恩师、好友，踏上了前往大连的行程。“此地一为别，孤蓬万里征。”投身海军的决定从此开启了他与海结缘的生命旅程，尽管当时他自己也未必意识到这一点。

上课备课、队列点名、出操训练、内务卫生……对杨士莪来说，在大连海军学校平淡而拘束的两年时间，他最大的收获是完成了从一个普通百姓向一名军人的转变，这让他自由散漫的性格有所收敛。在部队这个“大熔炉”里，他得到了更全面的淬炼，军人的组织性和纪律性增强了他性格中刚性的一面。勇于担当、敢打敢拼、艰苦奋斗、集体主义……经过两年军队生活的锻造，曾经的文弱书生初步具备了战士的品质。

1952年9月，中央军委向全军下达了《关于调查登记大学、专科学校学生及各种技术人才的指示》，要求各单位在一个月内将登记情况上报中央军委。同年冬天，大连海军学校等院校接到由中央

初入哈军工的杨士莪

军委下达的令其颇感棘手的指示——“抽调300名助教及1 000名学员到军事工程学院任教和学习”。国家决定从全军抽调具有大学学历的知识分子，筹建中国人民解放军军事工程学院。中央军委点名抽调大连海军学校40多名教员，杨士莪名列其中。

年轻的杨士莪热情而努力，浑身充满了力量。谦虚好学的性格使他不断向从全国选调来的名师求教；学院“严谨、严密、严格”的教风，让他性格中的随性洒脱进一步收敛；备课、写讲稿、试讲，他脚踏实地、一丝不苟地过好教学关……作为助教的他与学员、教授和干部们一样，在各自的岗位上求学上进，那股向科学文化进军的激情饱含着为国而学的光荣感和使命感，这种报国情怀将整个哈军工变成了一个奋发蓬勃的大课堂。

哈军工大院就像是一片生机勃勃的树林，杨士莪与周围那么多优秀的同伴在像阳光一样强烈的“强国之梦”的照耀下，拼尽全力向上生长。

杨士莪在哈军工第一次学术报告会上作报告

“君子藏器于身，待时而动”，杨士莪默默积累着足以实现自我理想的能力，而命运送给他的奖赏——至关重要的人生机遇，正在向他悄悄地走来……

结缘水声

1956年是年轻的杨士莪命运转折的一年。在这一年，随着《1956—1967年全国科学技术发展远景规划》的制定，赴苏进修的机会降临到杨士莪的身上，水声科学从此走进他的学术生命，他也因此踏上全新的学术起点。

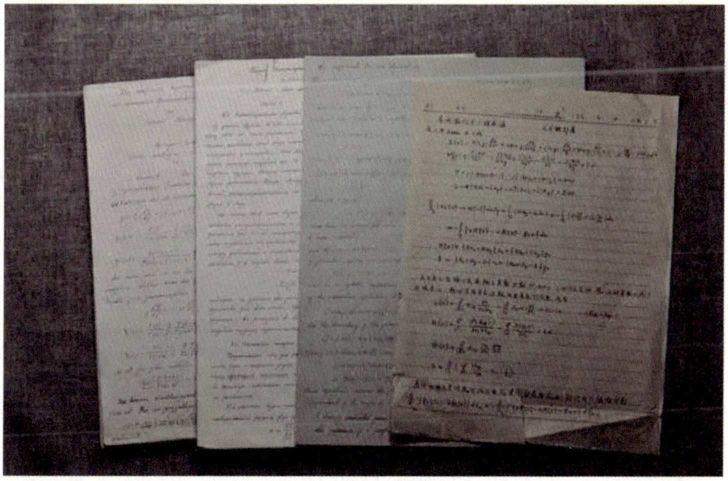

杨士莪在苏联留学期间，用四国文字书写的科研手稿
（现收藏于哈军工纪念馆）

杨士莪在苏呼米水声实验站考察时留影

对杨士莪来说，从在莫斯科学习水声理论，到在苏呼米水声实验站参观的感性认识，再到参与组织、亲力亲为地介入真正的水声考察，他可算是完成了转行的“三级跳”。兴奋之余，他也曾沉思：中国何时才能依靠自己的力量进行这样的考察？杨士莪用了35年的时间回答这个问题。直到1994年，杨士莪以首席科学家和考察队队长的身份，主导了中国人自己对南海的水声考察，使中国人掌握了自己国家典型海域的水声环境特点及主要参数规律。

创建专业

1960年夏天，在完成南海考察的工作，得到中国科学院电子学研究所水声研究室领导的同意后，杨士莪坐上了返回哈尔滨的列车。车厢里东北老乡们浓重的口音让他感到淳朴而可爱。回到已阔别三年多的哈军工，飞檐碧瓦上的啸天虎、朱红立柱的中国气派、久违的军工大院让杨士莪感到亲切而温暖。

杨士莪初返哈军工时，正值国内刚刚掀起“水声热”，水声教育正处于摸索阶段，水声工作的规划布局开始得以落实。哈军工的声呐专业虽是国内水声领域最有代表性的“排头兵”，对声呐也开始有所研究，但师生在湖上、海上试验时，经常发现很多试验现象并非单纯是从设备角度就能解释清楚的。为此，师生明显感到已有的专业限制，很有改革的必要性。但改成什么样，怎么改？这些问题时常徘徊在何祚镛、辛业友、周福洪、王鸿樟、谢钟朝等声呐专业创建者的头脑中。

杨士莪是拓宽专业领域最积极的倡导者，也是最坚定的推进者和执行者。他逐步拓宽自身在水声领域的涉猎范围，除水声传播外，还逐步涉及信号传播起伏与水下噪声领域，并着手编著《水下噪声学》一书，这是国际上较早集中论述水下噪声机理的专著。

从1960年院系下定决心拓宽水声专业开始，专业的筹建几乎与招生、授课同步进行。在其后一年多的时间里，从谋划专业设置到培养青年教师，从白手起家编写教材到万事俱备招收学生，对于杨士莪等水声专业的师生来说，每一天的工作强度都很大。面对这项开创性的事业，他们目标明确、心无旁骛、快马加鞭，也正因为这种“纯粹”与“简单”，这项事业的每一个环节都变得简洁而高效。

杨士莪在指导研究生

如果把杨士莪放进历史的坐标系中，他对今天的贡献之一，就在于在他的倡导和包括他在内的哈军工海军工程系师生的共同努力下，中国水声教育的新局面被别开生面地开创出来。他们开辟了中国水声专业新的专业化领域，也翻开了中国水声专业人才培养的新篇章。

陈赓院长为实习工厂试车典礼剪彩

哈军工教工　王勤章

1954年是哈军工建设的关键一年。院党委一班人团结一致，率领全院教职员工抓好各项建设工作，学校二期基本建设工程在当年3月份就轰轰烈烈干起来，五个系的五座教学楼拔地而起，这让陈赓院长颇感欣慰。

为保证学员所学的知识能够更好地应用于实际，学院特成立了哈军工生产实习工厂。实习工厂成立初期，仅有从华东军区军事科学研究室调来的尚文浩、左雪农、陆仲卿、马和卿、郑留均、端礼圣、周启林、高旋凯和倪风根等十几名老技术工人，以及十几台旧机械设备。经过两年的艰苦奋斗，8 914平方米的新厂房终于建成，并拥有近百名职工以及168台机械设备。这一切令陈赓院长兴奋不已。

1954年6月1日这天早上，技术部部长李焕大校和其他部领导、实习工厂领导及全体职工齐聚工厂门前，等候陈赓院长的到来。当身着崭新军装、神采奕奕的陈赓院长到达实习工厂门前时，掌声雷动，陈赓院长笑着向大家挥手致意，并向同志们问好。

剪彩仪式上，陈赓院长发表了讲话。在讲话过程中，他拍着实习工厂首任厂长刘长禄的肩膀说："小刘啊，咱们实习工厂的设备都是从国内外订购来的新产品，要让它们发挥作用，为教学和科研服务，这就要看你的了！"

1954 年 6 月 1 日，陈赓院长为实习工厂试车典礼剪彩

剪彩仪式结束后，陈赓院长步入实习车间，实地观看了学员的实习作业情况。

为了培养能够理论联系实际、又红又专的现代化军队建设人才，学院领导特意安排第一、二期学员进厂实习，把实习工厂建设放在学院第一期建设项目中。

陈赓院长（左二）在实习工厂观看学员实习作业情况

实习工厂隶属技术部，主要承担机械工艺教学实习任务和科学研究试制及生产任务。由于实习工厂是技术性很强的单位，学院和技术部领导选派了专业技术水平过硬的人员担任实习工厂的领导，刘长禄（由清华大学调来的教员）任厂长，欧阳（由某部队调来的机械专家、上海交通大学的高才生）任副厂长，李景山任党委书记。

建厂初期，首任厂长刘长禄在教研室还有工作，到实习工厂来的时间很少，实习工厂筹建任务主要由欧阳副厂长和苏联专家合作完成。根据党的教育方针和培养军队现代化建设人才的要求，欧阳副厂长和苏联专家提出，实习工厂应能完成教学实习、科研试制、生产三项任务，并以此为办厂指导思想，带领当时仅有的干部和工人全力投入筹建实习工厂的任务中来。他们规划实习工厂的规模和布局、调配设备和人员，仅用两年的时间就完成了实习工厂的建设。

刘长禄厂长不久就被调走，后来先后由李洪辅、尚文浩任厂长。

工厂下设厂办、生产股、技术股、供应股、机加车间、实习车间、铸造车间、锻焊热处理车间和电工车间。

对于到实习工厂来实习的学员，不同的专业有不同的要求。一般来说，机械类专业实习课程为八周，机电结合类专业实习课程为四周，这些都属于基础实习课程。根据学员的不同专业要求和课程长短，经机械工艺教授会与实习工厂的领导们研究，由机械工艺教授会拟定实习教学大纲，经训练部批准，由实习工厂和机械工艺教授会共同组织实施。

实习工厂党委和厂领导团结一致，认真贯彻学院办学方针，率领全厂职工发奋图强、自力更生，发扬“一不怕苦，二不怕死”的革命精神，动员全厂职工积极投入教学实习工作中来。对于能在哈军工工作，能为培养军队现代化建设人才出力，能为国防现代化建设做贡献，全厂职工都感到无比骄傲和自豪。全厂职工一致表示：这是领导对我们的信任，我们一定把信任当责任，积极响应党委号召，团结一致，努力学习毛泽东思想，学习技术理论知识，提高思想觉悟和业务水平，保证按教学大纲要求完成教学实习任务。全厂职工积极投入实习准备工作中来，重点做好以下几方面准备工作。

一是组织一部分技术干部绘制各种机床传动原理图、金属切削工艺示意图及各种工具图，并挂在实习车间的墙上。同时，组织技术工人制作各种不同的结构零件标本，如齿轮、齿条、涡轮蜗杆、螺栓螺母、轴、平面、沟槽等各种结构零件和各种切削刀具、工具，并布置到标本柜内，供学员参观，这凸显了教学氛围，有助于辅导老师讲解和学员学习与使用。

二是教学与生产劳动相结合，理论联系实际，提高教学质量，既培养人才，又出产品，为国家创造财富。经多方研究和论证，实习工厂选择Z512型台钻为教学实习产品，它的构造简单，体积不大，生产周期短，各种零件的加工工艺过程又能满足教学大纲的要求。实习产品确定之后，技术人员就抓紧准备Z512型台钻图纸，并编写每个零件的工艺文件，很快就完成了产品准备工作。

三是加大培训力度，提高工人师傅的实习指导水平。教学实习活动是教学活动，教学活动是教员与学员双向互动的活动，从教的过程来讲，教员是教学活动的主体，即指导教学实习的师傅是主体，指导师傅的业务水平直接关系到教学实习效果。实习工厂的领导根据这一实际情况，开展对辅导学员实习的师傅进行技术理论和实际操作技能培训。请机械工艺教授会的张风岗教授、陈振刚讲师等为技术工人师傅讲授金属切削原理、机床概论、工差配合等理论课程，使他们在技术理论方面得到系统化的提升。同时，实习工厂组织辅导实习的师傅试讲，要求每位师傅在达到能写明白、能讲明白、能做明白的水平之后，方可承担实习指导工作。

在实习中，辅导师傅认真负责地向学员传授金属切削原理、机床结构、传动原理、操作方法、安全注意事项及各项要求，学员在练习机床操作时，辅导师傅及时检查，发现问题后及时纠正。

学员在实习工厂进行生产实习

在零件加工环节，辅导师傅示范动作严谨准确，边示范边讲解工件的安装方法，正确选择切削速度和进刀量、质量检查方法，以及注意事项和要求。在操作过程中，为确保学员人身安全和产品质量，辅导师傅要不断巡视，发现问题要果断处理，并向学员讲明原因。对学员的重大的不当操作行为，辅导师傅要召集本工种全体学员进行讲评，以示教育大家，防止再发生类似问题。对实习中学员提出的各类问题，辅导师傅能够热情、准确地为学员解答，直到学员弄懂为止。

辅导师傅根据学员表现及其工件加工质量和知识掌握情况给学员评定成绩。等所有工种实习结束，再由车间根据各工种成绩给出每位学员的实习总成绩。

每期实习结束后，实习工厂都以工种为单位召开总结会，学员、教员和工人师傅共同畅谈在教学实习中的体会和收获，以及存在的问题。学员们普遍认为，教育与生产劳动相结合、理论联系实际的教学方法，对培养与提高大家的政治思想觉悟、技术理论知识、实际技能和创新能力是行之有效的。

一期又一期，一年又一年。实习工厂始终把教学实习工作放在首位，十几年来培养了上万名学员，为中国现代化国防建设做出了重要贡献。

朱德同志到哈军工海军工程系船模试验水池参观纪实

哈军工海军工程系教工　马文彬

1957年春天，哈尔滨的气候刚转暖，就传来朱德同志要来黑龙江省视察的消息。当时我就想，朱德同志必然会来哈军工视察，但能否到我工作的实验室参观就不一定了，更想不到是由我担任接待主讲的工作。因为那时我刚由大连海校毕业调入哈军工，而实验室主任江云同志是上海交通大学毕业多年的老党员，他理所当然是最合适做接待工作的人选。而事情的发展往往是出人意料的，几天后我接到船模试验水池是朱德同志参观项目之一的通知，学院确定由我担任接待主讲工作，而江云同志则被派去外地出差了。

得知消息后，实验室全体工作人员既兴奋又紧张，大家均做着各项准备工作。首先是环境大清扫，由于人力有限，舰艇制造专业的学员也加入了大清扫行列，大家把天气转暖后刚启封的双层玻璃窗户擦得锃亮，还将室内的设备、水池的墙面等打扫得干干净净，我们就这样忙碌了三四天。

实际上哈军工的全体人员在那几天都在忙着搞环境卫生，而实验室人员也忙着做试验设备保养工作并将设备调试到待机状态。当时经过领导研究及反复讨论，最后选定了航速既快又能在试验过程中提升船体的方案，使用浪花会从四溅逐渐变化成平静的水翼快艇船模作为演示船模。而我则是要反复熟悉报告词及演示前后的讲解内容，做到在正式讲解过程中没有失误。我们还反复练习演示了操作次序，做到万无一失，等待朱德同志来学院参观。

1957年4月24日上午，朱德同志在众多随行人员的陪同下由31号楼东侧二楼的楼梯口下楼，走向一楼的实验室大门，负责陪同的有副院长刘居英、海军系主任黄景文及省市领导欧阳钦等人，还有苏联首席顾问以及几位记者和保卫人员。当看到朱德同志下到一楼后，在实验室门口等候多时的我立即迎上去，敬礼并作报告。

报告开始时我还是有些紧张，在报告结束时竟忘了介绍自己，当时在一旁的黄景文系主任提问式地提醒道："你是谁啊？"我立即明白了，马上补充说："报告人，中尉工程师马文彬。"

朱德同志见此情景，慈祥地笑了。随即参观人员鱼贯进入实验室，我面向朱德同志进行主讲介绍：船模试验水池的任务及水池的主尺度、主要设备的功能、将试验资料按相似理论如何换算成实际的船艇水阻力以供舰艇设计时应用，还有船模制作的工艺方法等。

等我介绍完毕后，随着操作系统的铃声响起，站在各自工作岗位上的实验室人员黄锡荣、徐万琥等同志就启动了重力式的船模拖动装置及记录仪，使早已安装妥当且静浮在水面的水翼快艇起航，并一直加速到船体首部抬起，进入匀速时的水翼滑行状态。起航时逐渐加大的浪花也在滑行状态时减少了许多，整个试验过程很成功，船模在航行时各个阶段的姿态及形象十分直观逼真，得到了参观者的赞许。

随后，众人参观了陈列在水池旁船模架上的各类舰艇船模以及水池的主要辅助设备。我在向大家介绍的同时，也回答了朱德同志提出的一些问题，诸如，在设计过程中是否要做船模试验、制作船模的工艺要求等。参观现场虽然因人员众多而有些拥挤，但秩序很好，也很安静，仅有个别记者想抢占有利位置进行拍摄工作而跑来跑去。整个参观过程持续了近一个小时，结束时朱德同志向实验室工作人员道谢并与我握手道别。那时的情景至今让我难以忘怀。

1958年，海军系在哈尔滨市呼兰河畔建设了一个实船试验基地（彭德怀当年曾去该基地视察）。船模试验水池的任务也就因此变得更加繁重，因为要为实船试验基地提供资料支持。

我国第一条水翼艇、第一条气垫船的实船试验就是在呼兰河基地完成的。当然，船模水池资料的供给也功不可没。如今，船模水池已经退出造船专业，移交给水声专业，做水声声呐实验之用。

后来，哈尔滨船舶工程学院的造船专业在哈军工的“坦克库”原址建造了一座足有一百米长的桥架式拖拽船模试验水池，还配置了可以变频的造波装置以及各种配套的仪器设备，大大提高了测量数据范围及精度，它是从属于造船专业的重点的、必备的实验设备，属中型号船模试验水池。而朱德同志当年参观船模试验水池的照片就挂在水池入口处的走廊墙壁上，作为哈军工建设发展过程中的一个历史见证。

彭德怀、邓小平先后视察实习工厂

哈军工教工　王勤章

1958年8月31日清晨，彭德怀参加完北戴河中央政治局扩大会议之后，带着秘书郑文翰和警卫参谋景希珍，在时任黑龙江省委书记的欧阳钦、时任辽宁省委书记的黄火青的陪同下到东北地区视察。到达哈尔滨后，彭德怀一行住进南岗区颐园街1号招待所。9月1日，彭德怀在时任哈尔滨市市长的吕其恩的陪同下视察有关单位。

9月2日，彭德怀刚刚吃过早饭，哈军工政委谢有法和副院长刘居英走进招待所。“彭总您好！”两人同时向彭德怀敬礼。彭德怀高兴地握住两位院领导的手说：“今天就搬到你们军工学院住，好好看看你们学院。”刘居英挽着彭德怀的手臂，笑道：“彭总，请您上车吧！”

车到哈军工小红楼区停了下来，彭德怀下了车，抬头望着这栋二层小楼。刘居英指着3号门说："这里本来是为陈赓院长准备的，现在改为招待所了。彭总，您就住在这里吧！谢政委住2号门，我住1号门。"

"哦？"彭德怀乐了，"我同你们两位做邻居了！"哈军工保卫部的刘振邦科长安排彭德怀和随行人员住下。

彭德怀从洗手间出来，问刘、谢二人："今天上午咱们看什么啊？"刘居英说："先到实习工厂看看，时间多的话再到空军系参观。"彭德怀兴致勃勃，一挥手说："走吧！"

实习工厂里，机器轰鸣，一派繁忙景象，学员们在实习教员和工人师傅的指导下，按要求认真地操作机器。

彭德怀在厂领导的引导下来到车间，他走到车床实习区，在一个正在操作车床的学员面前停下来，关切地问道："你是哪个系的呀？叫什么名字？"这个学员个头不高，敦敦实实的，浓眉大眼，留着浓密的寸头。听见首长问话，他连忙按下开关，将机器停了下来，抬头向首长敬礼道："报告首长，我是装甲兵工程系的学员，我叫刘世参。"说完，他惊讶地看着彭德怀，一下认出来眼前这位像个退伍老兵的人正是彭德怀，他紧张得有点结巴了："彭……彭元帅，您好！"

彭德怀被这个学员的样子逗乐了，伸出大手来，刘世参赶忙拿来棉纱擦去手上的油污，激动地握住彭德怀的手。其他学员、实习教员和老师傅在谢有法的招呼下围拢过来，共同鼓起掌来。

彭德怀（右一）在实习工厂与学员亲切交谈

刘居英介绍道："今年春天开展勤工俭学运动时，装甲兵工程系在22天里设计、试制成功'松花江8号'拖拉机。因为是以煤气代替柴油，很受省里工业部门的欢迎，要求我们加紧生产呢！"

彭德怀说："好！这样做很好，方向对头，是社会主义的办学方针。"彭德怀对哈军工教学、科研与生产劳动相结合的做法十分满意。他与学员和工人们握手，笑着说："很不简单喽，你们可以试制拖拉机，以后就可以试制坦克车了嘛！"他又转身对刘居英和谢有法说："过去学校实习把好材料做成废品丢掉了，现在制成成品，成了有用的零部件，这个方针要坚持。全军的军械、工程等技术学校，都要像你们这样，把教学和生产劳动结合起来。"

彭德怀又和老工人曹保玉交谈了一会儿才离开实习工厂，去空军工程系视察。

9月3日凌晨，郑文翰接到来自毛泽东同志秘书的电话：“主席要彭总飞回北戴河开会。”

8点钟时，谢有法和刘居英一起来到3号门，在门口踱步的彭德怀微笑着对谢、刘二人说：“我要回北戴河开会，军工我还没看完呢，等我开完会再回来接着看。”

9月7日，彭德怀又飞回哈尔滨，继续视察哈军工。从7日下午开始，他先后参加了院党代会，参观了海军工程系、装甲兵工程系、工兵工程系，还到呼兰河参观顾懋祥科研小分队，观看了“水翼艇实验”，参观了化学、机械、物理教授会等单位。

9月11日下午，彭德怀在全院大会上讲话。

军号响过，各单位人员列队来到军人俱乐部西门广场，席地而坐，等待彭德怀。3点，在谢有法和刘居英的陪同下，彭德怀身着绿色军装，健步向俱乐部走来。全院干部、教员、学员、战士、职工们热烈地鼓掌。彭德怀一边鼓掌，一边微笑着向大家招手致意。3点半，彭德怀走上讲台，摘下大檐帽，坐在一张普通的双屉办公桌后面开始讲话。

彭德怀首先分析了国内外的局势，接着谈到社会主义阵营的强大和我国工农业战线上飞跃发展的形势，最后他对哈军工的办院方针作了指示：“学院现在的办学方向对头，是正确的，学院是为社会主义服务的。同时，学院贯彻了理论与实践相结合，教育与生产相结合的社会主义的勤工俭学的办学方针，希望学院把这一正确方针认真贯彻下去……学院今后应当本着教学相长的方针，充分发扬教学民主，老年人与青年人要相互尊重、互相学习，为共同办好学院而努力。”

彭德怀一口气讲了两个小时，最后全院同志起立，以雷鸣般的掌声、敬仰的目光，感谢彭德怀的谆谆教诲。彭德怀边走边向大家挥手致意。军工的莘莘学子是国家的未来，是国防事业的希望，彭德怀是多么喜欢这些朝气蓬勃的青年人啊！

9月13日，彭德怀在哈尔滨三大动力参观，下午三点，飞往齐齐哈尔市。

就在彭德怀离开哈军工的两天后，9月15日，时任中共中央书记处总书记、国务院副总理的邓小平，中共中央书记处书记李富春，中共中央办公厅主任杨尚昆等中央领导来到学院视察。

哈军工的许多老干部都是邓小平在二野时的老部下，邓小平老政委来视察的消息，一阵风儿似的传遍全院。谢有法、刘居英率领院党委主要领导同志在1号楼大门口迎接邓小平一行。邓小平对谢、刘二人说：“很早就想来看看你们学院，现在才有机会，八一建军节的时候在北京看了你们的成果展览，很令人鼓舞嘛！这一回和富春、尚昆同志一道，亲眼看看你们的学院。”

在院办会议室，刘居英重点汇报了学院技术革命的大好形势，尤其是空军工程系开展的哈军工最大的项目——新型歼击机设计。邓小平十分重视这个项目，他说：“看一看我们国家发展航空工业所走过的道路就明白了，从仿制转向自己设计，与其晚走不如早走，不要怕失败。通过试制，可以带动工业跃进，你们军工出了题，我们就好做文章了。”

一整天的时间里，邓小平一行视察了实习工厂、空军工程系、炮兵工程系和海军工程系。

夕阳西下时，邓小平一行结束了视察，要离开哈军工返回市内宾馆，谢有法、刘居英为其送行。邓小平望着几座系大楼，抿着嘴，思忖一会儿，这才满意地点点头，与哈军工领导们握手告别。

9月21日，彭德怀结束对齐齐哈尔、富拉尔基、白城子和沈阳的视察后返回北京。10月7日，彭德怀向党中央和中央军委提交了报告，在报告中，彭德怀比较客观而详细地评价了哈军工的各方面情况。数十年以后再来看这份报告，仍能感受到彭德怀对哈军工成功办学的那份由衷的喜悦之情。

彭德怀在难以抑制的兴奋中结束了他的东北之行。他在报告中，对如何抓好国防科研和军工生产、如何办好军事院校等重大问题提出了许多有远见的建议，这些建议是我党、我军的宝贵财富，对哈军工人来说，更是极大的鼓舞。

陈赓院长要建一个机械厂（四海机械厂）

哈军工教工　王勤章

1958年，在“鼓足干劲、力争上游、多快好省地建设社会主义”的年代，学院因势利导，提出了“面向部队搞科研”。部队的实际需要，成为学院技术革新和技术革命的强大推动力，学院掀起了空前的“大搞科研、猛攻尖端”的热潮，全院科研人员在技术革新和技术革命中完成了很多科研项目，诞生了多个“第一”的军事技术成果。此时，中央军委准备在北京举办一个反映院校技术革命成果的展览会，陈赓早早就把这个消息告诉了学院，他在电话里叮嘱刘居英道：“精选最好的成果，配备精干的参展人员，抓紧准备。”

哈军工从上百个科研成果中精选了36项作为展品，其中12项达到当时的国际水平。展品运到北京，准备向“八一”建军节献礼。陈赓不顾医生要他节劳的劝告，几次抱病来到展室，逐一观看展品，让参展的教员详细讲解给他听。听完后，他又把解说词推敲了一遍，并提出修改意见。这次展会让陈赓院长看到了哈军工的希望，看到了我国国防现代化的希望。

展览室布置妥当之后，陈赓院长逐一打电话邀请中央和军委领导来参观："哈军工向党中央汇报来了！很多高水平的科研成果，无论如何要来看看呀！"陈赓院长一开口就能把对方感动得非答应不可。

"八一"建军节这天，陈赓院长早早就等在展室的门口。上午，刘少奇、朱德、邓小平、林伯渠、彭德怀、叶剑英、粟裕、黄克诚和军委各总部、各军兵种的首长们来到了展室。一时间，展室里将帅如云，挤得转不过身。见此情景，陈赓院长备受鼓舞。

"实在对不起啊！彭总、叶参座。"陈赓院长直向彭德怀和叶剑英道歉，"地方太小，大家挨挤了。"

彭德怀打趣地说："只要你军工多出成果，我们也不怕挨挤了！"

陈赓院长亲自引导首长们参观，并逐一介绍展品。

看完展览，中央领导和军委首长与哈军工等院校参展人员合影留念。中午，军委首长又和哈军工的同志们共进午餐。彭德怀和叶剑英分别讲话，赞扬哈军工取得的丰硕成果，勉励大家继续努力，发明、创造出更多的新型军事装备。

三个月后，11月12日，海军工程系在北京海军大院俱乐部又单独举办了一个科研成果展览。展品中有海军工程系的"901"计算机、水翼快艇、自航水滴型袖珍潜艇、铁淦氧电声转换器、声速梯度测量仪等国内首创且达到国际水平的军事科技成果二十余项。

那天，陈赓请来了周恩来、贺龙、陈毅、徐向前、罗荣桓等中央领导同志。大家在参观实物展之前，先看了水翼艇在松花江上试验的纪录片。周恩来兴趣盎然，他指着水翼艇说："这个成果很不简单，水翼艇要进一步研究和完善，搞成以后运到北京，在昆明湖上表演嘛！"周恩来的话音刚落，徐向前对陈赓说："学院出了这么多科研成果，一定要注意保密啊！"

如此多的中央和军委首长兴致勃勃地参观哈军工的科技成果展览，最重要的是共和国的开国元勋们心中装着实现国防现代化这一梦寐以求的强烈愿望。多年来，他们时常挂念的这所大学，现在到底送来些什么展品，他们都要看看。

哈军工是幸运的，因为它倍受党中央和军委首长的呵护与关怀。

当时，陈赓得知学院科研试制条件很差，跟不上发展的需要，有许多零部件加工不出来，十分着急，他决心要建立一个机械厂。为此他召集海军、空军和总后勤部有关领导开会，研究建厂问题。为了筹集建厂经费，他还找黄克诚总长（时任人民解放军总参谋长）面谈。哈军工海军工程系在海军大院的展览一结束，陈赓就让慈云桂把展品搬到国防部大楼，他请黄总长边看边听他汇报。最后，陈赓点破主题，语气恳切："黄老啊，研制现代化武器装备，非得有机械厂不可。我们想建一个，问题是没有钱啊，我想带个头，先把我那几千块钱存款全部拿出来。"

黄克诚被陈赓逗乐了："咳！你那几个钱顶什么用啊！"

在黄克诚的支持下，最后军委批给哈军工两千万元的建厂经费，让学院的科研工作如虎添翼。

哈军工两次进京参展，盛况空前，好评如潮，崭露头角的哈军工科研人员和技术工人备受鼓舞。从此，哈军工作为一支"国家队"，以其雄厚的科技实力，长期活跃在国防科技战线上。

说干就干，哈军工在实习工厂的基础上，立即调人建厂。1958年11月底，从装甲兵技术学校调来提前毕业的108名学生兵；1959年初，又接收了抗美援朝回国志愿军中的900余名转业军人，还在哈尔滨市招收了一批学徒工；1959年到1962年调进一批大学毕业生；1963年招收高中毕业生34名，至此，全厂职工已经达到1 200多人。后来，经过调整，全厂职工人数稳定在600多人。

1958年底，学院决定由时任技术部部长的李焕兼任厂长，厂址选在学院东门不远处的三棵树，南直路和一机路交会处。由于工厂组成人员来自五湖四海，故此，工厂命名为"四海机械厂"。工厂从1959年开始建设，到1962年基本完成，共建一万多平方米厂房、四栋职工宿舍、一座食堂，各种设备配备比较齐全。

1962年，学院确定四海机械厂为学院直属单位，与部、系平级。四海机械厂首任领导有：厂长张复明大校，政委李久思上校，副厂长吴世通中校，政治处主任刘东平中校（后晋升为上校），人事科科长戴中立，生产科科长尚文浩，技术科科长欧阳，设备动力科科长庞静，财务科科长王京宝，供应科科长张介福，行政科科长栾常风，一车间主任陆仲卿、指导员王玺（少校），二车间主任冯德富、指导员徐玉柱，三车间主任左雪农、指导员田素义（少校），四车间主任张大滨、指导员杨波，五车间（实习车间）主任郑留均、指导员孙绍峰，六车间主任倪风根、指导员雷友雨。1966年初，第一任厂领导退休，第二任厂领导有：党委书记刘东平、副书记侯军、厂长尚文浩、副厂长欧阳，政治处主任田素义、副主任曹荣吉。

四海机械厂下设七个科室、六个车间。三棵树那边是总厂，包括七个科室和三个车间，主要承担科研试制任务，学院内原实习工厂这边称二分厂，包括三个车间——四车间、五车间（实习车间）、六车间，主要承担教学实习任务和科研试制热加工任务。

四海机械厂建成后，哈军工的科研试制能力大有提升，从机械到无线电加工和调试，从冷加工到热加工，从小部件到大部件，从简单到复杂，从一般到精密的加工任务都能完成。

在承担科研试制任务中，为了确保时间和质量，首先，要完成对项目图纸的审核工作，主要审核图纸中零部件结构的合理性、技术要求的合理性、工艺的可行性，一旦发现问题，要及时与研究单位沟通商定。其次，编写工艺文件作为组织生产依据，开展备料和加工。再次，严把检验关，视质量为生命，坚决不使用不合格的零部件。

从建院初期的实习工厂到1962年基本建成的四海机械厂，不仅完成了教学实习任务，还完成了很多重要的科研试制任务。

1953年春天，空气动力学教授会成立时，陈赓院长下定决心，一定要把风洞建起来。空军工程系设计完成后，在试制中，较大的部件、风扇及天平由实习工厂承担试制。由于任务重、时间紧、技术难度高，实习工厂领导非常重视，召开全厂职工大会，动员全厂职工，要求坚决克服困难，想尽一切办法，积极投入到试制工作中。大家每天加班加点，星期天也不休息，工厂领导指定负责技术工作的机加车间副主任左雪农同志全面负责。

经过半年多的实干加苦干，工厂全面完成了试制任务。工厂领导后来又指定由左雪农带队，高级技术工人张志敏、张祺中参加，到新建的1 500平方米风洞实验室与马明德、工艺室的老技术工人等人一起安装风洞。他们吊装风扇、装配天平和电机，用一个多月的时间完成了安装和调试任务，之后开始做试车等各项准备工作。

1954年11月20日上午，哈军工大院突然响起巨大的轰鸣声，一号风洞首次试车一举成功，最大风速为50米/秒。大家乘胜而进，又奋战40天，二号风洞也试车成功。负责风洞流场和天平校测的工作人员在轰然的巨响声中向马明德竖起大拇指：两座风洞的性能达到了技术设计的要求，天平的性能良好。

这是中华人民共和国成立后我国最早建成的两座实用型低速风洞。

1955年1月18日，空军工程系举行风洞实验室开幕典礼，刘居英副院长代表学院党委向实验室全体同志表示祝贺，并宣读陈赓院长签署的嘉奖令，向为建设两座风洞做出突出贡献的人员——教授马明德，实验员邓适贻，技术工人吴祖亨、姜延栋、黄振远，实习工厂车间副主任左雪农，高级技术工人张志敏、张祺中，给予嘉奖。

从1956年至1963年，从实习工厂到四海机械厂，又为空军工程系试制并建成了三到八号风洞，形成闻名国内航空界的“军工风洞群”。这大小八座风洞，构成了低速、跨声速到超声速的配套风洞群，成为我国风洞发展史上的一个里程碑。1964年5月，国防科委（中国人民解放军国防科学技术委员会）决定将哈军工的第七、八号风洞编入“国家队”，以承担重要试验任务。这些风洞为我国早期的战机翱翔于万里长空，为我国各型导弹的研制成功立下了汗马功劳。

1958年3月15日，哈军工根据中央的统一号令，号召全院师生利用课余时间参加生产劳动，在改造思想的同时，为国家创造财富，勤俭办学、勤俭生产，节约经费开支，支援国家社会主义建设。

勤工俭学期间，年轻的教员和学员凭着一股热情，敢想敢干，参加了各种不同的生产劳动。此时，陈赓院长指示道：“勤工俭学一定要结合专业，不要忘记我们的办学目标。”这让学院领导的头脑冷静下来，刘居英副院长因势利导，把“勤工俭学一定要结合专业”的着眼点放在装甲兵工程系，引导全院师生把勤工俭学与专业结合起来。

勤工俭学一开始，教员黄庆华便决定协助地方“搞”拖拉机，解决农业部门因为燃油稀缺，有拖拉机也得“趴窝”的问题。黄庆华向系领导提出研制煤气拖拉机的设想后，获得了系领导的支持。在与老教师赵祖恂，机械工艺教授会主任张凤岗，实习工厂厂长尚文浩、副厂长欧阳的共同努力下，黄庆华他们带领教员、学员和实习工厂的工人们，采取边研究、边设计、边试制的方法，经过二十余天的昼夜奋战，终于试制出一台28马力①的“松花江8号”万能煤气拖拉机。试制成功的消息轰动全院，这台拖拉机以燃煤代替柴油，在技术上是个创新。对此，黑龙江省委很是重视，有关方面与学院签订了年产1 200台的合同。当系里敲锣打鼓来报喜时，刘居英一时高兴，竟跳上了拖拉机，在马路上“嘟嘟嘟”地开了一大圈儿。“松花江8号”的试制成功，给全院各单位树立了一个榜样。院党委因势利导，把勤工俭学活动引向与专业相结合的科研技术活动上，其他系也紧紧跟上。不久，捷报频传，各系都把勤工俭学与本系本专业结合起来了。

到了那一年夏末秋初的时候，技术革新和技术革命活动已经开始活跃并蓬勃发展起来。刘居英对黄庆华说：“研制拖拉机只是为了练兵，别忘了我们是干什么的，你们应该往坦克上转啊！”

哈军工的“松花江8号”拖拉机生产了200台就停产了，黄庆华、何承坚等教员们开始研制轻型坦克和水陆两用坦克、研究增压发动机，在装甲兵工程系和实习工厂全员的艰苦奋斗下，成功完成了增压发动机的试制任务，改写了“中国人不能设计和制造坦克

① 1马力≈735瓦。

车”的历史。

1962年春天，国家把一项绝密的科研任务下达到哈军工，要求学院务必组织力量，尽快研制出能够测量原子弹爆炸后的光辐射和冲击波效应的仪器来。该项任务由学院和二系领导讨论后决定落实，由祝玉璋主任挂帅，204教研室牵头，选赵伊君、花珊、傅信礼三人组成项目组，方案出来之后，由四海机械厂负责试制。

当任务下达到工厂时，厂领导组织有关部门和车间领导做了认真研究，厂长张复明大校亲自下达命令：所有原子弹测试仪零件加工时，在图纸精度要求的基础上再提高一级。这是史无前例的决定。举全厂之力，为确保该项任务按时、按质、按量完成，工厂一是制定科学的工艺流程，严格按流程周转工序；二是要选择合格的元器件和材料；三是对易变形的小件在加工过程中用胎具做保障；四是强化工序质量检验，做到不漏检，不合格的不周转到下道工序。一个零件加工完成后，还要经过全面检验，不合格的坚决不用。最终，经过艰苦奋斗、克服种种困难、加强科学管理，工厂按学院要求完成了任务。

1964年10月16日下午3点，哈军工研制的我国第一颗原子弹试验所需的“光辐射测量仪”“冲击波电测仪”和“冲击波机测仪”，在爆炸声中完美地通过了考验，哈军工最终荣立集体二等功。

1962年，慈云桂、康鹏等科研人员开始研究441B-1型晶体通用计算机。1963年，这项研究的试制任务下达到四海机械厂。工厂把任务分别落实到电子车间和机械加工车间，电子车间负责电加工，包括印制板制作、元件筛选和焊接、单板调试、组装和调试、协助研究单位总装总调；机械加工车间负责结构试制和组装。

工厂领导为了抢时间、赶进度、保质量，调动厂部机关干部到车间参加劳动，由他们完成数以万计的元件刮腿任务，确保焊接质量。

研制单位和四海机械厂经过艰苦奋战和通力合作，于1965年1月22日完成全机总装与调试任务。441B-1型晶体通用计算机连续运行11天无故障，计算速度为每秒7 000次，这在当时的中国已是相当大的成就了。后来，研究团队又开始研制441B-2型晶体通用计算机，这让哈军工在当时中国的计算机领域独占鳌头。

哈军工时期，从实习工厂到四海机械厂，不仅取得了上述科研试制成果，还完成了整个学院数百项科研试制项目。

从实习工厂到四海机械厂，在完成教学实习、科研试制任务的同时，还不断强化对技术工人的政治教育和业务培训，使技术工人在教学和科研工作中不断提高政治思想觉悟和业务水平，有一批技术工人成为技师、工程师、高级工程师和教授级高工，还有一些技术工人走上了领导岗位。

难忘那些激情燃烧的岁月

哈军工海军工程系教员　李殿璞

联合设计在湘潭

1958年11月底，虽然已经是冬天，但湖南湘潭午后的阳光依然温暖，在雨后的街道上来往的一些农妇高挽着裤脚打赤脚走路。我们，哈军工第三期船电专业四年级55381班的十多名学员在几位老师的带领下，来到湘潭电机厂和牵引电机电器研究所，参加032潜艇推进装置的联合设计工作，探索军品国产化的新路。

这次设计是学院承担的潜艇设计任务中的一个分项。对于学院来说，动员学生参加设计，既可加快完成设计，同时也是改进教学方法，使教学和实际科研设计工作密切结合，克服惯常空对空、纸上谈兵的老套方法，开创教学新路的一个好机会。此时，其他专业的学员也纷纷走出校门，步入社会，深入工厂、车间，走向生产一线。

在学院领导和党支部的动员下，师生个个热情高涨、斗志昂扬，准备大干一场。我们的工作地点被安排在研究所办公楼内，我们可以使用研究所档案室的有关图纸、档案等资料。

工作开始后，我们去电机厂参观了层层设卡的军品车间生产现场。然后，学生们被分成两组——推进电机组和推进控制板组。

我被分配在后一组。臧克茂老师（现为中国工程院院士）和范存廉老师指导推进电机设计，申怀仁老师和刘毅民老师指导推进控制板设计，当时的专业教研室主任陈朗和学员班党支部书记徐志坚是领队和组织者。我们的设计工作就这样豪情满怀地开始了。

研究所领导也很关心我们，无论是工作还是生活都对我们照顾得很周到。那时我们离住处较远，每天中午只能在办公室椅子上躺一会，下午接着干。下午所里人下班以后，我们还要连夜干。每天都是过了午夜，吃完了夜餐（一般是一碗阳春面）之后，才赶回住地，天天如此。大家每天睡眠不足六小时，翌日清晨照常按时到研究所上班。老师、学生们最后都累得瘦瘦的，但工作热情不减。

所里一位曾赴苏联进修的研究人员王肃雝常和我们讨论设计中的问题，还把他在苏联进修时用俄文抄录的笔记本拿给我们看。当时，有一位苏联专家驻所和驻厂，看样子不到50岁，翻译是位年轻的女同志，刚毕业不久。我们偶尔也会找苏联专家答疑。翻译不太懂技术，记得有一次当着专家的面，她问我，“杠杆”用俄语怎么说，我告诉他，是“рычаг”。

领导或老师有时也会派学员到外地出差。有一次，因为螺旋桨特性曲线的事，领导派我独自一人专程到上海704研究所。我从株洲经南昌转车，到杭州，再到上海。我在704研究所见到了负责此项设计的军工三系蔡绳武老师，随后又立刻马不停蹄地原路返回湘潭研究所，向领导复命。

几位老师也一直和我们“摸爬滚打”在一起，很长时间都没回家。记得有一次，我们坐长途汽车到长沙的路上，刘毅民老师主动把女朋友（就是后来的夫人小刘）的照片拿给我们看，看来他是离别太久，想家了。

1959年新年，我们短暂休息后，继续进行设计工作。不久便迎来了春节，老师回家休整，学生留在湘潭。湖南的春节与北方大有不同，一直伴随着大雨或蒙蒙的雾，鲜有晴天。洗的衣服几天都不干，衣箱发霉，被子都是潮的，我们在这里无亲友可拜访，只是一心做设计。

八科领导远程来湘潭

1959年3月中旬，学校开学不久，我们八科的侯军副主任专程来湘潭看望和慰问我们，同时考察工作。当时哈军工海军工程系的建制是系下设有八个专科，第八专科下设有舰船电气设备、舰船消磁两个教研室。八科主任是唐光勋，舰船电气设备教研室主任是陈朗，舰船消磁教研室主任是田玉奎。

侯军副主任看到我们老师和学生们虽然消瘦了许多，但个个精神饱满，工作开展得很顺利，做出了一定的成绩，与研究所和电机厂的关系也很融洽，所方和厂方都表示满意。

侯军对我们几个月来的工作非常满意，格外夸奖了我们一番，很高兴。侯军了解到数月来我们的工作十分辛苦，侯军想让老师和学生好好休息一下。当时是春暖花开的好季节，又正值星期天，侯军答应和我们一起去韶山毛泽东故居参观，同时也正好上一堂革命传统教育课。于是我们兴高采烈地到了韶山。

三月的韶山春意盎然，空气清新，花草随意生长，一片生机，让人神清气爽，心旷神怡。特别是那一片接一片绽放的映山红，简直如花海一般，蔚为壮观，令人难忘。

毛泽东故居那时并未正式对外开放，参观者都是慕名而来。故居未有装饰，完全是自然、平常的状态，就如同一个普通农家——墙上挂着几张家人的相片，屋中摆着一些农具，没有讲解人员。我们满怀对革命领袖高度敬仰的心情参观了故居。参观后我们在故居门前集体合影，随后又在故居门前不远处的一个池塘边合影。

侯军是四川人，个子不高，负责专科教职员工和学员的思想教育工作，平易近人，和我们每个人都谈得来，对我们像家人一样。他说话时中气十足，声音洪亮，一点没有官腔，我们都很亲近他。

后来的几天为响应当地支援农村备耕和春种号召，领导组织我们参加农田劳动。我们是军校学员，也是解放军战士，支援农业生产义不容辞。让我印象深刻的是两次不寻常的农田劳动。

一次是我挑担子，经竹架引桥往农田里运送肥料。因为田里都是泥水，不便行走和搬运，所以人们特意架了三四米高、十几米长的桥和与其相接的十多米长的引桥。挑担子的人得经引桥上正桥，再将肥料抛撒下去。桥吱吱作响，有些摇晃，我感觉有些新鲜。

还有更新鲜的事儿，有一天，领导分配我们到田里去插秧。南方春天的稻田里，被水长时间浸泡的淤泥混合着农家肥，在太阳的照耀下闪着五彩油光。淤泥又细又软，田里完全没有砖石瓦片之类伤人的东西。我们按要领，把稻秧均匀地一棵棵、一行行插下去。我干了大半天，除了腰有点酸，并不觉得辛苦。可是若身为农民，长年累月在田里，那辛苦就可想而知了。

苏联专家来湘潭现场考察

侯军副主任离开后不久，苏联专家列宾来到湘潭。当时以奥列霍夫为首的驻校苏联专家有近百名，其中舰船电气设备专家有二三位。

我们只在入本科考试的口试考场上看到过苏联专家来旁听，但入系以后就再未与专家见过面。列宾并不是军工在册的专家组成员，而是专门来华视察援建专家工作状况的专家，他本人是一位舰船电气设备专家。这次他是由哈军工转来湘潭，考察电机厂和研究所，了解学员实习状况。

厂方、研究所领导和我们陈朗主任一起出面接待列宾。列宾和湘潭电机厂那位驻厂苏联专家见面时，从后者毕恭毕敬的态度来看，可确认列宾的地位是很高的。

会见以后，厂、所、校领导，研究所人员以及我们参加联合设计的老师、学员一起在研究所门前合影。

合影后，列宾和研究所技术人员以及学员亲切交谈，回答大家的问题。

那时，湘潭电机厂和株洲机车车辆厂等正在研发领先全国的“跃进号”电力牵引机车，这是一个国家级重大开发建设项目。电力机车牵引力大，可用于大西北山区和山高坡陡的丘陵地带，特别是矿区，能替代蒸汽机车。

我们也就厂方接待苏联专家的机会，一起到试验厂区参观。那里地下铁路线纵横交错，粗重的电力线网高架头顶，庞大笨重的机车在轨道上往来行驶，气势非凡，给人一种地动山摇的感觉。

海军工程系邓易非政委来湘潭

在侯军副主任回校后不久，邓易非政委启程巡视，1959年4月初到达湘潭。由于哈军工提倡开门办学，鼓励走出校门，到工厂、到部队、到研究所去，密切联系实际，理论和实际相结合，1958年和1959年，哈军工高年级学员纷纷离校，奔赴外地，这也给学员政治思想和教学管理带来不便。

哈军工初建时，干部超强配备，邓易非是海军工程系创建后的第一任政委。三期学员入系后经常听邓政委的报告，他做的报告耐听、亲切、有“味道”、不枯燥、不紧不慢、风趣、有修养。

他到湘潭后，除给我们传达了有关文件，介绍了学院情况之外，还讲了国内外形势。那时确实是一个敏感时期，因为庐山会议不久以后就要召开了。

后来，所里听我们说邓政委来了，邓政委可是个大干部，内参、内部文件看得多，研究所招待邓政委之余，非要拉邓政委做形势报告。盛情难却，邓政委给他们特别做了报告，很受欢迎。报告会后，研究所的领导、研究人员，学院参加联合设计的老师和学员在研究所门前合影留念。

邓易非政委还要到多地巡视，不久后就离开了。

转眼便到了六月初，我们来研究所和湘潭厂已经半年有余，夜以继日的紧张工作换来了很大成绩，设计工作告一段落。教师、学员都放暑假了，大家就地解散。

在离开湘潭以前，厂、所方特意发给我们每人一条印有“参加联合设计纪念”字样的印花长毛巾一条。另外，当时正赶上厂里评选先进生产者，还给了我们一个名额，最后我幸运地被推选为“湘潭电机厂先进青年工作者”，厂里特别发给我印有该字样的白色运动衫一件。我至今还记得我们在湘潭进行联合设计，师生齐心合力、团结一致、不分昼夜、艰苦奋战的那几个月，大家都是充满激情的，我们似乎有无穷的动力。我十分怀念那段充满激情的岁月。

陈毅视察哈军工

哈军工干部部干部　张希臻

1961年，中国人民解放军军事工程学院扩大招生人数，学员人数的增长超过了学院培养的能力。1962年，根据上级指示和学院的实际情况，学院办学规模要进行压缩，学员人数要大减，要开展所谓的“泻大肚子”。

1962年两个学期的考试，考题难度加大，一门课程以上不及格者达48.2%，被退学628人，留级877人，造成了较大不良影响。

哈军工时期，学院政治部干部部学员科对学员从招生到毕业分配承担全部责任。学员入学后，由各系施教和管理，对退学学员基本上在院内外做了工作安排。

留院工作的退学学员，由学员科与各系会商提出建议名单，留院做教辅工作者由教员科审定；留院做党、政工作者由干部科审定。根据学员科提供的名单，我被指派到各系找学生谈话，听取大家对工作的意见，他们对留院工作没有意见，表示服从组织分配。但在接触中，我明显感到这些学员因为退学而失去了学习的机会，他们表现得很沮丧，情绪很不好。

在空军工程系，时任乌鲁木齐市委书记之女的×××，进门给我敬个礼，我请她坐下，她把军帽摘下放在桌子上，帽子内用钢笔写着“没出息的人×××”，她见我看到了帽子内的字，很不好意思，急忙把帽子反扣起来。我给了她些安慰。

当时有些舆论说，“保送的学生，什么农业模范、养猪模范，就不是学习模范”。这让学员的压力大增，也加重了他们的思想负担。实际上，保送到哈军工的都是好学生，我想，如果不是来哈军工，他们在一般高校或许不会被淘汰。从我接触到的学生来看，退学的学生中也有一些高干子弟，分数面前是人人平等的。

1963年6月18日，时任外交部部长的陈毅来哈军工视察，在院体育馆二楼平台，他给全院教职员工讲话，肯定了学院的工作，重点对学员寄予厚望。他首先对学院规定的学员在校学习期间的“两不准”（即不准恋爱、不准结婚）和六分之五时间用于教学表示支持，对“泻大肚子”予以肯定。并说哈军工搞尖端，在培养优秀科技人才的高校优胜劣汰，很正常。接着，他大声讲：“现在美帝国主义者依仗军事优势，拥有大批原子弹称王称霸，封锁我们，欺压我们。你们要尽快把原子弹搞出来，没有原子弹，我这个外交部部长把嗓子喊哑了，人家说蚊子叫，不予理睬。我们把原子弹搞成、炸响了，在国际上发言，我就是小声说话，他们也会说震耳朵！”

哈军工原子工程系第一批毕业学员全部调入二机部九院戈壁滩二十一基地（原子弹研制试验基地）。1964年10月，我国第一颗原子弹爆炸成功，从此我国也拥有了核武器。哈军工人为此献了青春、献终身，立下汗马功劳。

不忘初心，红心永向党——我的哈军工情结

哈军工第三期学员　陈起富

2021年庆祝建党100周年，2022年中共二十大召开，2023年是哈军工建校70周年，这三件喜事使我这个在哈军工大院学习、工作、生活了近七十年的老军工人、老共产党员、老教师心潮澎湃，激动万分。我是1954年，即哈军工建院第二年被保送到位于哈尔滨的中国人民解放军军事工程学院的第三期学员。我心中的哈军工精神是：不忘初心，红心永向党。

当年，因为全国刚解放不久，来自全国各地的高中毕业生的文化水平参差不齐，所以学院设置了预科大队。一方面上文化课，补齐并提高学员高中数理化等文化课的水平；另一方面因是军校，要进行军事训练，使学员成为具有一定军事素养的中国人民解放军。

入学后，我穿上了配有中国人民解放军胸章和八一

帽徽的军装，感到无比自豪、光荣。军训是非常严格和辛苦的，此外还有军事战术课，这些课有利于未来从事军事工程的技术人员综合素质的形成。军训结束后，我们在《中国人民解放军进行曲》中举行了阅兵仪式。

文化课的学习非常紧张，教学大纲有院长陈赓“批准”的字样。预科的教师就是将来为本科学员上课的教授，他们都是陈院长从全国各名校聘请来的名师。一年的预科培训结束后，按组织需要，并考虑个人意愿后，将学员分配到本科学习。我进入了海军工程系舰船设计制造专业学习。

我们的基础课和专业课都是由周鸣、孙本旺、曹鹤荪、顾懋祥、邓三瑞、李维扬这样的知名教授上课。专科冯政委（即后来哈船院院长）经常教导我们不要辜负党、国家和军委给我们创造的这么好的学习机会，要努力把本事学到手，时刻准备为建设强大的人民海军做贡献。我们牢记自己肩负的重担，把理想信念化成实际行动来报效党和人民。

哈军工特别重视实践性教学环节，例如海军工程系安排有舰队实习、舰船（潜艇）结构实习以及毕业实习。这对我们认识海洋、体验航行（特别是潜航）、认识舰体构造十分重要。这也是哈军工的学员所独有的，一般院校特别是地方院校是没有这样的教学条件的。

我在1960年毕业并留校任教，教研室主任安排我主讲专业基础课——舰船结构力学，并要立即备课，准备下学期上课。对于刚毕业的青年教师来说，这是对我极大的信任和鼓励。我向组织表决心——保证完成任务。在老教师的指导下，经过试讲环节，我首讲即获得教师和学员的好评。此后，我先后主讲了潜艇结构力学和舰船振动等专业课程。

1966年4月1日，哈军工脱离军队序列，更名为哈尔滨工程学院，1966年6月停止了一切教学、科研活动。1970年学院分建，主体南迁长沙，建长沙工学院。此后，学院以海军工程系为基础，组建了哈尔滨船舶工程学院。直到恢复高考，学院的教育和科研才恢复。1978年，我参与编撰的《潜艇结构设计规范》获首届全国科学大会奖，此奖是以许辑平教授为首的项目组为潜艇结构设计编撰的指导性文件，为海军建设做出了贡献。

新生入学，荒废了十年的高校百废待兴。编写讲义、备课、上课，学院提倡教师要做“人梯”，把年轻人推上去，这凸显了哈军工人的气质和品格。除了本科教学，学院开始进行科研和培养硕士研究生、博士研究生的工作，科研项目和研究生论文选题务求、严谨、求实、勇于创新。我的学术方向是舰船振动，这是一个经典领域。我选定流固耦合动力学研究，这是流体力学和结构力学结合的交叉学科。我在本专业开设了涡激振动研究生课并编写了讲义。这个研究项目难度很大，但很前沿。经过攻关，我取得了较好的成绩，获两项部级科技进步奖，硕士研究生和博士研究生论文都获得了较高评价，这些成绩的取得是大家团结、协作，不计个人得失、认真求实的结果。

如今我已退休多年。刚退下来的时候，我还应聘做了十年教学督学。总之，回顾自己的一生，小有成绩，那都是党指引的方向好，听党的话所得到的。

不忘初心，余生红心永向党，这就是我的哈军工情结。

从军工教学，看军工精神

哈军工第十一期学员　李庆芬

我是哈军工的第十一期学员，我心中的哈军工精神是矢志不移的爱国、报国情怀，是为了祖国顽强拼搏、勇攀高峰的奋斗精神。

哈军工见证了中国的一段光辉历史，那里曾寄放过我们的青春和热血。哈军工是在朝鲜战争的战火中催生的，残酷的战争使中央痛下决心要建立一所培养先进军事技术人才的学校。当年的学院领导和全体师生都抱着同样的决心：为了我军的强大，为了祖国的强盛，我们必须为掌握最尖端的科学技术而奋勇拼搏！

掌握尖端技术，人才是非常重要的，为此陈赓院长在周恩来的支持和亲自部署下，从全国知名大学和中科院选调了多名优秀教授和专业人才。那时在哈军工任教的有著名计算机专家慈云桂，水声专家杨士莪，潜艇专家邓三瑞，著名数学家孙本旺、汪浩、戴遗山，水动力专家顾茂祥，航空专家陈百屏等。

当时一个教研室就有正、副教授十几位，不少人曾留学美国、德国等。例如我们空军工程系的空气动力学教研室，几乎集中了我国最著名的空气动力专家：马明德、罗时钧、岳劼毅等。系主任是从苏联留学回来的空军技术专家唐铎少将。可见，那时哈军工的师资力量是非常雄厚的。

军工的教员，大多数称得上是良师，他们不但专业水平高，在教学的严谨、认真方面更是令人敬佩。那时哈军工实行试讲制度，每个教员的课都要先给系领导、顾问、专业教授和教员们讲，经过评议、讨论、纠正后，再给学员们讲。而且必须达到语言凝练准确、内容充实详尽等要求。

教授们的敬业精神更是令人感动。记得当年学校的数学领军人物戴遗山教授，为了解学员的真实水平，除自己授课之外，还主动从全校每个系抽一个班的作业来改……这种对教学的极端负责、完全不计报酬的奉献精神，在当年的哈军工不是个例。

当年，为了提高教学质量，确保招收优秀人才，哈军工提出严把“招生、升级、毕业”这“三关”。1962年（第十期）和1963年（第十一期）这两年招收的都是学习上的优等生，学员基本都是来自全国各地重点中学的“学霸”。由于哈军工是在全国一般院校录取之前“优先选拔，单独招生”，所以这两年的招生录取分数甚至“优于清华、北大”。

例如，1962年招生时，刘院长亲自坐镇招生组，到上海把数学竞赛的第一、三名，几个区的第一名都招到手，还与北大蒋南翔校长争夺优秀生……

我于1963年入学，而哈军工则从1962年起，把基础教育提到很高的地位。那时的教学强调的是“三基”：基本理论、基本知识、基本技能。并要求“三严”作风：严格、严密、严谨。可以说，为了培养出“高、精、尖”人才，哈军工在基础教育方面严格、严谨的要求真是“登峰造极”。也正是当年在教学上严谨扎实的要求和学员在学习上刻苦努力的学风，至今让我们受益匪浅。

那时，在学生培养方面，学院提出“工科学生按理科培养”的思想，因为这样培养出的学生理论修养高，思维清晰、缜密、严谨。所以哈军工基础课当时采用的教科书是全国最高水平和最深奥的。例如数学课是按北大数学专业的要求来教学的，记得当年我学了北大数学系的教材——《高等数学》的全部内容，而且数学课竟然达到500学时！理论力学主要参考的是美国著名力学权威铁木辛柯的著作……

这样的教学水平和学习强度，对每一个学员来说压力都是巨大的。回顾当年，我们哈军工几乎每个学员都充满了专心致志、顽强攻坚、勇于探索、绝不服输的精神，当时的学习氛围非常浓厚，大家热爱学习几乎到了废寝忘食的程度，每天都是宿舍、食堂、教室三点一线，除了上课，绝大部分时间都是在本班专有的小教室中安安静静地自习，周末和假期的时间也几乎用于学习。那时的周末只有一天（星期日），而我们都把星期日当作“星期七”，哪里舍得用来“休闲”？不少学员寒暑假也不回家，把时间都用在学习上了。记得有一个学员，入学五年来一次也没回过家……

作为一名1963年入学的哈军工学员，我有幸经历了哈军工的最严格的“教学巅峰”时代。正是当年在哈军工的学习，使我们掌握了扎实的基础知识，为我们以后事业的成功奠定了基础。我和同届的许多同学一样，虽然毕业后因某些原因没能从事当年所学的专业，但在不断变化、困难重重的新环境和各自“改行”后的新岗位上，都能很快掌握新知识，并成为新领域的骨干力量，在国内外取得了不少骄人的成果……

也正是当年哈军工的教学、哈军工的精神，为我们国家和军队培养出了许多栋梁之材！许多院士、将军、专家学者等都出自哈军工。许多举世瞩目的科研成果，如“银河”系列超级计算机、“风暴一号”火箭、“长空一号”卫星、“轰–6”、“运–7”……都浸透着哈军工人的心血……

从踏入哈军工大院那一天算起，迄今已过去60个年头了。当年那充满激情的哈军工岁月至今仍深深地留在我的记忆中。我们沐浴过从战火中走来的以陈赓老院长为代表的革命干部的关爱和教导，我们接受过具有真才实学的老一代知识分子的教诲和熏陶。在哈军工精神的激励下，我们没有虚度年华。

如今，已是耄耋之年的我们，不仅会永远记住这一切，还要为哈军工精神的发扬光大，继续贡献自己的力量。

难忘陈赓院长留下的宝贵精神财富

哈军工第八期学员　赵连恩

我是哈军工第八期（陈赓院长在世时的最后一期）学员。我于1960年7月被保送到哈军工，一进学院，接待我报到的首长就告诉我说：“陈赓是我们军事工程学院院长。”陈赓院长不仅亲手创办了哈军工，而且亲自参与到学院各方面的建设中，特别是在学员教育培养和教学计划制订方面，都有明确的目标，而且要求很严格。

赵连恩在哈军工读书时期留影

哈军工的各级领导大多来自部队的调干，部分是一些参加过解放战争或抗美援朝战争的老干部，陈赓院长对他们要求非常严格。他们按照陈院长的指示，在生活、学习方面对学员们特别关心。

陈赓院长经常教育干部："你们就是给学员端盘子的，要以教学和学员为中心，要做好各项服务工作。"我们的队长和指导员经常到我们学员队和学员一起吃住，嘘寒问暖，让我深深地感受到学院对学员无微不至的关怀。我们不受外界干扰，把所有的时间都用在了学习上。

陈赓院长领导下的哈军工，各级党组织、党员都能按照党风、党性的标准严格要求自己，努力做到理论联系实际、密切联系群众，认真进行批评与自我批评，谦虚谨慎，艰苦奋斗和开拓进取。哈军工这种团结、严肃、活泼、畅所欲言和积极向上的氛围至今令人难忘。

赵连恩近照

1960年，学院为了保障学员的正常生活供给，发扬南泥湾精神，创办"小赵家农场"，自挖养鱼池解决副食供应问题；为解决蔬菜保存的问题，我们自己挖菜窖，还到食堂帮厨。

陈赓院长逝世后，这些优良传统一直保留下来，他给我们留下了宝贵的精神遗产，有理想、有信念，自主、自立、自强的精神让我们受益终生。

1960年冬，我们入系学习不久，陈赓院长的病情越来越重。他知道属于自己的时间不多了，越发想抓紧时间为党多做些工作。他惦念自己亲手创办的哈军工，特意给学院党委常委写信，提出自己对调整后的学院工作的建议，然而这竟是陈赓写给学院的最后一封信。3个月后，我们听到陈赓院长与世长辞的噩耗，3月17日，学院全体师生和干部参加陈赓院长的追悼会，寄托哀思，我们化悲痛为力量，决心继承陈赓院长的遗志。

按照陈赓院长的建议和要求，学院调整了教学计划。为加强国防建设高端人才的培养，学院要求学员的知识面要宽，即宽口径、厚基础、重实践。我们专业学制由四年调整为六年，这相当于现在的“本硕”连读。对于学员的学习，学院要求严格，淘汰率是极高的。我们班同学毕业后大多被分配到国防部门，为海军的发展和建设做出了重要的贡献。

难忘的岁月

哈军工第十三期学员　戴富美

我是哈军工第十三期学员，我心中的哈军工精神是：坚强、忠诚、团结、友爱。

1966年3月初，我作为一名社教工作队队员，来到绥化红旗公社红胜大队第五生产队，与工作队指导员王林书、队长白彦琪教员同住五队寇长海大伯家。

我独自面对的第一个任务是召开社员大会，宣讲社教意义与政策，素来木讷少言的我为此急得满嘴大泡。两位教员见缝插针为我辅导解疑，修改宣讲稿多次，我脱稿试讲排练十余次，每晚练习近一小时的普通话，语速、语调的把控，开头、结尾的处理，处处精雕细琢，两位教员费尽心血为我打响“第一炮”。

那天晚上，我走进生产队会议室，昏暗的灯光下，烟雾弥漫，两排长炕上坐满了人。旱烟味、炕烟味、浓烈的裹脚布味熏得人眼泪直流，求生的本能驱使我产生奔向屋外的冲动。这时我想到王指导员的话：“军工没有被困难吓倒的人。”我冷静下来：“贫下中农社员同志们……”一句话没说完，我的南腔北调引来满屋笑声。开场白后进入主题，最后我在预期中收场。在两位教员的指导下，我人生的首次上台亮相圆满完成，这个经历让我终生难忘。

那时，我们挨家吃“派饭”。一天，我们来到张连富大伯家。一进门，只见屋内结霜，满屋白茫茫的水气，黑乎乎的炕席破烂不堪，张大伯家四个孩子中最小的还光着腚不会走路。等饭菜端上炕桌，碗竟无一完好，大碴粥有股霉味，菜是酸菜炖没削皮的土豆。一入口，酸菜的异味立马让人反胃，我忙捂住嘴，但见王指导员、白队长不动声色，于是我也强咽下去。不一会儿，光腚小孩在炕上便溺了，此景尽现眼前，气味扩散，肚中翻江倒海。我放下了碗，这时指导员看了我一眼，若无其事地继续吃饭，我也读懂了他的眼神，又端起了剩下的半碗粥。返回的路上，我问：“二位领导，你们咋就那么稳得住呢？”王指导员说：“军人的宗旨是啥？一不怕苦，二不怕死。死都不怕，还能怕臭、怕脏？你想，这顿饭要吃不下去，贫下中农会咋看我们？”如今，几十年过去了，指导员的话常常在我的耳边响起，这顿早餐的情景还时不时在我的眼前回放。

房东寇大伯家的卫生在村子里还是数得着的，但那时候在农村洗澡就别想了。时间一长，我们的身上开始发痒，不用说，又长虫子了。我们用敌敌畏杀，用开水煮，都消灭不了虫子，一茬又一茬照样生长。夜晚换下内衣，借着手电筒，我们三个人一起互相捉虱子。王指导员说："白队长比我们都胖，你的虱子可能最大。"白队长说："小戴年轻英俊，看看他的虱子是不是双眼皮。"我们就这样无拘无束地调侃着，静寂的夜里，被压缩的笑声在小屋荡漾，多么难忘的岁月啊！

5月下旬，正是农忙时节，我却"倒炕"了。白队长上报分团团部，不久一位女医生上气不接下气地赶到了我们的住处。她放下药箱，为我测了体温，看过我吐的痰，立刻对白队长说："可能是肺炎，赶快走，回学校！""不用，就一点感冒，我不走。"我挣扎着说。这时医生一面吩咐白队长找人套车，一面打开行李包就要给我穿衣服，急得我跟她喊："你药箱有药，给我些不行？你让我当逃兵？""我是医生，你现在得听我的。"我被这个强势的女医生拉出门推上马车，往绥化赶。医生劝我："病情耽误不得。你这新兵很要强嘛，听老兵的，你得靠着我，当心车一颠就把你甩下去。"说着一把拉着我靠着她："我们是军人、是战友，在战场就是生死兄弟。新兵蛋子，你不懂。"就这样，我认识了干练、漂亮、热情、善良的贾慧民医生。"咋取个女孩的名呢？把你的'美'给我，我拿'民'换，舍得不？"贾慧民医生竟把我这个病号逗乐了。车老板都夸："这个大夫真好。"

当天，大约过午才到绥化火车站，在一个当时很不错的饭店里，贾医生给我买了猪肉饺子，那时我们只有每个月去公社开会时才能吃得上肉。贾医生不停地劝我多吃点，自己却吃得很少。她一步不离地扶着我上了火车，又以自己的身体支撑着我的病体，直到哈尔滨滨江站。贾医生无私地关爱着我，待我如亲人。

难忘我的恩师，难忘我的恩人，难忘那短暂的不平凡岁月。

第二篇

艰难困苦　玉汝于成

老干部对哈军工的贡献

哈军工干部部干部　张希臻

20世纪50年代初，中华人民共和国刚刚成立，经济亟待恢复，民生问题亟待解决。朝鲜战争爆发后，战火逼近国门，我志愿军抗美援朝保家卫国，入朝参战。

那时，我军虽然有了一些坦克、大炮、但基本上都是战利品，而且数量有限，科技含量比较低，苏联提供的一些武器装备也大多是第二次世界大战时期的产品。军需供应十分困难，战士们吃的是一把炒面一把雪。入朝的部队，冬季没有更换的棉衣，部分战士因为被冻伤而失去战斗力。当时的美国完全掌握制空权，对我军作战行动和后勤补给造成极大影响。

朝鲜战争是大拼钢铁的战争，上甘岭战役第一天，美军向我军坚守的537.7和597.9两个连的阵地投下了30万发炮（炸）弹。在我军阻击作战的关键时刻，我军也向美军占领的表面阵地一天发射了5万发炮（炸）弹，创下我军战史上的新纪录。

战事紧张时，我军一个运输营500多人，向597.9高地运送给养弹药，回程救助伤员，在美军层层炮火和飞机的轰炸下，我军伤亡惨重，最后到达山头阵地时只剩7人。武器装备的落后，让我军付出了惨重的代价。

我军士兵大多来自农村，他们不会开汽车，学习、使用新武器更是困难。在入朝后第一次战役的重要战斗云山战役中，我军大获全胜，基本消灭了美军24师，活捉了美军24师师长迪安中将，缴获美军坦克、大炮等重型武器3 500余件，但我军无人能驾驭这些坦克和使用这些重武器，只能眼瞅着武器被美军飞机狂轰滥炸。朝鲜战争深刻地教育了我们，必须尽快培养能掌握和使用现代化武器装备的技术人才。

朝鲜战争在激烈地进行中，党中央于1952年初批准创办军事工程学院，中央军委调志愿军代司令员兼三兵团司令员、政委陈赓任军事工程学院院长。陈赓院长又从三兵团调政治部主任刘有光，副参谋长李懋之，干部部部长李开湘，组织部部长张子明，军务处处长、直属队政委黄景文，通信处处长戴其萼等一批干部回国筹建军事工程学院。为充实学院领导班子，1954年，学院又调志愿军铁道部队司令员兼政委刘居英任学院副院长。1958年，再调志愿军九兵团政治部主任谢有法中将担任学院政委。

这些从朝鲜战场上调来的老将军，个个身经百战，在长期的武装斗争中，特别是在朝鲜战场与美军作战后，他们深深地感受到武器装备和技术人才培养的重要性和紧迫感。

他们对承担创办我军第一所军事工程学院有着强烈的使命感，接到命令后他们急速到任，全力以赴投入工作，仅用一年时间，就白手起家把学院创建起来。1953年9月，学院举行了盛大的开学典礼。

在学院的建设过程中，学院从各军兵种、各院校调来一大批干部分配到各机关和基层单位工作。这些同志中，有经历过长征的老红军，有经历过抗战的老八路，有经历过解放战争和抗美援朝战争的战斗骨干。他们都怀着要建设现代化军队的紧迫感，兢兢业业地在各自的岗位上做出了应有的贡献。

经历过长征的老红军潘廷明中校，不计个人名利，长期奋斗在军需工作岗位上，勤勤恳恳任军需助理员几十年，直到离休；抗战初期入伍的老八路郑梅亭上校，身经百战，出生入死，负伤13次，但他身残志坚，仍不知疲倦地工作，努力奋斗在专科和院务部政治工作的岗位上。

解放战争塔山阻击战战斗英雄、出席全国第一届战斗英模大会的塔玉金大尉，长期担任学员队政治指导员，与学员生活在一起，以自己的行动传承着我军的光荣传统。

抗美援朝中最早过江参战的张魁友少校，时任连队文化教员，他在云山战役中协助排长指挥战斗，一次俘获10名美军，立下战功。调到哈军工后，他一直工作在政治机关，为学院干部工作尽心尽力。

这样一大批老同志工作在学员中间，言传身教，潜移默化地对学员的政治素质教育、作风培养起了很好的作用。

他们为哈军工培养了十三期学员，一万余人，为我国、我军现代化建设做出了巨大贡献，影响深远。我国第一台晶体管计算机441B，我国乃至世界第一艘气垫船，我国第一艘潜艇、核潜艇、歼八、歼十战机，载人飞船、“嫦娥奔月”重大工程项目的研制成功，都有哈军工人的贡献。这些成就的取得，源于哈军工领导和全体教职员工的努力和勤奋工作，源于哈军工人艰苦创业、尽心奉献，一不怕苦、二不怕死的奋斗精神。哈军工培养出了大批科技精英，为国家做出了历史性贡献，身为哈军工人，我感到无比欣慰和自豪。

哈军工短短17年的历史，已载入史册，如今它的继承者——中国人民解放军国防科技大学、哈尔滨工程大学、南京理工大学、中国人民解放军陆军装甲兵学院、中国人民解放军陆军工程大学、中国人民解放军陆军防化学院等院校将秉承哈军工传统，弘扬哈军工精神，继续为我国现代化建设做出新的、更大的贡献。

回忆哈军工的大和旅馆

哈军工教工　佟玉林

1898年，随着中东铁路的修建，哈尔滨迎来了城市发展的新机缘。中东铁路宾馆（即大和旅馆）是1903年建成的哈尔滨第一家豪华的欧式宾馆，至今已有120多年的历史，被国家列为一级保护建筑。

1935年，“日伪政府”与苏联就出售中东铁路的问题达成协议。之后，中东铁路宾馆被移交给日本人管理，并命名为哈尔滨大和旅馆（日本名字），当年进出该旅馆的人多是“日伪政府”的要员和“皇家贵族”，如溥仪之弟溥杰就在这里住过。中国的平民百姓很难靠近此地。

1946年，哈尔滨解放了，大和旅馆回到中国人民的手中。当时，中央领导陈云、吕正操等同志在东北工作期间均在这里办公、住宿，完成党和国家交给的各项重大任务。

1952年9月，正在筹建哈军工的陈赓大将得知大和旅馆暂时空闲，便于当年11月亲自向周恩来递交报告，提出要将这幢楼作为苏联军事顾问团的专用宿舍。后经周恩来批示，该建筑划归哈军工。有了独一无二、高级漂亮的旅馆之后，哈军工聘请的苏联军事专家陆续来到这里居住。

为了提高专家的生活质量，学院领导决定从哈尔滨的各大机关、企事业单位选调一批政治可靠、品德优良、作风正派、有专业技能的人才为他们服务。

后来，由于学院教学科研任务量的加大，专家人数逐年增多，大和旅馆已经容纳不下。学院领导当即决定，将已经建设好的六栋教授楼挤出三栋给苏联专家使用，缓解了专家无处居住的难题。

苏联专家在学院工作的8年中，和我们服务人员结下了深厚的友谊。作为大和旅馆的服务者，大家实实在在地、贴心地为他们服务，而专家们也真心地感谢我们，我们感情深厚得就像一家人。8年里，奥列霍夫和叶果洛夫两位首席顾问先后去世，他们为哈军工的建设做出了不可磨灭的贡献，这种国际主义精神，永远值得我们学习和怀念。

1960年初夏，因为国际政治局势的变化，苏联突然决定撤走所有在中国的专家。在短短的几天时间里，我们全体工作人员协助专家们整理好行装准备回国。临行前，专家们佩戴好中华人民共和国国防部颁发的纪念勋章。

在火车站，我们彼此恋恋不舍。当火车起动的时候，我们含着热泪告别了相处多年的国际友人。

苏联专家回国后，大和旅馆变成了哈军工招待所，继续为学院服务，其主要任务如下。

第一，用于接待中央和各地方省市的一些领导同志来哈军工调研、视察。

第二，用于接待中央军委和全军各大兵种的领导干部，后来又放开接待全军上校及以上出差到哈尔滨办事的人员。

第三，地方政府大型会议，科研机关、大专院校及本院单位筹办的各种类型培训班和学术理论研讨班均可在这里举行。

第四，在三年困难时期，学院在此举办了不同形式的学习班，除了提高知识分子、教授的专业技能和业务水平外，还增设了增强他们身体素质和健康的设施，体现出学院领导对他们的关怀和照顾。

第五，哈军工招待所是哈军工文化娱乐不可缺少的场所，宽敞的舞厅、放映室、台球室等一应俱全，学院经常组织有关人员来此自由活动，这对教职员工的身心健康起到一定的促进作用，对学院的教学、科研起到了不可替代的作用。

哈军工在全国有很高的知名度和威望，这与哈军工招待所对外的影响力是分不开的。

1970年，哈军工招待所交给哈尔滨铁路局管理。从此，哈军工的全体教职员工永远告别了曾经的“大和旅馆”。

天下无难事，只怕有心人

哈军工学院办公室干部　李文煊

风洞实验室在研究空气动力学和设计飞机、火箭、飞船以及飞行器时起着重要作用，被人们称为飞机、火箭、飞船和飞行器的摇篮。有什么样的风洞，才能有什么样的飞机、火箭、飞船和飞行器，才能使空军、航天军、火箭军的武器装备研制成功。

风洞成为检验一个国家科技实力与综合实力的重要因素。换言之，如果一个国家的风洞能力处于薄弱状态，那么可想而知，该国科技实力与实际战斗力都不具备任何威胁性和先进性。

中华人民共和国成立之后，面临着百废待兴的局面，在国防建设的过程中，风洞自然是其中的重点项目。

1952年初，党中央决定在哈尔滨创办中国第一所综合性的军事工程技术高等学府——中国人民解放军军事工程学院，任命陈赓大将为院长兼政委，以第二高级步兵学校、华东军事研究室的全体人员和志愿军第三兵团的部分干部为筹建学院的基础。

1952年冬，哈军工的苏联总顾问奥列霍夫同志到京，中苏双方商定了学院的任务和规模，同时为了办好学院，决定请上级调入一批专业性强的科学家和有经验的教授。华东军事研究室的张述祖和马明德等应召赴京，不仅草拟出从各大学和研究所请调的知名科学家和教授的名单，还草拟了从部队内部抽调的一批已受过大学教育的青年干部的名单，调他们来学院当助教。

1953年1月，马明德到哈军工报到。他被任命为空军工程系空气动力教授会（即教研室）副主任，兼任空气动力实验室主任，他坚信风洞实验室对研究空气动力学和设计飞机来说，极其重要。

1953年上半年，空气动力教授会拟定了先建两台直径为1.5米的回流式低速风洞和一座80毫米×80毫米的吸入式超声速风洞的规划。之前，马明德一直未能实现建造风洞的愿望，该计划被批准后，他非常高兴，亲自动手绘制低速风洞总图和纵向三分力台式天平总图，并决心自己动手设计制造。

在马明德的带领下，风洞由实验室人员进行安装。这两台直径1.5米的回流式低速风洞从绘图、加工、安装到试车，总共耗时一年零四个月。其中一座的实验段是开口的，称为一号风洞；另一座是闭口的，称为二号风洞。这是哈军工建成的第一座大型实验室。

进入20世纪50年代，战斗机的最大速度已接近声速，急需用实验的方法开展跨声速空气动力学的研究。在设计建造80毫米×80毫米超声速风洞（简称为三号风洞）时，所需的65米×3米的真空箱由马明德亲自绘图设计。风洞设计M（马赫）数为2.0，工作人员制作了两台直径为0.75米、截面为八角形的闭口、开路式木结构低速风洞，这两台风洞简称四号和五号风洞。

1956年底，陈赓考虑到哈军工研究跨声速空气动力的需要，同意哈军工向德国定购超声速风洞，并于1960年5月安装在哈军工（简称七号风洞）。在马明德的领导下，该风洞在1963年9月被改造成跨声速风洞，M数达到1.2。这是中国高等院校的第一座大型跨声速风洞。

1958年初，哈军工在科学实践中提出了马赫数M为2.5的超声速飞机的空气动力课题，马明德立即提出兴建600毫米×600毫米大型超声速风洞（简称六号风洞）和3.5米×2.5米回流式的大型低速风洞（简称八号风洞）的计划。在学院领导的支持下，该计划于同年8月获中央军委批准。先开始建六号风洞，虽然技术储备不足、参考资料少、实验室人手太少，但工作人员在困难面前毫不退缩，边学边干、夜以继日地工作。

1959年9月6日，六号风洞进行首次通气实验。改进风洞喷管段和实验段的密封系统后，同年11月，风洞实验M数达到设计值2.5。至此，中国自行设计、建造的第一座600毫米×600毫米吹气式超声速风洞正式建成。六号风洞是一座可进行实验的、有特点的超声速风洞。其主要特点是该风洞前室可进行增压试验。

1960年至1961年，六号风洞为112厂设计室进行了大量的超声速飞机进气道特性试验，这是中国超声速飞机的首次型号试验。后来在马明德的领导下，六号风洞改进了前室稳压装置，改善了喷管流场。六号风洞建成吹风后，周恩来、叶剑英和彭真等领导同志曾亲临参观视察。

1960年10月，马明德开始集中力量抓八号风洞的第二阶段建设。他采取技术骨干与群众相结合的办法来解决技术力量不足的问题，调来56级即将毕业的20名学员，完成了各项设计任务。后来，六院七所因自己设计的4米×3米大低速风洞报废，又派来15名技术人员支援一年，这批技术人员大都成为之后建设四川4米×3米和6米×8米大型低速风洞的骨干。1963年8月，八号风洞——当时全国最大的低速风洞，试车成功。

20世纪60年代，中国自行设计的飞机、导弹纷纷上马，大家争用大型低速风洞。1965年4月，上级决定把哈军工风洞群中的六号、七号和八号风洞组成空气动力实验研究室，主要进行生产试验，由六院和哈军工共同领导。这说明马明德对中国航空工业的发展和空气动力的应用前景的预见和采取的行动是十分正确的。

在经验不足、人手不足、资料不足、财力有限的困难下，马明德在教学工作之外，从1953年到1963年，同其他工作人员经过10年的努力，在哈军工共建成大小风洞八座，从而建成了一个拥有从低速、跨声速到超声速整个速度范围的兼顾教学和科研的风洞群。

这是中国风洞发展史上第一个以研制飞行器为主的、配套的、全国闻名的风洞群，是中国风洞发展史上的一个重要里程碑。这也突出了哈军工当时在空气动力科学研究工作上的作用和贡献。

1963年9月1日，是中国人民解放军军事工程学院10周年华诞。时任中国人民解放军副总参谋长的张爱萍上将代表军委来学院祝贺。

在院庆庆典前，张爱萍首先视察了学院空军工程系风洞实验室，并欣然题词："天下无难事，只怕有心人。"

当时，我以哈军工办公室秘书的身份随行参观并撰文，后发表在由毛泽东同志亲笔题名的哈军工《工学》报上。

马明德教授从美国回国时未受阻拦，结果他主持建成了"大国重器"，美国闻讯大呼后悔！

马明德教授除了在风洞研究领域享有盛誉外，还曾参与歼字系列战机的研制，为歼8等战机和飞行器的研发做出一定的贡献。如此国士，值得我们每个中国人铭记。

哈军工图书馆在学院领导的关怀下迅速发展壮大

哈尔滨工程大学图书馆原副馆长　李延海

中国人民解放军军事工程学院图书馆于1952年9月开始筹建。图书馆初建时的馆藏书刊资料，主要来源于原西南军区第二高级步兵学校和华东军区军事科学研究室两个单位的图书馆。1952年，哈军工初建时仅有书刊资料12 232册，与哈军工专业设置相关的科技书刊资料仅占27%，工作人员只有8人。

1953年2月18日，经过半年左右的筹建，图书馆正式对教职员工和学员开放。

哈军工图书馆以哈尔滨文庙作为馆舍，利用文庙的殿堂作书库和阅览室，使用面积约680平方米。后来，为解决图书馆馆舍面积不足的问题，学院在文庙的后院又新建了与文庙原有建筑风格相适应的两栋楼作为图书馆的书库。

陈赓院长及学院的各级领导充分认识到图书馆在大学教学和科研工作中的重要作用，把办好图书馆作为整个教育事业发展的一部分。因此，哈军工图书馆从筹建开始就得到了陈赓院长和学院各级领导的关怀与支持。

为了尽快解决图书馆国外图书资料不足的问题，陈赓在接待我国驻外大使馆武官时，提出请他们代为哈军工图书馆采购国外最新的科技书刊资料。

为了改善图书馆的阅览和学习环境，在陈赓院长的支持下，阅览室配置了地毯和盆栽花草，学院花房还按季节给图书馆阅览室配送花草。

刘居英副院长也非常重视哈军工图书馆的发展建设。他出国访问时，特意参观了国外许多军事院校的图书馆，并复制了波兰大专院校图书馆的建设图纸。刘院长回国后，向图书馆的工作人员介绍了苏联空军学院等大学图书馆工作人员热情的服务态度和熟练的专业水平等情况，他指示图书馆员工要认真学习和借鉴国内外大学图书馆先进的工作经验和做法，尽快提高业务水平。

刘院长对学院图书馆的关心极大地鼓舞了图书馆工作人员的士气。在全馆同志的共同努力下，经过专业知识的学习和业务工作的调整与改进，在较短的时间内，图书馆的管理水平和面向读者的服务质量得到迅速提高。

1953年，在学院建院初期经费比较紧张的情况下，学院大幅度增加了图书馆的购书经费，图书馆得以大量采购国内外最新的书刊资料，先后购进新书12 577册，订购中外文期刊437种，其中专业科技期刊占69%。在全国院校专业调整时，学院又从国内有关大学调入专业对口的科技图书3 014册，使图书馆藏书总量达到27 823册，其中专业对口的中外文科技图书占48%。

建院初期，图书馆不但负责自身的藏书建设工作，还承担全院学员的教材供应工作。

为了使图书馆馆藏的中外文图书资料的分类编目更加科学化、合理化，图书馆主任（当时主任即馆长）薛鸿达副教授亲自动手编制了中外文兼容的图书分类法（草稿），建立了分类目录、书名目录和著者目录三套卡片式目录，为读者快速而准确地检索馆藏书刊资料提供了便利。同时，他制定了图书馆工作的相关规章制度和工作细则，使图书馆工作逐渐趋于制度化和规范化。

1954年，学院开始着手为五个系筹建图书室。从1955年3月起，由图书馆负责，在新建的各系教学大楼内为五个系分别建立了普通图书室，由院图书馆统一规划设计，配备规格一致的书架、书柜和阅览桌椅等。各系资料室建立初期，总计配备中外文图书资料10 300册。

1956年，各系机密图书室与普通图书室合并，行政上由各系教务处领导，业务上由院图书馆负责指导。同年，学院图书馆成立资料组，并设置各种专业性参考室。1956年7月，学院机密图书室划归图书馆统一领导，图书馆的规模和业务范围进一步扩大。

1956年，第一期学员面临毕业设计的问题。因此，毕业班的学员对各类专业图书和内部资料的需求十分迫切，图书馆的书刊资料一时供不应求。为了更好地解决学员毕业设计所需的专业性图书资料不足的问题，经学院领导批准，各系派出大批指导教师外出收集资料。同时，学院党委批准图书馆派专人常驻北京联络站，全力收集内部专业书刊资料。经过多方努力，图书馆的藏书数量和质量都有大幅度的提高，较好地满足了学员毕业设计的需要。

1956年12月，全国首届高校图书馆工作会议通过了《中华人民共和国高等学校图书馆试行条例（草案）》（以下简称《草案》），规定了“高校图书馆是高等学校的一个重要组成部分”“高校图书馆是为教学和科研服务的学术机构”。

《草案》充分肯定了高校图书馆在教学与科研工作中的重要地位和作用，对哈军工图书馆的进一步发展壮大起到了极大的推动作用。为了深入贯彻《草案》精神，进一步提高图书馆的管理和服务水平，图书馆把“读者第一，服务至上”作为办馆宗旨，并于1958年提出“开门办馆，勤俭办馆，为政治、教学、科学研究服务”的办馆指导思想。

哈军工图书馆在《草案》精神的鼓舞下，到1957年，经过5年左右的发展和建设，不但管理水平不断提高，而且馆藏书刊资料数量大幅度增加，拥有中外文图书23万余册，机密以上图书资料22万余册。订购中外文文献期刊300多种，其中有一大批是难得的权威期刊资料，包括19世纪和20世纪30年代成套的英、德、俄文原版期刊70多种。其中船舶工程类著名的期刊有：*US Naval Institute*

Proceedings，从1875年第一卷起连续收藏；*Journal of The Acoustical Society of America*，从1929年第一卷起连续收藏；*Transactions of the Royal Institution of Naval Architects*，从第12卷起连续收藏。这些期刊资料的收集，为保证我校船舶工程类书刊资料的完整性、系统性和权威性奠定了基础。

从哈军工、哈船院到哈工程，图书馆收藏的船舶工程技术类书刊资料在我国同行业图书情报单位中具有历史久远性、权威性、系统性和完整性的特点。

哈军工图书馆在学院各级领导的大力支持和关怀下得到迅速发展，到20世纪60年代初，学院图书馆有工作人员53人，书库面积1 700多平方米，阅览座位300多个，中外文藏书57万余册，中外文期刊2 400多种，初步形成具有哈军工专业特色的藏书体系，建成了具有相当规模的、在国内高校中有一定影响力的大型高校图书馆。

而后，在国家专业调整和分建政策的影响下，哈军工图书馆的藏书体系和藏书数量受到很大影响。

1960年，中央军委决定哈军工分建。之后，炮兵工程系迁往武昌，与武昌高级军械技术学校合并，成立炮兵工程学院，后来迁到南京；装甲兵工程系迁往西安，成立装甲兵工程学院；工兵工程系迁往西安，成立工程兵工程学院。异地分建、独立成立学院的三个系，都各自带走了一定数量的相关专业书刊资料，因此，哈军工图书馆的馆藏书刊资料大幅度减少。

在三个系南迁分建后，哈军工又新建了三个系——原子工程系、电子工程系和导弹工程系。针对三个新建系的专业设置情况，哈军工图书馆又开始大规模地购买和收集新的书刊资料，很快建立起新的专业化的藏书体系。

1970年，根据国务院、中央军委下发的文件精神，哈军工主体内迁长沙，将海军工程系和空军工程系从学院中分离出来。

哈军工图书馆在准备南迁的过程中遭受到很大损失。学院决定，迁往长沙、武汉、西安等地的各系分别带走各自相关专业的书刊资料及设备。

最后，迁往长沙的几个系即后来的国防科技大学只挑选了约13万册的图书资料；船舶工程学院挑选了7万余册图书资料；迁往西安的空军系只挑选了几万册图书资料。剩余的大量有价值的图书资料怎么办？经学院领导批准，先让学院的教师挑选，由他们自己保存。结果只有少部分教师挑选了一些图书资料，还剩余近30万册书刊资料无人挑选。在这种情况下，剩余的近30万册书刊资料当作废纸卖给造纸厂造纸了。

参加东风113超声速歼击机研制

哈军工第二期学员　陈大炎

我是哈军工空军工程系工程科第二期学员，也是第一批从普通高中招收的学员。1953年入学，经过一年的预科培训，1954年以九门考试课程全优的成绩升入本科，编入一系一科111班。

1958年，我们在老师的指导下进行毕业设计，我的设计题目是“高空高速歼击机的设计”。毕业设计要求根据设计任务提出的战术技术要求，拿出一个具体方案，做出可行性论证；并对飞机的某个部件做出较为具体的设计，进一步论证设计方案的可行性；绘制出必要图纸，拿出论证报告，通过答辩后，就可完成全部学业。

整个毕业设计历时将近三个月，但当毕业设计进入最后阶段，学员们正在绘制图纸、编写论证报告，准备答辩时却突然被叫停，全体学员要参加一项重要任务——由中央军委直接下达的国家任务：东风113号超声速歼击机的设计。

根据当时的国际形势，我军急需一架能对抗美军F-104、F-105的超声速歼击机，它的最大飞行速度为2.5倍声速，最大飞行高度为25 000米。这样的性能比起我军当时已装备的歼-5和即将装备的歼-6来说，是向前跨了一大步。在那个年代，能参加这样的任务，直接为国家做贡献，大家无不欢欣鼓舞，庆幸能参与其中。

根据中央军委的要求，我院要在1958年国庆节前拿出飞机设计的详细方案。这个方案是整架飞机的方案，除飞机结构外，还包括发动机、导航设备、雷达、航空武器、操控系统、救生设备等的设计方案。

因为没有现成的设备可选用，所有的设备都要进行配套研制，所以实际上要动员全系有关专业进行一次大会战。经过大家的努力，我们按时完成了任务，国庆节前将全部设计图纸和论证报告送至北京，供中央军委审查。

经过由空军牵头的专家评审组评审通过，再经中央军委召开有关工业部门参加的办公会议讨论，中央军委最终向中央呈上了同意研制的报告，报告不久就获批准了。

中央认为我国自己研制军用飞机很有意义，会有不少困难，各部门应该大力协作，克服困难，共同完成任务。于是研制工作正式开始，明确、试制生产由航空工业部各工厂及有关单位负责；设计研究、生产图纸由哈军工原设计人员负责提供。如有需要可请航空工业部各研究单位协助，各设计组选定试制生产的工厂共同完成试制任务。于是我们全体研制人员奔赴对口的工厂，边设计边生产，直到完成任务。

我们飞机研制组进驻沈阳112厂，厂方给我们命名为“第二设计室”，以区别于工厂原有的设计室。第二设计室主任是罗时钧教授，副主任是杨庆雄、黄序等人。我任翼面组组长，负责飞机各个翼面的研制工作。为保证飞机在各种飞行状态下的安全可靠，各个翼面在空气动力外形已确定的情况下，其结构必须有足够的强度和刚度。

飞机在高速飞行时产生的高温及温度分布不均匀都会对结构的强度、刚度以及空气动力产生很大影响，所以翼面的受力情况很复杂，设计难度很大。正因为如此，学院从基础课部调来了三位知名的教授指导我们工作：周明灏教授指导强度计算，陈伯屏教授指导刚度计算，卢庆骏教授指导高温对结构影响的计算。他们和我们一起在工厂工作了几个月。

当时国家经济困难，供应紧张，三位教授都吸烟，高强度的脑力劳动让他们对烟的需求量大增。在香烟定量供应的情况下，他们常常将扔了的烟头捡回来，取出烟丝，重新卷起来抽。就是在这样艰苦的条件下，他们仍顽强地工作，这种敬业精神值得我们学习。他们渊博的知识和高超的理论水平帮助我们解决了研制中的不少难题，对研制工作做出了重要贡献。

当研制工作真正铺开时，我们几十人的队伍明显不够，而且两个设计室同时存在，也分散了厂方的精力，影响研制任务的完成。于是上级决定，我们与厂方的设计室合并组成“产品设计室”。

在我的记忆中，那时为了平衡教学与科研工作，学院对参研人员也做了部分调整。部分教授调回了学院，如当时担任第二设计室主任的罗时钧教授和指导我们工作的三位基础课部的教授等。

产品设计室的人员组成大概为：主任王秀山，副主任有五位，分别为徐舜寿、黄志千、杨庆雄、叶正大、黄序，下属的设计组中我记得宋文聪任总体组长，谢光任空气动力组组长，王德钊任强度组组长，还有顾诵芬、管德等人也参加了部分研制工作。

我仍旧担任翼面设计组组长。我们设计组与工厂设计室合并后，人员扩大到三十人左右，军民联合相互学习，共同为完成研制任务而奋斗。合并以后，不仅人员增加，物质条件也有改善。

在那个年代，说实话，我们用来绘制设计图纸的工具非常原始，有图板、方格纸、丁字尺、曲线板、圆规、直尺、比例尺、量角器、铅笔、鸭嘴笔等，用来计算的工具就是机械式的手摇计算机和计算尺，较好一点的是德国进口的计算尺，其计算精度高一点，功能多一点。

大家都争着用的是电动的机械式计算机，计算速度快，还可以免除手摇之苦，但全组只有两台。在这样的条件下，我们算呀画呀，反反复复，夜以继日，非常艰难地完成了设计计算和全部生产图纸。

但当我们拿出设计图纸给工厂的技术人员和工人师傅看时，得到的回答却是："这样的图我们没法生产。"被泼了一头凉水——我们不懂生产工艺和生产图纸绘制的规范，必须按工厂的规范绘制设计图纸和编写工艺文件。我们只好从头学、虚心学，修改图纸和工艺文件，一遍又一遍，直到厂方认可。大家终于在春节前完成了全部生产图纸和工艺文件，取得了阶段性胜利。

大家真有红军万里长征到达陕北的感觉，这时可以轻松一下，洗个澡，睡个好觉了！在赶绘设计图纸期间，大部分人长期没有回宿舍睡过觉，困了就在图板上趴着打个盹儿。

我从不抽烟，但有时实在太困了，也曾用香烟熏一下提提神儿。当时加夜班没有什么营养品吃，我就买了些不要票证的"伊拉克蜜枣"充饥，结果在一次体检时我们中不少人出现了健康问题，记得宋文聪和本人都在复查的名单中。可见当时的条件十分艰难。

接下来我们的工作就是下车间完成试制，解决试制过程中各种技术和工艺问题。我们最先遇到的是高强度合金钢问题，这是机翼受力最大的主梁必须用的，如果采用性能差一点的钢材，大梁就会超重，整个飞机也就超重，从而影响飞机性能。

这种钢我国当时也在研制，但性能不达标，我们只好求助于当时的苏联，订制毛坯运回国内加工，这说明了基础工业的水平制约着我国军工产品的研发。

经过两年多的努力，机翼的试验件终于完成了，我们将其送回学校，在静动力实验室进行静力强度试验。本人参加了全部试验，实测结果与计算结果基本相符，初步验证了设计是成功的。

接着要进行一系列其他的试验，直到破坏试验。在各项试验完成后，我们根据测试的结果，修改、完善设计，即可投产试制正式用来进行整机试验的产品了。

时间已经到了1961年第二季度，当时的国际形势有了变化，苏联同意出售米格21给我国，这样对自行研制新飞机的需求就不那么迫切了。加上新飞机研制中存在诸如新材料的供应、新工艺的掌握、试验条件的限制以及各种配套设备的研制等问题的解决尚需时日，所以中央决定对东风113超声速歼击机的研制告一段落。

参加研制的人员除少数原哈军工的教员和已决定留院任教的学员外，都调入刚成立的第六设计研究院。沈阳112厂的产品设计室扩编为六院的601研究设计所，东风113的研制任务也移交给该所，全部设计图纸、资料、试验数据等都由他们接管。1961年，我调回学院，协助杨庆雄老师筹办飞机设计专业。

我们不应忘记，在112厂坚持研制工作的人员中还有哈军工第二期学员李种馥、黄彭年、沈祥富、朱寿勤、乔宦文、施世福、汪开贵、钟定逵；哈军工第三期学员刘悟泉、谢天宸、成万植等人。

虽然东风113号超声速歼击机的研制没有取得最后的成功，但这是一次非常有意义的探索，对我国航空工业的发展发挥了重要作用。

这次研制经历告诉我们，高性能歼击飞机的研制是一个庞大的工程，它要取得成功，除了有高水平的理论知识和设计能力外，还必须有相应的基础工业和先进的试验设备相配合，这为以后航空工业的发展进行了有益的探索。此次研制使国家对先进试验设备的建设和基础科技的研究愈发重视。

这次研制工作还为我国航空工业培养了一批技术骨干，为空军装备的发展发挥了重要作用。如歼–10的总设计师宋文聪院士，就是东风113超声速歼击机研制的总体组组长；原产品设计室的副主任黄序同志后来成了空气动力试验基地司令员；国防科委的副主任谢光将军就是原设计室空气动力组的组长。

这次研制工作还为哈军工由培养维护使用人才转为培养研究设计人才的转型打下了坚实的基础。培养目标变了，我们的教学计划、课程设置、讲授内容、实验室建设等都要按新的培养目标来安排。

1960 年，产品设计室翼面研制组同志合影

正因为我们参加过东风113超声速歼击机的研制，所以对如何培养合格的研究设计人才心中有底，对培养内容也心中有数。我们很快就制订出了飞机设计专业的教学计划、课程大纲，初步编写出了教学所需的教材，对学校培养目标的转型做出了贡献。空军工程系各个专业也同样受益于东风113超声速歼击机的研制。

在研制东风113超声速歼击机的过程中，我们翼面设计组得到了学院的表彰，被评为先进集体。那时设计组的成员还有汪开贵、谢天宸、刘悟泉、陈大炎等人。

我为哈军工站岗

哈军工警卫营　李云程

我是1956年3月入伍来到哈尔滨某军事单位（103部队）的，到这儿之后我才知道这是我们国家的高等军事学府——中国人民解放军军事工程学院，是一所为军队培养高级军事技术人才的国家重点大学。

经过三个月的新兵训练之后，我被分配到警卫营成为一名光荣的警卫战士，承担起保卫哈军工的警卫工作。

当时的哈军工大院保密性很强，对外戒备森严。为确保大院的绝对安全和良好的教学、生活秩序，哈军工用一个营的兵力（约500名战士）承担着大院的警卫工作。

哈军工大院的三个校门、各教学楼门、各重点实验室门前，以及各种军备仓库、保密室、八一军旗室等处都有卫兵站岗。总共约有30个岗位，每天要有100多名士兵24小时轮流站岗。

当时的警卫营驻扎在现在马家沟河以南约1 000米的地方，不方便从营部直接派兵去上岗，所以每周六下午由营长下达命令给一个连队，由连队派出两个卫兵队前往哈军工院内的两个卫兵队驻扎点，然后再向各岗位派出哨兵，每个岗位有3名战士24小时轮流站岗。

那个时候的哈尔滨冬天非常寒冷，无论是刮风还是下雪，就算是在零下30摄氏度的低温下，我们也要坚守在岗位上，一站就是两个小时，一周后再由下一个连队前来接替。

我在警卫营当兵三年，站遍了哈军工大院里的所有岗哨，每个哨位都留下了我站岗的脚印，也使我对哈军工产生了深厚的感情。1959年，我复员离开了警卫营。

我入伍之前，是沈阳空气压缩机厂的一名技术工人。1959年3月，我复员时，哈军工正好要从复员军人中招收一批工人，我成为其中的一员。因为我当兵前就是技术工人，所以哈军工就直接把我分配到当时的海军工程系（老三系）工艺室，我又成了一名技术工人。

艰难困苦，玉汝于成

哈军工学院办公室　李文煊

1963年9月1日，是中国人民解放军军事工程学院10周年华诞。时任中国人民解放军副总参谋长的张爱萍上将代表军委来学院祝贺。

在院庆庆典前，张爱萍视察了学院空军工程系和原子工程系后来到海军工程系，海军工程系主任黄景文、副教授柳克俊进行汇报。

黄景文汇报了柳克俊带领科研组，艰苦奋斗、迎难而上，尤其是柳克俊本人身体力行、身先士卒，年已30还未成婚，全身心地投入国防建设事业中的事迹。

哈军工在研制成我国首台完全国产化的半导体军用电子计算机的基础上，又生产出用于海上实验的军用样机。1962年夏，在旅顺海军基地完成了海上鱼雷攻击射击指挥实验，以及海上夜间鱼雷攻击实验，均获得成功。

为使科研成果转变成产品，在柳克俊的倡议下，武汉无线电厂、抚顺电子仪器厂、江西德安浔阳电子仪器厂等均专门建立了电子计算机生产车间，已保质、保量地生产出了计算机，满足了各个季节海军作战的需求。张爱萍上将伸出大拇指，对大家取得的成绩表示高度赞扬。

当时，我作为学院办公室秘书随行并撰文，发表在毛泽东同志为哈军工亲笔题名的《工学》报上。

柳克俊取得的成就，获得众人一片赞扬，但又有多少人能理解他所付出的努力和艰辛！

柳克俊，1933年11月26日生于江苏省南京市一个普通家庭，1950年，他以优异的成绩考上清华大学电机系。1953年，他成为钟士模教授的研究生。1956年，他以优异的成绩研究生毕业，调到中国人民解放军军事工程学院海军工程系。1957年，他随中国军事院校代表团出访苏联、波兰、捷克等国，通过参观访问，他进一步坚定了科技强国、强军的决心。

1956年，柳克俊研究了海军当时比较先进的自动机电解算装置后，下决心要用电子数字计算机来取代。当时中国还没有电子数字计算机，他就利用业余时间，废寝忘食地收集国外相关资料，从逻辑代数、自动机理论、数值计算、程序编排、脉冲技术、电子器件等着手，反复思考、研究，在图纸上进行设计。

经过刻苦钻研，他终于在1956年底设计出了我国军用电子数字计算机图纸，用于海军鱼雷射击指挥。一个新生事物的产生会遇到各种挑战，尤其是那些持不同意见人的挑战。

当时在哈军工的苏联顾问说：“你们中国就没有计算机，我们苏联也才刚刚研究。你一个年纪轻轻的柳克俊不可能搞出什么计算机，更不要说搞军用计算机了。”

柳克俊面对重重困难，毫不气馁，坚定信心迎难而上。在研制过程中他得到了陈赓院长和刘居英副院长的肯定和鼓励，面对各级领导的信任、关怀和支持，他欢欣鼓舞，更加坚定了研制计算机的信念，更加拼搏奋进。

他没有节假日，没有星期天，每天平均工作15个小时，他团结科研组的人员，夜以继日艰苦奋战，终于在1958年国庆节前夕研制成功了我国第一台军用计算机。机器从哈尔滨运往北京，得到了中央首长的肯定。国防科委非常重视此项科研工作，把我国最新研制的晶体三极管提供给科研组。

在上级领导的大力支持下，他们这批年轻的科研工作者信心百倍，更加努力工作，终于在1961年研制成功我国首台完全国产化的半导体军用电子计算机。

随着科研和生产的深入发展，海军提出了更高要求，要在我国各大海区进行试验，如渤海、东海、南海，满足各个季节海军作战的需求。柳克俊又积极投入到艰苦的海上试验中去，满足了各个季节海军作战的需求。

他是我国计算机、信息系统工程专家，主持研制了中国第一台电子数字式鱼雷指挥仪系统；研制出我国首台完全国产化的半导体军用电子计算机；率先让电子计算机在海军中得到应用和推广；参与创建我国军队系统院校的第一批计算机、系统工程专业，以及研究所；从事系统工程研究，为我国军队指挥自动化建设、信息系统工程研究做出了贡献。

他是中华人民共和国培养起来的第一批高级知识分子，他热爱党、热爱祖国、热爱人民。他说："没有新中国就没有我柳克俊的今天。"

他在军队一干就是四十余年，没有辜负党和国家的期望，为军队的现代化建设兢兢业业。除在哈军工海军工程系任职外，他历任长沙工学院计算机研究所第一研究室主任、副教授，长沙国防科技大学计算机研究所第二研究室主任、副教授，长沙国防科技大学系统工程系副主任、教授，北京海军装备论证研究中心总工程师、博士生导师，海军指挥自动化领导小组副组长、总工程师，北京大学、南京理工大学、天津大学和哈尔滨工程大学兼职教授、博士生导师，中国系统工程学会信息系统工程专业委员会主任委员，军事系统工程专业委员会副主任委员，中国电子学会委员，国杰老教授科学技术咨询开发研究院项目主管等。

他将全部精力投入国防建设中，一直到34岁才结婚。儿子出生时，他还在东海进行试验，直到儿子三个月大时，他才见上儿子一面。

如今，他老当益壮，仍然关心着中国的计算机和信息产业的发展。他对拥有我国自主知识产权的大型集成办公软件进行评审，并积极推广。他常说：“这是中国年轻人奋发努力自己制造的软件，应该支持、帮助他们。要使他们‘青出于蓝而胜于蓝’，学生胜过老师，这样我们国家才有希望。”

他坚定信念，只为理想，艰难困苦，玉汝于成。

组建鱼雷战斗使用教研室

哈军工海军工程系教员　郑浩光

1956年春节前夕，我奉令从驻青岛的海军驱逐舰大队调到哈军工，在路上过的春节。这是我第一次踏上东北大地，那年冬天很冷，雪也很大。我第一次看到东北的冰天雪地，真是千里冰封，万里雪飘，一派北国风光，给人一种豪迈的感觉。而让我更为激动的是对即将到达的这所高等学府的向往和憧憬。

到校后，我被分配到海军工程系鱼雷战斗使用教研室任教。当时，学校的编制都是按苏联顾问团专家提出的方案执行的。教研室称教授会，所以鱼雷战斗使用教研室被叫作鱼雷战斗使用教授会，为了保密，对外的代号是“311教授会”。

当时教授会只有三个人，李超然、陈立群和我。李超然来校比我们早一年，被任命为教授会的负责人。教授会按苏联模式，规格较高，主任一般应由教授或校级军官担任，可当时我们都刚从军校毕业，李超然和陈立群是从大连海军指挥学校毕业的，我是刚从苏联列宁格勒海军高级专科学校毕业的，论军衔都是中尉、少尉，论职务都是助教，与要求的规格相差很多，但当时没有更合适的人选，所以李超然同志被任命为负责人，实际上执行教研室主任的职务。

当时，教研室是在筹建阶段，可以说除了三个活人和一间办公室，其他什么都没有。那是因为“鱼雷战斗使用”这个学科以前在中国根本就没有出现过，这个学科在哈军工是根据苏联顾问团提供的教育计划设立的，是一个全新的概念，我们要从零开始，白手起家。

当时，鱼雷班的学生已经入学，正在进行基础课和专业基础课的学习。鱼雷战斗使用课的教学排在1957年第二学期进行，还有一年多的时间，时间紧、任务重，加快教研室的建设刻不容缓。

当时的任务主要有三项：开两门课和建设一个实验室。根据当时的情况，我们三个人做了分工。一门课由李超然负责，一门课由我负责，实验室建设由陈立群负责。要在一年多的时间里，在没有教科书、缺少资料、白手起家的情况下，编写出近百学时的讲义并搬上讲堂进行教学，谈何容易！但当时我们国家的实际情况就是这样，没有别的办法，只有我们几个青年教师硬着头皮，知难而上，边学边干，就是要闯出一条路来。

我们根据教学大纲的要求着手编写讲义，没有资料就去搜集。

我们到大连指挥学校、青岛的海军潜艇学校、海军舰队、海军司令部图书馆……能想到的地方、部门，我们都跑遍了，将有关鱼雷使用方面的历史的、外国的、两次世界大战中的资料尽量收集起来，还查找了许多军事杂志，经多方请教、摸索前行，我们的工作就这样开始了。

后来一名苏联海军中校军官来了，他的名字叫雅尔肯。在我们非常需要指导的时候，苏联友人向我们伸出了援助之手，他的到来如同雪中送炭。

苏联专家对我们很友好，平易近人，工作热情，为我们介绍苏联的情况和他的经验，对我们的工作提出指导性意见，关心我们的生活，鼓励我们大胆工作，特别是他能对我们的实验室建设进行具体指导。苏联专家的到来，使我们的组建工作方向更明确了，我们心中有了底气，觉得踏实多了。

苏联专家住在哈军工大院的红楼区专家宿舍，他每周来教研室两次，有时给我们讲课，有时带些手写资料，经过翻译后留给我们，而原稿他都是要收回的。

苏联专家并未提供教材，所以讲义还得我们自己编写。为了如期编好讲义、做好备课工作，在这段时间里我们是夜以继日、全力以赴，可以说是除了吃饭、睡觉，全身心都投入工作中。

哈军工的保密制度很严格，我们用的资料、图书，全都在保密室存放，每个人都有一个保密包，每天用的资料上班时从保密室领出，下班后要把保密包交还到保密室，任何资料都不能带出教学大楼。

当时我们助教都住集体宿舍，我们的宿舍在82号楼，从宿舍区到31号教学大楼要走20分钟到30分钟，每天我们都要走三个来回。20世纪50年代的哈尔滨，冬天比现在还冷，雪下得也比现在大，有时路上的积雪厚度能达一尺（长度单位，一米等于三尺），尤其到了晚上，我们要打着手电筒，踏着积雪到办公室加班，直到晚上10点钟，交了保密包后再回到宿舍。幸好那时的装备很厚实，大头鞋、皮帽子、皮大衣，穿上身挺暖和的，冰天雪地也不可怕。有时，我们为了节省时间，少跑路，吃早饭时会在食堂多买两个馒头，用纸包好带到办公室，中午放到暖气上热一下，就当是午饭了。那时我还年轻，工作起来可以拼命，从来都不感觉苦和累。

经过一年多的拼搏，我们终于把两门课的讲义编写出来了，经过打字、油印、装订成册，从此，“鱼雷战斗使用”这个学科在我们国家有了第一本教材。

鱼雷攻击过程模拟实验室也准备就绪，仪器设备经过调试也可以运行了。我们的整个组建工作得到苏联专家的称赞和认可。

接下来，我们转入了开课前的准备工作——编写教案、每节课的试讲和各种备课准备工作，我们满怀信心，开始了鱼雷班学员的第一期教学任务。

激情革命年代，难忘军工岁月

哈军工政治保卫队　董万发

安全保卫工作在哈军工是一项非常重要的工作，从陈赓院长到刘居英院长对安全保卫工作都十分重视。建院初期，陈赓院长就指示学院保卫部门："要充实保卫工作干部，加强保卫人员队伍建设，要与省、市公安机关紧密配合，采取有效措施，确保院区安全。"

学院党委根据中央精神和陈赓院长指示，从学院实际出发，设立了直属队政委领导下的保密工作处，政治部下设保卫部，内设机关保卫科、教员保卫科、学员保卫科和政治保卫队，以及院区派出所。政治保卫队成立于1959年，遵照中央的指示，军队建制凡属大军区级的部门都要成立政治保卫队。在东北地区，只有沈阳军区和哈军工才有此机构。

当时的政治保卫队属军工警工营（后改为警卫连）

编制，政治保卫队的人员组成由警卫连负责抽调组建。政治保卫队的编制属警卫连手枪排，其业务由院保卫部负责下达。政治保卫队队长均由保卫部大尉助理员兼任，按时间排序，曾先后任政治保卫队队长的有保卫部助理员张秦扬、赵成功、郭勇、陈望新、王爱义等同志；担任政治保卫队班长的有周凤国、何景义、苏焕文、李文海、王洪斌等同志。政治保卫队人数最多时相当于一个排的建制。

政治保卫队的任务如下。

第一，首长专职警卫。当时规定凡是少将军衔以上担任院领导的首长均可配备专职警卫员，享受此待遇的有政治委员谢有法中将，院长刘居英少将，副政委刘有光少将、张子明少将，副院长李懋之少将，政治部主任张衍少将等。警卫员均由政治保卫队出人配备。

第二，专家警卫。按规定三位专家配一名警卫员，当时二级教授卢庆骏、张述祖、曹鹤荪可配一名警卫员。

第三，三级教授一般外出时配警卫员，在院区内活动一般不配警卫员。

第四，负责全院教职工的政治审查。

第五，负责协助新建派出所管理全院教职工的户籍和安全工作。当时在院区成立的新建派出所，隶属哈尔滨市公安局南岗公安分局，所长由南岗公安分局指派。当时担任所长的是郇应南同志，政治指导员为学院保卫部大尉助理员范厚德同志兼任，同时抽调政治保卫队的周瑞田、韩庆文等同志到新建派出所工作。1965年1月，新建派出所撤销，抽调到派出所工作的几名同志又回到学院工作，后期新建派出所又恢复，我院就不再派人员了。

我是1963年下半年从警卫连调入政治保卫队的，当时的班长是何景义同志，政治保卫队队长是大尉助理郭勇同志，后期是保卫部大尉助理员陈望新同志和王爱义（少校）同志。直到1966年4月1日，哈军工集体转业，政治保卫队随着形势变化也就不存在了。

我在政治保卫队期间曾担任政治部主任张衍少将的警卫员，其秘书是管凤山同志。我除了照顾张衍主任的生活、负责一些行政事务外，还要担任专家、教授的外出警卫，同时要做全院职工调入的政审工作。还有一项重要的工作要做好，那就是中央首长来院视察期间的安全保卫工作，丝毫不能有一点马虎。

1965年7月，根据保卫部的指示，派我和张财富（河南兵）到职工村（工人住宅区）做安全保卫工作，当时总政下文撤销新建派出所后，职工村从1栋至80栋，有500多户居民，治安情况不算太好，我们进驻后，日夜守候在职工村的周围。

职工村为三个居民委，我们有时还着便装深入到居民区，协助居民委解决一些实际困难。我们的工作开展后，职工村的治安情况好多了，各类案件明显减少，老百姓对我们的工作也给予了肯定。1965年底，时任政治保卫队队长的王爱义同志找我谈话，调我到院政治部干部部工作，我整理行装，交接工作，前往干部部任职。

总之，我从哈军工到哈船院再到哈工程，直到退休，几十个春秋没离开过这个大院。回想起来，我一直在哈军工大院里工作和生活，经历了学校的变迁，从集体转业、哈军工南迁、哈军工留守处，再到哈船院、今天的哈尔滨工程大学，我目睹了学校翻天覆地的变化，感慨万千。

在哈军工的日日夜夜，那些激情燃烧的岁月，那一段难忘的军旅生涯值得我留恋。希望我校继承哈军工的光荣传统，把学校办成一流的大学，出成果、出人才，在党的伟大精神的鼓舞下，紧密地团结在习近平总书记的周围，为实现中华民族伟大复兴的中国梦做出更大的贡献！

哈军工海军工程系的工艺室

哈军工海军工程系教工　李云程

在哈军工时期，每个系都有一个工艺室。我于1959年当兵复员来到海军工程系的工艺室，成为一名机械加工技术工人。

工艺室是工人编制，除了领导我们的主任和一名技术员是军人外，其余都是工人。工艺室虽然人数不多，只有十几名，可工种不少，有木工、车工、钳工、钣金工、焊接工、油漆工等，工作地点是在原三乙实验楼的一端。

工艺室的主要工作任务是保障教学、实验和科研的顺利进行，主要起辅助教学作用。我们主要加工制作在实验水池做实验用的各种舰船船体模型（木模）、机电专业所需要的一些电器方面的控制机柜和操作机壳，以及教学、科研做试验用的零部件等。

工艺室全体同志

1959年，遥控式海军炮艇航行模型就是由工艺室的工人协助海军工程系的教师加工制作完成的。后来，此船模参加了全国遥控船模在水上航行的比赛，并获得了好的名次。

1960年初，为减轻食堂工作人员的劳动强度，学院发起食堂机械化活动。海军工程系的教师和毕业班的学生自行设计并同工艺室的工人一起进行加工和组装，大家不分白天和黑夜，加班加点地努力奋战，经过一个多月的努力，制作出和面机、切菜机、切肉机、洗碗机等，切实减轻了食堂工作人员的劳动强度。其中，和面机在食堂连续使用了十几年。

工艺室这个单位虽小，却在哈军工时期的教学、科研和实验室建设等工作中，发挥了很重要的保障作用。

哈军工时期学生工作点滴

哈军工海军工程系干部　朱玺昌

1960年11月，我从23军调来哈军工海军工程系政治处任组织助理员，1962年9月成立学员队时，我去605队任政治指导员，负责6个专业、7个班、150多人。队长雷震同志也是从部队调来的，副指导员宫祥发是系干部办公室的干部助理员，先后两名副队长任职时间很短即调走。我们三人相处得很好，能互相支持配合，思想也能沟通，可以愉快地工作，并取得很好的成效。我们与学员同吃、同住、同劳动，直到学员毕业。我们关爱学员，学员也尊敬干部。

我们在学院工作期间，对哈军工的好思想、好作风、好传统体会较深刻，很留恋。

学员们的学习气氛很浓，目的明确，自觉性很强，时间抓得特别紧，每天除了早操、上体育课、下午抽时间打打球外，就是上午上课、下午写作业、晚上自习，行动都是以班为单位。即使是开饭前后和等待站队的很短的空闲时间，学员们也都抓紧时间背外语单词，看不见他们有休闲活动，更见不到约会、谈情说爱的现象。在来哈军工之前，学员有恋爱对象的也不张扬，从来不约对象来学院玩，只是通信联系。

陈毅同志来哈军工视察时，在大操场上向全院教职员工作报告，讲到学员要集中精力学习，取得好成绩，早出成果，在学院期间不准谈恋爱、不准结婚。后来，学院简称“两不准”，即不准恋爱、不准结婚。这次报告，对学员的影响很大，很快就有不少学员给队里领导写思想汇报，不再恋爱，要断绝关系。

我们认为这是好现象，学员事业、组织观念强，听党的话应予表扬，同时我们也认为事情既重大又复杂，这不仅是个人问题、家庭问题，还是社会问题。男女双方认识时间长，相恋时间久，从小学、中学都在一起学习，从相识到相恋，互相都有感情，两个家庭是好邻居，父母有的是好同事、好战友，有的是上下级关系，年轻人相恋，双方的父母早就认可了，因此，处理不好会出问题，对社会造成不好的影响。必须抓紧做好思想工作，领导干部要做，党团组织要做，学员们要互相关心，也要自我教育，放下思想包袱，解除顾虑，集中精力抓学习。在做好学员思想工作的基础上，让他们不要再通信了，以免耽误时间、分散精力。“两不准”的要求要认真对待、正确处理，要有时间，有个过程。

通过我们及时做思想工作，学员们的情绪较稳定，群众反映良好。我们的思想工作抓得紧，实事求是、通情达理，工作很有成效。“两不准”的规定深入人心，一方面促进了教学的开展，另一方面也反映了学员的事业心和政治觉悟较高。

学员的学习时间很紧。队里每周三晚上自习前半小时为点名时间，不是叫名字，是给全队讲工作。我们发现有很多学员自习时加班加点，晚上10点左右才回宿舍休息。我们就对大家讲，休息时间少了，会影响第二天的学习效果，影响别人休息，对身体健康也不利，还违犯了作息制度，得不偿失。

事后检查，大有进步，加班加点学习的人减少，我们检查督促时，和谁相遇的次数多，谁就感到不大好意思。我们检查督促是有耐心的，不会批评指责，因为学员是去学习的，又很辛苦，不再去加班加点学习就行了。

那次讲过之后，只有个别的人加班学习了。我们就对大家讲，此事讲过的就不再重复了，今天只讲我们干部加班时间不比你们少，你们回到宿舍休息了，我们要留一个人值班，两人回家。走慢了，小北门的门卫已锁门下岗了，我们只好钻门洞回家，三十几岁的人身体不灵活了，这不是表功，更不是叫苦，是事实。本来不想说这些的，怕让你们后悔，或于心不忍，但又想到大家彼此的感情，可能会起好的作用。

后来经过多次检查，全队无一人再加班加点学习了，这是全队努力的结果，增进了大家的集体荣誉感。

学员们为国家节约服装。605队学员是5年制，在最后一年发夏季服装时，学员都要把不需要的捐给国家。每人应发两套单衣、两套衬衣，还有鞋袜、毛巾、床单等，很多学员只领一套单衣、一套衬衣、一双鞋子等，其他的就交公了。

系主任黄景文同志知道此事后对我说，不要号召学员捐服装，他们很多人毕业后分到研究所工作，研究所要集体转业归地方，以后就不发服装了，穿不着的可留作纪念。我对主任说，我们没有号召，是他们自发的活动。

然后我一面表扬学员们的爱国热情，一面讲国家经济形势已经开始好转，三年困难时期已经过去，新三年，旧三年，缝缝补补又三年的时代也改变了。事物是在不断地变化，部队着装要求整齐统一，有时也改革，可能款式颜色有统一的变化，有的单位在归属上改动，有时个人调动等，用不了的就留作纪念吧。

此后，大家还会捐服装，只是数量上有所减少，但减得不多。事情过去半个多世纪了，我的头部负过伤，又患过癫痫、脑梗，90岁的老人了，有些细节和数量是无法说清的，但事情是真实的，无任何夸张，这是先进思想和优良传统的具体表现，精神可嘉、可予传承。

1962年，我去605队工作。放寒假时我对学员讲，放假啦，天很冷，冰天雪地，途中要注意安全，也要把带的东西保管好，要防盗；在家中休息，要劳逸结合，也要适当地看书学习，学过的复习，温故而知新，下学期要学的可先预习，有利于理解和接受。并请学员代我们向其全家问好，祝全家幸福安康。强调一下，假期结束时要按时返院，从假期最后一天深夜12点为界，过了就为超假，这是个人的过错，对集体影响也不好，夜晚天还冷，又没有公交车，何必安排这么紧，真是自找罪受，最好提前一两天返院，既能休息好，又能做开学的准备，取得好成绩。

假期过后，全队无一人超假，以后数年的假期也无人超假。这说明学员的学习精神好、集体观念强，让人印象很深，值得传承。

1965年605队学员毕业，最后有一周的时间需要我们对学员进行毕业教育，通过学习，提高认识，加强学员对事业的责任心，端正服从组织的态度。学员个人写小结，做自我鉴定。队里给学员写短评，主要是副指导员执笔，队长和我修改。此时的党支部抓紧讨论发展党员，毕业时党员人数约为总人数的20%。

分配工作由系政干部办牵头，学员队、教研室参加，共同商议。在服从工作需要的前提下，对个人问题也尽量照顾，如离家近些、离恋人单位近些等。有两名学员及恋人年龄较大，超过27岁，批准他们先回家探亲，后去单位报到，以解决婚姻问题。

在宣布分配方案后，全队皆大欢喜，都表示坚决服从分配，没有一个人向领导提个人要求的。有一年，一个单位的三个人临时变动去向，他们二话没说，愉快地服从分配。

全队的口号是：好男儿志在四方，好战士志在边疆；党的需要，祖国的需要，就是我们的志愿。这生动的口号，也可理解为学员的决心、承诺、誓言。还有一些口号，如到最艰苦、最需要的地方去，先立业、后安家等，提得也很响亮。

回忆第一次下连当兵

哈军工海军工程系教员　李国斌

1965年1月，海军工程系根据哈军工党委的计划和要求，组建了第一批（也是最后一次）干部和教员下连当兵。我记得当年下连当兵的有徐志坚、尚法尊、唐广治、王贵波、王泰春、汤振明、赵国良和我。海军工程系党委和各专科都对准备下连当兵的人进行了动员，对我们应承担的工作做了安排。

我们海军工程系干部和教员都以列兵的身份被安排在图们3170部队一连当兵锻炼（哈军工其他各系到哪儿不清楚）。教员计划锻炼半年，干部一年。半年后干部在连队挂职任排长（王贵波）和副指导员（徐志坚）。

我们一行人1965年春节后离开哈尔滨 ，海军工程系有干部带队一路送下连当兵锻炼的干部和教员去图们。一行人经长春转车到延吉，3170部队派人接我们到图们。我们海军工程系都分配到3170部队一连，我被分到了一连三班。

连队干部介绍了连队的情况，并对下连队锻炼的干部提出了要求。我们从哈军工入伍开始，便一直穿着军装佩戴着中国人民解放军的胸章和八一帽徽（1956年以后到哈军工的学员都佩戴），虽然也经过军工预科一个多月的入伍训练，但距离一个真正的战士还有很大的差距。

到连队后，我们立即开始了在连队的活动。当时的连长叫郑福英，我们三班班长是一位上士，四川老兵。一个连五个排，将近150多人住在一个特大房间里（当时3170部队其他连队也是一个连一个大房间）。

每天哨子一吹便要起床，我们要在班长的带领下爬营房后的大山，各班各排进行比赛。在下连队当兵期间，我再一次学习了队列，也练习了投弹和夜间射击。

所有科目都要进行考核。我们拉练的时候住在老百姓家，一天拉练下来脚底板都磨出了大泡，老兵会教我们如何处理脚底下的泡。不能挑破，他们用针带线穿过脚底下的泡，让泡里的水顺着线流出来，第二天行军还能照常参加，这也是各位老兵积累的经验。吃饭时，我们有时和老百姓交换食品，朝鲜族老百姓对我们当兵的很照顾，还给我们辣白菜。

平时训练打靶，立、跪、卧和夜间多种姿势打靶，我都取得了比较好的成绩，获得好评。图们和朝鲜仅仅隔一条图们江，可以看到河对面的朝鲜军人。

下连当兵期间，我们除了站岗放哨，还要进行各种各样的军训，连夜间紧急集合都有。每天就寝熄灯前老兵都在观察连长的神态，今晚有没有紧急集合？记得有一次连队参加抓逃犯的行动，我很紧张，几个战士一个组。一天后，我们被告知逃犯抓到了。

我们以列兵的身份下连队当兵，半年的时间很快就结束了，半年来我们向战士们学习了一不怕苦、二不怕死、勇于拼搏、永不放弃、永不服输的精神。

那时冬天要到室外的粪坑清理大便，大家都抢着下去清理。让干什么我们就干什么，锻炼结束后部队给我们进行了评价和鉴定。

1965年7月，我们海军工程系下连队锻炼的教员返回哈尔滨，又开始了海军工程系正常的教学工作。

哈军工及周边地理与老建筑史话

哈军工研究生班学员　刘大昕

介绍哈军工的资料不少，但大都介绍陈赓创办哈军工的历史及五个教学大楼。本篇试图从哈军工及周边地理与老建筑的变迁角度来回忆哈军工，释放哈军工情怀。

1952年5月初，后来担任哈军工教育长的徐立行率人到哈尔滨市选址。他们考察了市区沙漫屯、柞树林等七八个点，最后徐立行等人看中了文庙街，因为文庙街是哈市制高点，周边有文庙、极乐寺等建筑，人文环境好；距离火车站、飞机场（老）、松花江边交通便利；东南方向有一片空旷、荒凉的坟地，人烟稀少，大有建设、发展的空间。

哈军工大院在东大直街、一曼街及宣化街的交会处，大体分为三大块，分于南通大街两侧，范围西至极乐寺、苏联红军烈士陵园（文化公园），东至文庙街东端、橡胶厂，北至太平桥，南至马家沟河。主院区分列于文庙街南北两侧。此外哈军工在南岗、道里、道外等区还有20多处房产。一曼街建于1921年，原名山街。1946年7月7日，为纪念抗日烈士赵一曼，哈尔滨市人民政府将山街改称一曼街。

清朝末年至民国初期，由于战乱和生活贫病，哈尔滨死亡人口日益增多，零散埋葬者越来越多，距离居民区也越来越近。当时政府为了解决这个问题，决定准许4个人或团队建立墓地。自光绪二年（1876年）到1936年的60年里，哈尔滨共建立私人、团体和公立大小墓地共计30处，占地面积27 575 480平方米。

捷克、南斯拉夫、匈牙利、波兰等七国侨民联合于光绪二十四年（1898年）建立“七国”墓地（今南岗区南通大街省冰上运动中心），俄国驻哈的权威者于光绪二十八年（1902年）又新选定了南岗东大直街（当时称“新市街”）东端（今文化公园）建立了“俄侨”新墓地（俗称“毛子坟”，后称“苏联墓地”）。光绪二十九年（1903年），建立了“犹太”墓地（今南岗区省冰上运动中心）。民国六年（1917年），建立了“朝鲜”墓地（今南岗区文化公园北墙内）。

民国十年（1921年），建立了三处墓地，由基督教会建立的“基督教”墓地（今南岗区文庙街东端路南，哈尔滨工程大学）；还有两湖墓地（系湖南和湖北两省籍）；再有“京直”墓地（系北京、河北省籍，后改称“直隶”墓地）；民国十三年（1924年）极乐寺主持在其东部隔道建立了“极乐寺”墓地（今南岗区东大直街东端普照寺西墙外）。到1936年相继建立的墓地还有“俄侨贫民”墓地（今南岗区文庙街西端马家沟河以北一带）；“贫民”墓地（原太平区西南角马家沟河以北）；“红十字会”墓地（今南岗区南通大街路东，原太平区延平路以南）；“大有坊”墓地（原太平区先锋路中部路北）；等等。

在“七国”墓地隔道南通街道东（今哈尔滨工程大学）即为“天主教”“基督教”“俄侨贫民”“红十字会”墓地（俗称“新贫民”墓地）。在这片坟地上陆陆续续新建了一些著名建筑。

首先，圣母安息教堂（又译为圣母升天教堂或乌斯平卡娅教堂）建于1908年9月，由中东铁路管理局出资和教徒捐款修建，坐落在东大直街东头尽端，在“俄侨”墓地的大门内六、七十米处，是为死者举行祭奠活动的宗教场所。当年圣·尼古拉大教堂（即喇嘛台）每天定时撞钟的响声动听悦耳，而“俄侨”墓地的圣母安息教堂钟声也会按时遥遥相对地响起来，许多居民每天习惯性地按时聆听钟声。该教堂是砖木结构，平面为正方形，正面向外凸出，两侧有柱墩支撑着人字形坡顶，坡顶立面是一副模糊的油画。礼拜堂里南北两面高开子母窗，小窗成连续拱形，屋顶为两层鼓座，其上面的洋葱头式穹顶及十字架被拆毁了。教堂西侧的钟楼建于1930年。入口处拱门之上有两层，第三层以前有洋葱头式穹顶，上面是东正教的十字架，目前是一个小五角星。钟楼上挂着“文化公园”字样。钟楼两侧是一层的辅助建筑，形成一个L形。建筑是砖木结构，对称布局，造型自下而上逐渐缩小，有直上天堂的感觉。米黄色的墙面、精致的装饰、比例适当，烘托出神秘的气氛。

文化公园始建于1958年，圣母安息教堂旧址成为文化公园的附属设施，钟楼已经成为文化公园的大门了。教堂附近曾经是俄侨墓地，称为“新墓地”，是当时哈尔滨及中东铁路附属地区最大的东正教墓地，后被陆续迁走。哈军工紧邻文化公园，节假日我们常带着亲友来游玩。早晨，老同志来这里走步、练拳、聊天，这里带给大家许多难忘的记忆和欢乐。1993年7月，该园在原有设施的基础上增加了游乐项目，更名为“哈尔滨游乐园”。2013年11月又改称哈尔滨文化公园。后来，文化公园的商业味儿变浓了，文化味儿变淡了。

哈尔滨极乐寺位于今南岗区东大直街9号，1921年6月17日动工建设，1924年9月28日建成，是东北三省四大著名佛教寺院之一。寺庙的建设由滨江慈善会出面，邀请北方名僧天台正宗第四十四代弟子倓虚法师创办；笃信佛教的居士、中东铁路稽查局局长陈飞青首倡；中东铁路护路总司令朱庆澜出面发起筹建。因讲的第一坛经是《佛说阿弥陀经》，故取名“极乐寺”。应朱庆澜与倓虚法师共同邀请，门上“极乐寺”匾额由清光绪朝状元、清末立宪派代表人物、工业资本家南通人张謇题写，匾额左下角落款有“南通张謇”字样。极乐寺面向南通大街，南通大街当年很长一段时间称为南太平桥大街，后来先后改为南通街、南通大街。当年第四野战军铁道纵队（中国人民解放军铁道兵前身）政治部就设在极乐寺内的角楼，这里可以说是中国人民解放军铁道兵的诞生地，现立有“中国人民解放军铁道纵队成立处”纪念碑。

说到哈军工初创时期的房产，必须提到哈尔滨医科大学（简称哈医大）。1952年10月，哈尔滨医科大学完成移交哈军工校舍共4.7万平方米，使初来乍到的哈军工有了初始立足之地。哈医大领导顾全大局，不到两个月就提前搬迁完毕。为使哈医大附属医院不中断门诊工作，陈赓院长主动把已归哈军工使用的鲁迅艺术学院及摩托学校的房子交给哈医大门诊部使用。哈医大后来在沙曼屯新建校舍，其主要建筑也采用了大屋顶风格，不知是否受了哈军工建筑风格的影响。

哈医大移交给哈军工的校舍除文庙外，还有致知前楼（哈军工编号2号楼）、致知后楼（3号楼）、工字楼（4号楼，军人服务社）、王字楼（5号楼）、马蹄楼（6号楼），还有一个传染病医院和一个麻风病医院。还可能包括哈军工院长办公楼（9号楼）、印刷厂（10号楼）以及两排小平房。

哈医大也经历了多次曲折的变迁。哈医大首任校长伍连德博士当初以东三省防疫处所属的滨江医院的医务人员和技术设备为基础，于1926年9月创办了滨江医学专门学校（哈医大前身，旧址位于今哈尔滨市道外区保障街140号，现建有伍连德纪念馆）。1928年，改称哈尔滨医学专门学校，校址也从道外区迁至南岗区车站街华俄道胜银行（现红军街省政府参事室）。1929年春，学校又迁至道里区地段街北头的特区市立医院（现哈尔滨市儿童医院院内斯大林社区卫生中心）。1936年8月，学校迁至南岗区东大直街精神病院（现哈医大门诊部大楼）。1938年1月1日，哈尔滨医学专门学校升格为哈尔滨医科大学，开始招收日本学生，并将原俄侨办的第一、第二齿科学校合并成立齿科医学院归入哈医大。1946年4月28日，东北民主联军解放哈尔滨，派员接管哈医大。

哈军工校区

1948年10月，中国医科大学一分校和二分校与哈尔滨医科大学合并组建成新的哈尔滨医科大学，哈尔滨文庙等处成为其校舍。1949年4月16日，新的哈尔滨医科大学在文庙大成殿举行开学典礼。哈医大与哈军工非常有缘分，都曾是军队血脉，都在文庙办学，都把大成殿作为自己的图书馆，哈医大还把自己的校舍让给哈军工。

哈军工建成后，不少年轻的男教师与哈医大的女大夫谈恋爱，结成伉俪，传为佳话。1951年春，哈医大二期学员在致知楼前合影。很多人可能还不知道，1951年哈医大在军调生和高中毕业生中招收了400名新生并入伍参军，为军队各医院和医学研究所代培医生和科研人员，他们于1956年毕业。

哈尔滨文庙始建于1926年，落成于1929年，院落面积23 000平方米（居全国孔庙的第三位），建筑面积5 674平方米，是当时整个东北地区规模最大、保存最为完整的一座祭祀孔子的庙宇。1932年，哈尔滨发大水，这里变成临时难民收容所。1952年，文庙移交给哈军工使用。这里曾被当作苏联专家的教学研究办公室和住地，1960年后又成为哈军工的图书馆和阅览室，一直到哈军工被拆分南迁。1985年1月，经黑龙江省人民政府批准，于文庙创办黑龙江省民族博物馆，1988年9月正式对外开放。

文庙建成后曾经举行过多次祭孔大典。现在，文庙院内既有黑龙江省民族博物馆的陈列展览，又是经常举行开学礼、成人礼、升学礼、高考状元礼的热门场所。

哈军工致知前楼和后楼位于文庙西侧，是哈医大移交给哈军工房产的重要部分。致知楼建成于1925年，文庙建成于1929年11月，所以致知楼比文庙还要年长，它是在哈医大首任校长，我国著名检验、防疫事业先驱伍连德博士的主持下建成的。1938年，哈医大在致知楼成立全国首个生物免疫研究室，对生物免疫展开初步研究。在致知楼前大门两边各有一个平房建筑，哈军工时期，左边是收发室，右边是书店。这两个房子现在还存在。如今，致知前楼是黑龙江省军区医院门诊部，致知后楼是住院部和医院肝病治疗中心。

文庙的一角

1952年3月26日，毛泽东批准创办中国人民解放军军事工程学院。7月11日，中央任命陈赓为军事工程学院院长。1952年12月18日，哈军工营房建筑委员会成立。1953年4月25日，破土动工，举行工程开工典礼，陈赓院长铲了第一锹土。首先建的是八一楼。1953年9月1日，中国人民解放军军事工程学院成立暨第一期开学典礼隆重举行。1958年3月26日，学院举行第一期学员毕业典礼。

大和旅馆是哈军工历史的重要见证者，现在改名为龙门大厦贵宾楼。最初是中东铁路宾馆，于1901年6月27日开工，1903年2月建成。使用面积3 700多平方米，设有客房53间。1936年6月，该楼进行了历史上第二次大修改建，1937年2月1日完工，改名大和旅馆。1946年7月，东北铁路总局成立并在此办公。1950年5月1

日，中苏合办的中国长春铁路管理局在哈尔滨开始办公，中长铁路理事会、监事会的苏方主要管理专家都住在这幢楼内。1952年9月15日，中长铁路移交中方管理。经周恩来批示，该建筑划归中国人民解放军军事工程学院。1953年，哈军工苏联专家顾问团的第一批成员入住该楼。1957年，首席顾问奥列霍夫中将因劳累过度在此不幸去世。1960年，苏联专家撤离哈军工，这里成为哈军工招待所。1966年，哈军工退出军队序列。1968年，哈尔滨铁路局将此楼收回。大和旅馆见证了哈军工从创建到解体的全过程，伴随着哈军工风风雨雨十七年，给哈军工人带来了欢乐和永恒的记忆！

除了大和旅馆，主院区以外还有许多建筑为哈军工所用。例如红军街33号，建筑年代及特点不详，据说也是中东铁路高级员工住宅，现为哈尔滨市少年宫使用。哈军工为苏联首席顾问奥列霍夫准备的住宅，奥列霍夫推辞，没有入住，当时应该也算哈军工房产。哈军工筹建初期，许多老教授住在道里斜纹二道街（今经纬二道街）。陈赓住在吉林街58号（今130号），刘居英住在北京街，唐铎住在和平邨，等等。

1952年12月18日，哈军工成立了院建筑委员会，由李懋之副教育长任主任，营房处处长张复明兼办公室主任，高步昆教授和殷之书任技术室正、副主任。学院的房屋设计任务由哈尔滨市建筑设计院（后改为设计公司）承担，总工程师李光耀负责设计工作。殷之书起草画出了一张《军事工程学院建筑总平面图》，经过研究，陈院长指示：“这45万平方米要争取早日完成。为保证教学，可分三期施工。第一期明年开工，建10万平方米，五个系的教学大楼和学员宿舍、食堂；其中学员宿舍和食堂必须在明年8月前完工，保证9月初开学。第二期后年开始，除继续建教学大楼外，争取再建15万平方米，包括实习工厂、教师和干部宿舍、苏联顾问宿舍和物质保障部大楼等。第三期大后年起，建设院办公楼、院领导宿舍和一些辅助建筑物等。各期任务可以重叠交叉，也可略加调整，原则是急需的先建。”

哈军工五个教学大楼的大屋顶，有人传是梁思成设计的，实际上是由陈赓院长、奥列霍夫总顾问及李懋之副院长提出了民族风格等原则要求，再由院建筑委员会技术室高步昆、殷之书提出了设计的详细要求，由哈尔滨建筑设计院李光耀等具体设计。特别是殷之书手下的一个技术员陈星浩提出建议，把五个教学大楼四个垂脊上的蹲兽，改成各系的装备：空军工程系改成飞机，炮兵工程系改成大炮，海军工程系改成军舰，装甲兵工程系用坦克，工程兵工程系也考虑一种装备。他又提出大楼正脊上的龙头换成虎身，虎首回眸仰视，虎尾弯弯上翘，即啸天虎。他画出草图后，大家都很满意，接受了他的建议。其实是设计人员学习借鉴了古建筑以及梁思成的建筑风格，再结合自己的灵感，形成了哈军工建筑的特色风格。外行人看来，哈军工的大屋顶与文庙屋顶上的脊兽和龙头有几分相似。

哈军工一道门是军工主区的入口，也是单位的标志，是多少人向往进去的地方。六十多年来，一道门经过多次变化，但主体一直还在，已成为哈尔滨市的保护建筑物。为与外单位联系方便，在一道门外西侧院（即灰楼区）的大门里，建有一幢6 600平方米的物质保障部大楼，后称为八一楼，这是哈军工大院新建的第一个楼。这里曾经是学院机关办公的地方，也作过校医院门诊大楼，现在归中国电子科技集团公司第49研究所使用。

从军工一道门往里看，左边是87号楼，右边可见老红楼、55号楼，远处还可以看得见11号楼和21号楼，以及左边远处的水塔和41号楼。文庙街由西向东经一道门穿过院区。87号楼除用作家属宿舍外，军工的邮局、银行等也在这里，还作过招待所。1964年8月，我到哈军工报到的头两天就住在这个招待所。楼后边有一个小房子，20世纪70年代初是换煤气罐的地方，大家常在这里排长队等待换罐。1957年，87号楼刚刚建成时，大门口转盘道未见公交车辆和普通行人，只有一些工程施工车辆，还是一个大工地，对外称为103工程，那时哈尔滨人常常用103部队来称呼哈军工。

哈军工大院大体上划分为三个区，即主区、灰楼区和黄楼区，灰和黄是以楼体外墙颜色区分。灰楼区由81号楼领衔，编号81~86号楼，与87号楼斜对面相望；黄楼区在87号楼隔南通大街马路对面，编号88~98号楼。黄楼区只是一种习惯叫法，其实92、93号楼等外墙体也是灰色的。两个楼区都是普通教师和干部的宿舍。我家从1970年起在97号楼住了10年。黄楼区现在已经重建为学校新型高层住宅区——文化家园。文化家园与极乐寺、塔院、普照寺相邻，与主院区一街之隔。

1953年9月1日，中国人民解放军军事工程学院成立暨第一期开学典礼隆重举行。有人传说哈军工开学典礼是在体育馆前面大操场举行的，其实这是一个误传。实际举行的地点是87号楼以东至二道门的一片空地上，原来可能是个煤堆场，当年也用作操场，我在基础课部出早操时就在这里集合、操练。大家习惯称这里为煤场，煤场的东北角是军人服务社，服务社一楼是副食百货，还有理发店、粮油店和修理铺等，二楼是澡堂和办公室。20世纪70年代末，哈船院在这里盖起了四栋家属宿舍楼，即新1、2、3、4栋。我家在新3栋住了7年。

一进一道门，右边就是老红楼区，在87号楼对面，文庙街南侧，1956年建成。六栋红砖三层楼的楼房围成一圈，分别是61~66号楼，中间有花池、花园及运动场地。苏联专家曾经住过这里，他们撤走后，校内许多知名教授也住过这里。在老红楼区的南面后来又盖了一片楼群，也都是红砖楼房，称为新红楼区。现在新、老红楼都被拆除了，原地建起了一片高层住宅小区——盟科观邸。老红楼的东边是55号楼，四层楼建筑，外墙黄色，呈L形，供单身教职工住，基础课部的单身教师就住在这里，一楼是食堂，我们研究生班学员就在此就餐。20世纪60年代末，刘居英院长一家曾经在55号楼住过一段时间。在55号楼和老红楼之间有一条马路通往育红小学和124中学，小学生、中学生都要经过这条马路上学。现在55号楼已被拆掉另建成商品房了。

55号楼与王字楼由二道门隔开。据说王字楼原是日本关东军司令部所在地，后为哈医大校舍，移交给哈军工后，作为哈军工教务部机关办公地，也包括机械、金工金相、数学、外语等基础课教研室。马蹄楼是一座砖木结构的二层楼，呈马蹄形，中间围住一个沙果园。马蹄楼紧靠哈军工二道门，东接王字楼，二楼有一过桥与王字楼相连，北面、西面靠近55号楼（55号楼为L形），楼内走廊很宽，只有一面有房间，房间都比较大。1964年9月，哈军工成立研究生班，集中管理全校研究生，我们一共12人便住进了马蹄楼一楼南侧。当时楼内还有数理班（本科）的学生，教务部的教材科等部分科室也在此办公。物理和化学教研室在致知楼。哈军工搬迁后，王字楼和致知楼都移交给黑龙江省军区，致知楼用作黑龙江省军区医院。

哈军工小北门其实作用不小，进出的人也不少，住黄楼区的人上下班必须经过这里。现在更是哈尔滨工程大学的主要出入口。进小北门，右侧便是小平房（前后二排）及哈军工水塔。哈医大留给哈军工的两排小平房，每排六户，每户有三间小屋，在哈军工大院里算是很不起眼的小建筑，但在哈军工的历史上却有着非同寻常的意义。1952年，在哈军工筹建初期，陈赓院长、徐立行、李懋之和张衍等学院领导都住在这里，规划讨论、运筹部署学校的建设。他们搬走后，几个老教授和领导干部搬到这里居住。陈赓院长曾经亲自爬上五十多米高的水塔察看哈军工的地形。小平房靠近小北门，经过这里可到军人服务社，或去王字楼上班。后来，黑龙江省军区为了兴建港城饭店，就把小平房给拆了。

哈军工体育馆始建于1954年11月，1956年11月24日落成，总建筑面积8 800平方米，包括练习馆、竞赛馆、游泳馆等。当时全校师生8 000余人，它完全可以满足学校的体育教学、军事训练、师生的体育业余活动，其规模和设施在当时国内处于领先地位。哈军工体育馆承载着哈军工、哈船院、哈工程几代人的辉煌。几百位将军、几万名共和国科技精英在这里锻炼本领、强健体魄，留下了欢乐的汗水和青春美好的回忆。由于不能满足学校发展的需要，哈尔滨工程大学于2016年6月初开始拆除哈军工老体育馆，2019年新体育馆建成。新体育馆修建于原址，总建筑面积约32 000平方米。其设计采用“修旧如旧”的原则，保留老体育馆外形特征，外立面设计与哈军工时期建筑风格保持一致。新体育馆落成后，与31号楼遥相呼应，与41号楼、31号楼、51号楼形成一个以军工操场为中心辐射出去的外围区域。

哈军工1号楼是学校机关办公楼。大楼面向文庙街，背后连着军工俱乐部，与面向大操场的体育馆构成一个有机建筑群体。现为黑龙江省军区办公大楼。

51、31、41号楼合围军工大操场。五个教学大楼中，空军工程系的11号楼最大，炮兵工程系的21号楼最高，海军工程系的31号楼最小。当时有一个说法：11号楼大，21号楼高，31号楼长，41、51号楼对面笑（小）。教学楼大小的设计是按照各系计划招生的学员人数来确定的。我猜想，各系招生人数的确定，可能在很大程度上受朝鲜战场作战情况的影响。当时战场上空军与炮兵威力大、作用大，受到各方更多的重视，而当时海军还没有受到如现在这样的重视，所以哈军工空军、炮兵的招生数量更多。哈军工的五座教学大楼不单是哈军工大院的标志性建筑，还是大院的镇院之宝，更是哈军工大院的灵魂。可以说，只要有这五个大楼在，哈军工大院就还在；没有了这五座大楼，也许哈军工大院也就不复存在了。

相对于老红楼，院内还有三排二层红砖小楼，被称为小红楼，住的是哈军工校级领导，故也称为将军楼。一排两家，各带有独立的小院，可种花草、蔬菜、果树。现在小红楼还在，不过住家换了很多，有的人去楼空，不如过去辉煌。

出了哈军工东门便是马家沟河上有名的大有坊桥，穿过红旗大街，对着的是大有坊街。据1991年出版的太平区志：1908年由俄国人经办的屠宰场在哈尔滨郊外（今松江橡胶厂址）建成，占地面积为5 575.65平方米。因此，有人说，那里原来不是叫大有坊，而是叫打牛坊。大有坊这个名字就是对“打牛坊”的误读或同音变字。1935年的地图上，大有坊是一个比较大的区域，相当于太平区的一个街道办事处范围。1937年，日本人在大有坊建猪鬃厂。当时，大有坊和打牛坊名称都是存在的，而且大有坊地区的范围要比打牛坊的大，打牛坊在现在的大有坊桥附近，后来人们干脆就把打牛坊称为大有坊了。1948年12月，东北军需部将第一屠宰场和第二屠宰场合并，成立哈尔滨肉联厂。

哈军工东门外、马家沟边上有个哈尔滨松江橡胶厂。主营生产解放鞋、劳动鞋、运动鞋，地址在哈尔滨市东马路2号。松江橡胶厂原名沈阳橡胶厂，原本位于辽宁沈阳，为了支援抗美援朝，于1950年由沈阳搬迁到这里安家。橡胶厂的北边，军工围墙与马家沟之间的南北狭长地带是太平区的一片棚户区。由于这里的住户大都来自山东肥城，所以这里就叫作“小肥城”。直到2000年，哈尔滨市委市政府为了支持哈尔滨工程大学的发展，将松江橡胶厂及旁边这片棚户区拆迁，把空地交给大学建设新区。大家知道，在道外区有南马路、北马路，甚至还有中马路，就是没有东马路和西马路。有人说是这两条马路消失了，其实是隐藏在哈军工围墙外、马家沟以内，大有坊桥西端的两边。松江橡胶厂就在东马路2号，西马路则是现在哈尔滨工程大学校内的居英路。

哈军工周边

哈军工子弟校是哈军工的一部分，与哈军工有着同样光荣而曲折的历史。1949年，中国人民解放军第二野战军（以下简称“二野”）军政大学子弟校育才小学从河南搬到重庆歌乐山下，2月，二野在原先南线妇女总校的基础上创办了女子大学。女子大学下属一、三、四、五，四个分校（二野机关及直属单位和三、四、五兵团各组成一个分校），每个分校附设一所子弟学校，都称育才小学。哈军工子弟小学的前身就是二野女子大学一分校育才小学。以后西南军大改名为第二高级步兵学校（简称二高步校），小学改名为建军小学。1952年为筹建哈军工，二高步校移师千里搬迁至哈尔滨，其子弟校也随之长途跋涉到哈尔滨，成为哈军工子弟校，仍名为建军小学，1961—1964年更名为文庙小学，1965年归属地方教育局，改名为育红小学至今。哈船院的人多称之为育红小学，而老军工的很多人习惯称之为建军小学。

刚搬到哈尔滨时，学生先在道里区兆麟小学借读，老师每天陪学生上学，放学后管理学生生活。直到1953年春天，学校搬到了中山路工人文化宫对门和平邨（俗称107），学生仍是全部住校，生活上实行供给制。当时学校的老师大部分是军人。1954年，哈军工在军工院内盖起了建军小学一栋新校舍，当时编号为80号楼。随着学校的发展，在此楼的旁边又盖了一栋楼。后来这幢楼从育红小学分出，成为哈尔滨市124中学。

哈军工、哈船院，乃至如今哈工程的子弟很多是幼儿园、小学、初中的同学，孩子们在一起学习，朝夕相处、相亲相爱，他们的父辈是同事，在一起工作，彼此结下了深厚而纯真的友谊。大家毕业四五十年后再相聚，那是什么样的心情和感受啊！

四海机械厂的故事

哈军工四海机械厂工人　谢崇荣

本人生于1935年，1958年10月从朝鲜回国，于1959年3月随志愿军一军七师约八百复转士兵转来哈军工。

当我们乘坐的火车进入哈尔滨站时，面前是一片白雪。我们最初见到的都是学院领导，之前在部队，我们很少见到上校以上的干部。政委谢有法中将、副院长刘居英少将等人都是穿着呢子大衣和翻毛大棉帽，有一种格外威严的感觉。因我们是一列闷罐列车上载着数百人，所以大家只好站在站台上和欢迎我们的首长们见面。学院最高首长接见我们，我们都很感动。随即集合号声响了，我们有序地出发，到职工村即原军工警卫营去了。

刚到哈军工的时候，我们要集中学习半年，学的内容是各类基础课程。半年结业后，少部分人分到院内实习工厂和有关实验室，我被分到二系实验室，车、铣、铯、磨都要动手操作，二系自制的普通车床上的全部螺丝螺帽基本都是我做出来的。

之后，按照学院统一规划，将我们按照九个系的专业分到全国各专业对口的军工厂学习，我被分配到陕西宝鸡212厂，也称宝成仪表厂，是航空方面的企业。学习了一年之后，我返回三棵树实验工厂基地，厂长是院党委常委张复明，我们尊称他为张老汉。我们在外学习的这一年，张老汉决定先建宿舍楼，他说这样才能安定职工的心。当我们回到三棵树时，工厂办公楼和无线电三车间两栋楼房已盖好，其他厂房的水泥柱也已经立起，但后来因中苏关系发生变化而全部停建了。

最后工厂成为院内一个实习车间（即二分厂），三棵树有无线电三车间、两个机械车间和三层办公楼，其他厂房全部停工。

我记得很清楚，这个厂是学院的附属工厂，名称由刘居英等院领导决定：因这几百人来自五湖四海，故而定厂名为四海机械厂。

在外省军工企业学习回来的人员全部到齐之后，九个分厂的人员多了，最后四海机械厂分为一、二两个机械加工车间，无线电三车间和原有院内的实习车间。

张复明老厂长为了改善职工的生活和解决职工与家属两地分居的问题，在哈军工弹药库附近叫黄山嘴子的地方办了一个农场，这样一来，职工的家属可以在农场种地，小家便团圆了，职工的积极性也提高了。

节假日我们都去农场帮忙锄草、收割，这样不仅解决了职工两地分居的问题，还解决了职工不够吃的生活问题。有一次全厂人员收割黄豆时，三车间有位工人突然昏倒、吐血，随队医生确诊为胃的问题。三车间人员急忙抬着病人乘卡车到八一楼门诊，病人最后被医生确诊为胃穿孔，急需手术，需要O型血。于是三车间全体人员从三棵树工厂跑步到八一楼门诊验血型，当时这种集体自发的行动至今令人感动。这位病人叫商秉权，现住石家庄市红星飞机厂宿舍。总之，因为当时的国际形势，国家困难，工厂党委想尽一切办法改善职工生活。在春节期间，张老汉还带领行政科长等人到兴安岭打些野兔、野猪回来改善职工的生活。至今，我们还怀念着老厂长。

四海机械厂无线电三车间于1961年正式成立，三车间分无线电工段、机械工段和电器工段。我们无线电工段有装配一、二两个组，元器件测试组和印制板生产组，试制和生产任务是很繁重的。64级四系十多个学员在我们车间学工近一年的时间，其中就有贺龙元帅的侄孙贺雷生。我们还接待了五系的一个班的学员，自装熊猫牌电子管收音机。其中，我带的徒弟有刘太行、宋勤等几位高干子女，还有其他几位的名字如今我已经记不得了。我带的这组学员全是高干子女，他们虽是高干子女，但都很谦虚，对工人师傅很尊重。

我们完成的第一颗原子弹爆炸所用的测试设备，分为两类，一是机测，二是电测，都是二系的张广发和胡秉光两位教员指导我们试制的。当时，工厂对这项任务的参加人员要求很严格，要先经党支部选人，再由厂党委批准。我们是在会议室里很神秘地制作产品的，门外有警卫人员，人员进入都得签名。院长、政委多次来视察，刘居英院长问我，你知道这种设备的用途吗？我如实地回答了。刘院长亲切地对我说，不能和亲戚写信透露，也不能和自己家人讲。

特别有意思的是，我们的张厂长每次来看我们工作时，他老人家都用丝绸手绢擦设备已镀铬的镜面（设备面板）。总之这项任务当时是很保密的。当我国第一颗原子弹爆炸，我们从新闻报道中亲眼看到了自己制作的电测设备时，我们高兴得跳了起来。

我们三车间在完成441B、441C计算机时，为了保证质量，我们的教员都是跟随工人一起加班加点工作，慈云桂教授也跟随我们检查机柜线路。我们三车间生产出的441B计算机质量全国有名。邢台地震时，别家生产的计算机都停止运转，而唯独我们三车间生产的441B计算机正常工作。后来，全国同行业的人都到我们三车间来学习，三车间为学院做出了很大贡献。

在哈军工的日子

哈军工海军工程系教员 王毓德

从苏联学习回国后，我奉命调到哈军工海军工程系的火炮教研室当老师。我当时才22岁。

为了加强军队的现代化建设，苏联部长会议主席斯大林向毛泽东建议中国人民解放军应建立一所工程技术性的大学。毛泽东接受了这个建议，委托周恩来亲自负责，并任命陈赓同志当哈军工的首届院长。同时，明确提出哈军工可从全国范围内选调优秀人才，我就是

教职员工与苏联专家合影（1）

这个时候被选入哈军工的。

在哈军工工作期间，我先后教过四门课，两门主课是舰炮射击原理和舰炮射击指挥仪，两门副课是海军常识和海军战术。

教职员工与苏联专家合影（2）

刚开始上课时，我有些紧张，特别是在教第一期学员时。他们是调干生，年龄都比我大好几岁。后来老教师告诉我不用紧张，他们都不懂，只有你懂，有什么好紧张的？时间长了就习惯了。

为了教研室其他老师能早日看上苏联的参考书，我还夜以继日地审校了舰炮射原理方面的两本书。由于翻译不懂海军专业术语，校对起来比自己翻译还难。同时我还要兼顾给苏联专家当翻译。本来苏联专家配有专职翻译，但苏联专家老让我给他当翻译。

中央对哈军工的建设是非常重视的，哈军工聘请的苏联专家就有一百多人，每个教研室都有一名苏联专家。

此外我还要经常负责接待来哈军工参观的国家和军队的领导人，有些从苏联进口的设备只能由我来给他们介绍。

1960年，苏联决定从中国撤回全部苏联专家和顾问，并带走全部图纸和资料，这给中国的社会主义建设和国防建设造成了巨大的损失。在哈军工工作多年的苏联专家和顾问都不明白他们的国家为什么要这样做。有些专家不顾回国后将要受到处分的危险，偷偷将一些宝贵的资料留给了我们。

教职员工与苏联专家合影（3）

苏联人民对中国人民是非常友好的，他们关心中国的社会主义建设事业。

回想起在哈军工工作的日日夜夜，我一直十分怀念。我和当时在哈军工火炮教研室一起工作过的老师们已经五十多年没见面了，现在有一半的人都已经过世了。他们为国防现代化建设培养了大批的科技人才，为国家做出了巨大的贡献！对还健在的老师们，每逢节假日，我都会打长途电话慰问。

第三篇

栉风沐雨　弦歌不辍

哈军工五十年，回顾片段

哈军工干部部干部　张希臻

我于1952年7月入朝参加抗美援朝、保家卫国的战争。1955年2月，我所在的志愿军第三兵团奉命回国，进驻旅大地区接收苏军防务。其间，我申请去齐齐哈尔党校政治营学习一年，毕业后被调入哈军工政治部干部部工作，此后在哈军工大院工作、生活了五十多年。在哈军工工作期间，我经受了繁重的工作磨炼，不辞辛苦、艰苦奋斗，兢兢业业完成了组织分配给我的各项任务，受到领导的肯定和重用。

哈军工时期，从将军到士兵，一律都在食堂就餐，子女在幼儿园和小学都过集体生活，一周回家一次。所有工作人员都无家庭负担，能够全身心地投入工作。教学人员将全部精力用于教学和科研，业余时间也能深入学员之中，指导他们学习。学员吃穿用一切都实行供给制，洗澡、理发都不用自己操心，需要用心的只是完成学习任务。哈军工17年培养出成百的将军，大批科技精英人才，强有力的后勤保障功不可没。

哈军工时期，有教授向院党委建议，学院要实行“严格、严谨、严密”的“三严作风”。院党委决定采纳此建议，在全员贯彻实施“三严”作风。

每年新学员入学，不分男女和出身，无一例外地都要进行入伍教育和野营训练3至5个月。

野营训练“严”字当头，要求十分严格。依据毛泽东同志对哈军工《训词》的精神，学员首先要成为一名合格的解放军战士，然后才能成为一名合格的学员。

野营军训不只是稍息、立正、齐步走、正步走和摸、爬、滚、打，也不只是一天劳累训练后有充足的时间可以安稳休息。深夜还不时有紧急集合训练，学员一听到紧急集合的号声，就要立即起床，打好背包全副武装，在规定的时间内到达指定集合地点，这一切都要在停电的条件下完成。紧急集合之后还要再往外走一段路然后返回宿舍。有时紧急集合回来，学员以为可以安心休息了，就在大家失去警惕时，紧急集合号令又发出了，这是一夜之间连续两次紧急集合训练。紧急集合后有时接着夜行军拉练，很是辛苦。

其实，最艰苦的是全副武装野外长途拉练，学员日夜兼程，脚磨出血泡都不算病，仍须坚持完成任务。一位上将级毕业学员在回忆录中，对哈军工学员入学时的野营训练持肯定态度，他说哈军工对学员的入伍野营军训，使他的军旅生涯受益匪浅。

1961年，我同保卫部政保队指导员朱天顺被派去河南省重灾区执行任务。我们执行任务的区县连招待所都没有粮食可吃，农村更困难。我们从唐河到南阳，已饿得受不了了。

进到南阳市郊，我们决定找解放军救援。还有二里（一千米）路就能到南阳军分区的时候，我们已经无力行动，走几步就心慌腿软，坐下起不来了，头上冒虚汗，连滚带爬了五个多小时，晚九点多钟总算进了军分区。

值班参谋得知我们的情况，立即派通讯员找来炊事班长，为我们拿来馒头和麻酱，并且守在我们身边，不让我们多吃，怕我们撑坏。军分区留我们住下，休整恢复一下体力，然后带上馒头，我们又出发了。此后，我们每到一地都要找部队或武装部解决食宿，这样才得以完成任务返回哈尔滨。

三年困难时期的军工大院，军人每月每人供应38斤粮食，多为大米白面，一个月一斤半豆油；学员特殊供应，每日有肉、蛋吃。其间，解放军总后勤部为保障哈军工学员们的生活，从湖南调拨了一批霉干菜来。

六级以上教学人员，上校以上军官每月另供二斤肉、二斤蛋、三斤糖。中校至大尉，每人每月另供给二斤黄豆、二斤糖。

学院还派警卫连到大草原骑三轮摩托驾机枪打黄羊，用火车运回分给各食堂，大锅煮黄羊，分给就餐者。各单位还到松花江打鱼，大锅炖鱼，我们平时吃不到，三年困难时期反而大吃江鱼。海军工程系还开着登陆艇到黑龙江去打鱼。

1962年5月，学院召开招生工作会议，根据上级指示：学院招生不再实行组织保送，一律参加全国统考，择优录取。会议决定组织若干招生组，分赴各省（市）招生。

哈军工招生在全国各重点院校之前录取，选拔的都是优秀生，学习成绩与清华、北大的学生并驾齐驱，政治条件好于清华、北大，尖子学生多于清华、北大。刘居英院长亲自过问北京市的招生工作，坚持分数面前人人平等。北京中央军委各总部、各大单位首长子女，要子继父业的，第一志愿都报考哈军工。有12个学生考试成绩与哈军工录取分数线相差无几，最多差十分左右，最少的只差二、三分，哈军工硬是一个不收。此事在北京引起了强烈反响。

今天，中国科技工业大发展，北斗导航系统已覆盖全球，航天工程月背登陆世界领先，高等教育得到了极大发展，我们感同身受。哈工程由原哈军工海军工程系300多人起家，今天已发展成为近20个学院，3 000多教职工，2.4万名在校生的国家重点高校。

我校培养了大批国家现代化建设的科技人才，为祖国的繁荣富强和民族的伟大复兴做出了巨大贡献。

我的住房五次搬迁记事

哈军工海军工程系教员 黄锡荣

我是1955年7月从上海船舶制造学校分配到中国人民解放军军事工程学院的一名海军战士，至今已有六七十年了。在这漫长的岁月里，我历经了“哈军工”“哈船院”“哈工程”的各个历史时期，目睹了她的辉煌和强大。

哈军工是老一辈无产阶级革命家亲手缔造的，是哈工程的坚实基础，对于中国的国防教育、科研事业的发展起到了重要作用。在哈军工的工作和生活经历让我终生难忘。

我在哈军工三系从事军事工程技术实验工作，由于工作繁忙，转瞬间七年过去了，当时我已是近三十岁的人了，领导和同志们特别关心我的婚姻大事，发动教员们及其家属给我物色对象。几经介绍和选择，最后由组织批准，我于1962年与一位区人民政府的打字员结了婚。婚后，我们没有住处，妻子一直在娘家住，我住95号楼单身宿舍。后来妻子怀孕了，我就写了一个申请报告，请领导帮助解决一下住房问题，领导三天后批准我们住到哈军工的职工村去。

1963年7月，我妻子在职工村生下一个漂亮的女儿。我们在职工村住了三年多，在这三年里，组织对我非常关心和照顾，逢年过节都慰问探望，平日里还嘘寒问暖。到了冬季取暖时，煤和柴及时送到家门口。职工村也有医务所，看病是免费的，军医的医术很高超，医德高尚，有个头疼脑热的他们都是药到病除。职工村的邻里关系特别融洽，谁家有大事小情需要帮助的，大家都能互相帮忙，团结的风气很浓。

三年一晃过去了，我又向组织申请要求搬到离妻子上班近一点的楼内，后经组织批准，我搬到了96号楼。我们在96号楼里住了整十年，在这十年里，我们的儿子出生了，一家四口人住在只有十余平方米的屋子，女儿睡在吊铺上，时刻担心掉下来。大走廊里是集体厨房，男女厕所各一处，由整个大走廊里十几户人家共用。

1969年开始，哈军工内迁，到三线去办学。哈军工三系留在哈军工原址，从1970年开始筹建船舶工程学院，到1975年正式定名为哈尔滨船舶工程学院。

为了解决广大教职员工的住房问题，院领导抽调了人力物力，在搞好建院、教学的同时，于1977年在军工大院里盖了多栋教职员工宿舍楼，解决了多年的“筒字楼”“大走廊”“上下吊铺”等不利于工作、学习、生活的居住环境。在通过集教龄、工龄、职称等计分方式的住房分配考核后，我荣幸地分到了新1栋的32平方米的单套（有厕所、厨房）住房，从而解决了搭吊铺的麻烦，孩子们也有了娱乐与学习的空间。

十年后，在搞好教学、科研的基础上，哈船院逐步强大起来，教职工的住房条件又进一步得到了改善。我家又一次搬迁了，从新一栋的32平方米单套住房乔迁到新10栋的42平方米住房，楼层也比较好，阳光普照全屋。

又过去十年，1998年，我家第五次搬迁，从新10栋的42平方米住房搬到了24栋的66平方米住房，房间的布局让我心满意足，感到无比欣慰和幸福。

我是一名普通的教工，住房经过五次搬迁，从10平方米升到66平方米，有力证明了从哈军工到哈船院、哈工程的发展壮大，我为中国人民在党的坚强领导下取得的翻天覆地的变化而感到喜悦。

哈军工人与哈尔滨市人民防洪胜利纪念塔

哈军工海军工程系教工　孔令荣

哈尔滨是一座有近千万人口的大城市。在党和国家的关怀和领导下，人民安居乐业、生活水平不断提高。如今，哈尔滨又被列为全国重点旅游城市之一。

哈尔滨有全国闻名的太阳岛，绿水青山，蓝天白云，还有春、夏、秋、冬四季分明的气候特色。在舒适的夏天，人们可以在松花江里游泳；冬天又可以在松花江的冰面上滑冰玩雪。真可谓好一派北国风光，使人留恋，让人向往。

哈尔滨市人民防洪胜利纪念塔（简称防洪纪念塔）是这座美丽城市的重要标志性建筑，不但哈尔滨人家喻户晓，而且全国人民都知道。凡是来哈尔滨旅游的人，这里都是首选、必来的地方。

每次我来松花江边游玩，都会来到防洪纪念塔，在她的周围转一转、看一看、走一走，迟迟不愿离去。我来松花江边，总愿坐在被阳光照射得暖暖的江堤的台阶上，那么舒服，那么畅快，不时抬起头来，远远地望去——松花江水在静静地流淌，碧波荡漾的江中有大轮船，还有货船、快艇、小船……都在按着各自的航线穿梭而行，扬帆远航。此时此刻呈现在我眼前的，简直是幅迷人的风景画，使人舒畅，让人陶醉。

江岸，斯大林公园和两侧的人行道上休闲的人们手中拿着冰棍，边吃边聊天，有说有笑。

老人带着自己的小孙儿，边走边玩，累了就坐下来在江边的长椅上休息，拿出在家准备好的小食品、水果高兴地吃起来，边吃边玩非常开心，很幸福。

年轻人边走边笑，讲述他（她）们之间发生的有趣的故事和趣闻。一对对情侣手挽手、肩并肩迈着轻快的步伐。游人坐在小船上，有说有笑开心地玩着，还不时把手伸入江水中划着水，他们玩得是那么开心，那么尽兴。

在温暖和煦的阳光下，人们尽情地享受着改革开放给全国各族人民带来的愉快和幸福的生活。此时此刻，我的内心感到十分幸福和自豪。啊！多么好的时代呀！多么幸福的国家呀！发自心底的喜悦和自豪在我的心里流淌。

望着江水静静地流，我不由得想起当年松花江发大水时的情景。那时，全市人民在党和政府的坚强统一领导下，齐心协力投入抗洪抢险的战斗，让人感动，使人回味，更令人赞叹！而今仍历历在目，记忆犹新。

记得那是1957年的夏天，松花江涨大水了，水势凶猛，不到几天的工夫，大水就已经涨到离江岸还剩下四五个台阶了。大水正威胁着哈尔滨市民的人身与财产安全。而且这时的水位还在以每天3~4厘米的速度上升着。

在这种紧急情况下，洪水就是命令，全市军民在党和政府的领导下，投入这场史无前例的抗洪抢险战斗中。大家在江堤上搭起了临时帐篷，成立了临时抗洪指挥部，用高音喇叭不停地广播水位上涨的情况和群众抗洪的热情以及涌现出来的好人好事。

抗洪指挥部灯火通明，人来人往好不热闹。抗洪抢险的战斗如火如荼地进行着。当时我刚中学毕业，来哈军工工作正好一年，我和全系同志一起投入这场抗洪战斗之中，当时海军工程系的抗洪位置是在哈尔滨道里区小九站地段。

所有参加抗洪的人员分成两组昼夜不停，抗洪情况紧急时，大家不仅住在江堤上，吃饭也在江堤上。大家身上的衣服被汗水、泥水溅得全都湿了，根本没有晾干的机会。那可真是晴天一身汗，雨天一身泥呀！大家脸上的汗不停地流下来，根本来不及擦，汗水和泥水混在一起，不由自主地往下淌，我们看着彼此的脸，都感到好笑，却不知自己此时的模样或许更好笑。

同志们的抗洪热情始终是那么的高涨，充分体现了这支战斗队一不怕苦、二不怕死的顽强战斗精神和革命乐观主义精神，实在让人感动与钦佩。

快到中午吃饭的时候，我们看到了炊事班的同志开着大卡车来送饭。刚好大家的肚子也饿了，这可真是雪中送炭啊！大家高兴极了，送饭的汽车停了下来，把装满食物的木桶一个个抬了下来，这时大家根本顾不上洗手，两只手合在一起搓搓，就算洗了，拿起包子就吃起来。

韭菜鸡蛋馅的包子（长条形的，和手掌差不多大小）我几口就把包子吃了大半个，这真是饿了，吃进嘴里是那么的香甜。炊事班的同志又把一大桶绿豆汤抬了下来，包子加绿豆汤真是绝好的搭配，既抗饿又解渴，大家吃得很开心很舒服。

吃完包子后，稍加休息，大家就又开始投入紧张的抗洪战斗中。

在哈尔滨市政府抗洪抢险指挥部的领导下，经过全市军民的英勇奋战，抗洪抢险斗争终于取得了伟大胜利。全市人民又过上了平静安宁的生活。

火红的年代，战斗的岁月，美好的时光，给哈尔滨人民留下了一段段美好难忘的记忆。

为了纪念抗洪斗争的伟大胜利，哈尔滨市人民政府特修建了哈尔滨市人民防洪胜利纪念塔，1958年国庆节，纪念塔在松花江南岸落成。

揭幕典礼时，时任哈尔滨市市长的吕其恩拉着哈军工院长刘居英，指着塔顶群雕中的军人说：“那个解放军就代表你们‘103’啊！”这一宏伟建筑如今已成为一座历史丰碑，载入哈尔滨的史册，成为英雄的哈尔滨人民的骄傲。防洪纪念塔永远是哈尔滨人民心中的一座宝塔，也是哈军工人勇担重担的见证。

我亲历的1957年抗洪抢险

哈军工第三期学员　姚志诚

哈尔滨道里区中央大街北端江边，耸立着一座哈尔滨的标志性建筑——哈尔滨市防洪胜利纪念塔（哈尔滨人习惯称之为防洪纪念塔）。每当我走近它，都会勾起我对那场全哈尔滨市军民参与的轰轰烈烈的保卫哈尔滨人民生命与财产安全的抗洪抢险的回忆。

那是1957年暑假后，学员们刚从全国各地休假回院。松花江上游和嫩江流域多日普降暴雨，松花江哈尔滨段水位迅猛上涨，很快超过了历史最高水位。

全市军民参加抗洪斗争成为当时战胜一切的头等任务。哈军工的全体官兵和教职员工义不容辞地投入这场伟大而艰巨的抗洪斗争中。在哈尔滨市防汛指挥部的统一布置下，哈军工承担的防洪地段是学院东北方向，原太平区水泥厂南岸几百米的江堤，这是防洪任务中最危险的地段。全体防洪人员分两班，24小时都战斗在防洪大堤上。防洪的基本任务就是加固、增高江堤，堵漏抢险，严防决口。学院成立了防洪指挥部，主力军就是各系的学员。

9月初的一天，我开始上夜班，下午四点，我们乘几辆军用卡车从学院出发去防洪现场。天空正下着蒙蒙细雨，大家穿着雨衣站在车厢里。卡车颠簸在泥泞的道路上，约半个小时就到了防洪现场。

下车后，我们来到堤坝面前。几米高的堤坝挡住了人们的视线，看不到江面的情况。白班的同志们已撤离现场，我们的任务是从江堤外约百米处取土，装进草袋，扛运到江堤上，加高加固堤岸。

我们班共二十人，六位用铁锹铲土装袋，其他同志将装有大半袋湿土的草袋扛到堤上。湿地上的土是黏的，铲起装袋很吃力，而几十公斤的土袋，扛到堤上更不容易。大家来来往往不停地劳作，这是在考验军工人的坚强意志和身体的疲劳极限。

当我扛上第一包草袋蹒跚地走过黏湿的土地爬上堤坝时，眼前出现了极壮观的场面：江北是望不到尽头的汪洋一片，露出水面的芦苇、柳树丛摇曳摆动；主河道上，洪水像脱缰的野马，波浪翻滚着向下游流去；沿江堤岸上布满了哈军工人，昼夜严防死守。江水已经远远超出了原来的堤面，是我们用肩扛上去的一袋袋装满黏土的草袋筑起了“新的长城”，约束着洪水。

我们不停歇地来回运土，加高加固堤坝。江水不停地上涨，但汹涌的洪水始终越不过哈军工人的脚面。过了一会儿，一艘满装草袋的货船乘风破浪，缓缓靠近岸边。

波浪冲击着堤岸，溅起白色的浪花撞击堤岸。我们暂时停止运土，集中全部人员从船上搬运草袋。卸完草袋后又重复运土，直到晚上六点半左右，食堂送来了热气腾腾的大包子，大家开始休息吃晚饭。饭后，天黑下来，整个松花江南岸灯火辉煌，人头攒动。我们继续着重复的劳作，直到第二天早晨六点，我们开始收工，等白班的人员来了，我们才能乘车回院。

在等车的短暂休息时间，我在路边睡着了。当接班车到时，我被叫醒乘车回院。吃完早饭便睡觉休息，下午还要到现场换班继续战斗。经过十多天的艰苦战斗，我们终于战胜了洪水，保卫了哈尔滨。哈军工人为自己的第二故乡履行了应尽的义务，为人民军队赢得了崇高的荣誉。

六十年前的哈军工大院回忆片段

哈军工导弹工程系干部　蒋旦明

神秘的哈军工大院

1959年9月，我从部队调来哈军工工作，一下火车我便打听往哈军工怎么走，周围的人都感到茫然，而当我问"去103部队往哪走"时，好几个骑三轮车的师傅围上来抢着说："我知道！上我的车吧，我拉你去。"上了车，热情的三轮车师傅一路走一路不停地说话："哈尔滨的人谁不知道103，非常羡慕103，极乐寺那边一大片高楼都是103的。"接着又介绍群众中流传的一个顺口溜："学生考进103，几年出来当军官。姑娘嫁到103，不愁吃来不愁穿。"我问他："你知道103是干什么的？"他说："这不知道，那是军事秘密，不好打听的。"说实在的，当时我也不知道，单位领导找我谈话时只说是个保密单位，工作很重要。

来到哈军工大门口，只见两个哨兵持枪在大门两边站立，凡进院的人都主动掏出证件接受检查，骑车的人也都下车接受检查。

我从三轮车上下来，拿着介绍信向哨兵说明来意。这时，走来一位军官帮我拿了行李，领我进传达室，并打电话通知干部部来人。一会儿干部部来人，看了介绍信，把我领到距离大门不远处的招待所，安排我住下。我问，介绍信上写的我到七系工作，能不能直接带我去七系报到？他说，不一定到七系，待他们审查档案后再定，让我在招待所住几天等待通知，并让我准备几张一寸照片，准备办证使用。

我在招待所办了一张限期一周的临时出入证，工作人员要我一定保管好，不能弄丢了，在生活区可以走走，不能进教学区。并介绍楼下有照相馆、邮局、小卖店、理发店。

生活区里有许多宿舍楼，从大门口向大院深处望去，只见宽阔的柏油马路看不到尽头，路两边是茂盛的树木。我沿着文庙街散步走到另一道门前，又有哨兵把守要检查证件。我停下脚步，这大概就是二道门吧，里面是教学区了。

我顺着大道望去，只见一片郁郁葱葱的树林，远处的大树顶上隐隐约约地看到几个大屋顶，在这片大屋顶下面藏着多少秘密？真令人神往。里面又有多少人在为建设强大的国防而忙碌着呢？我从遐想中醒来，赶快原路返回，我怕站久了引起哨兵的怀疑。

严格的用人审查制度

在招待所住了几天，我焦急地等待着干部部的审查结果。终于，干部部来人告诉我，说七系同意了，可以马上到七系报到。那天到七系报到的有好几个干部，大家在一起由领导给我们讲话，介绍七系是新成立的是搞尖端武器的绝密单位，又对我们进行保密教育，要求大家凡接触的东西都不能对家属、对原单位的人讲，写信只能用代号，等等。

最后，领导把每个人分配到具体单位，把我留在系政治处。当时系政治处有干部、组织、宣传、保卫等几个办公室，但没告诉我具体去哪个办公室，只是让我临时帮忙，如抄写名册、抄写文件之类的临时工作。可能为了进一步对我进行考察吧。又过了几天，才告诉我去保卫办公室工作。

当时系里专业课由各专业教研室教员负责，基础课由院教务部的各基础教研室派出的教员负责。凡派到七系上课的基础课教员，都必须经七系审查同意后才能来，专业课的有关情况也不能向他们介绍。有一次为了压缩基础课的课时，领导决定把有关齿轮的内容都删去。

基础课教员感到奇怪，他不了解火箭发动机里没有用齿轮的地方，还说那样复杂的火箭发动机怎么能不要齿轮方面的知识呢？因此不同意删。

再譬如电工、水暖工、木工等都归院务部营房处统一管理，各系需要用工人时，要打电话申请，才能临时派工人到各系工作。派到七系的工人都是经七系预先审查同意的固定的几个人。

七系的人员除了持有哈军工出入证明，还单独有一个七系出入证，并根据各人可接触的机密等级、专业范围分别在证上盖“甲”“乙”“丙”等不同的印章。实物陈列室分弹道式和飞航式，资料室也分总体的、无线控制的、发动机的，不同专业的学员都不能互相来往，资料不能交易、借阅参考。总之，保密限制特别多，据说是苏联专家要求的。

“1059”破损风波

我到保卫办公室已2个多月了，还没有进过实验室。1959年12月的一天，办公室负责人尚助理告诉我：“我已向保密室交代了，把你的系出入证到保密室盖个‘甲’字密级章。等你办好了跟我去教练队，刚才教练队报告，发现‘1059’被人破坏了。这还了得？”

“1059”是苏联给我们的弹道导弹中最大的一个。我在朝鲜战场上见过山炮、野炮、榴弹炮、加农炮等各种炮的炮弹，也见过苏联造的“喀秋莎”火箭炮炮弹，还有美军军舰上8英寸口径的舰炮射到我军阵地上没有爆炸的炮弹。在当时，这些炮弹都属于非常大的了。但导弹有多大？我没见过，真想马上看到它。

当跟着尚助理跨进教练队实物楼时，我非常惊讶，因为外面看是五层楼，可是里面从地面到五楼楼顶都是空的，地面有一个横躺在车架上的圆桶形的“大家伙”，他们告诉我，这就是“1059”。

我简直惊呆了，只见“1059”有圆锥形的头部，尾部有4个尾翼，中间是又长又粗的大圆桶，真是太壮观了，爆炸威力一定非常大，我真为我们部队将来能有这样的武器装备而高兴。可是，从表面看起来“1059”好像没有什么特别的，与“喀秋莎”火箭弹很相似，只是体积实在太庞大了，至于里面的构造有多么复杂就更无法想象了。

我们登上梯子查看了弹体上面靠近弹头的地方，在金属蒙皮上有处两指宽的划痕，长十厘米左右，由浅渐深直至划破蒙皮。

初步分析，这里外人进不来，只能是内部可以接触导弹的人干的，这人一定对社会、对领导非常不满，有深仇大恨的人才能下得去手。我们对上述范围内的人逐个排查，可是每个人调进来的时候都经过严格的政审，日常表现都没有问题。

经过一段时间，调查仍无结果，后来我们想到，这个“大家伙”来的时候，是否在吊装搬运的过程中因为操作不小心而受到损伤？为了求证，尚助理到北京五院验看了当时吊装时用的吊杆，果然在吊杆头儿上发现了与弹体上一样的油漆碎片。真相终于大白，是由于工作人员吊装时无意中使吊杆碰到弹体造成的破损，不是人为破坏的。

下连当兵纪实

哈军工空军工程系教员　沈允春

1964年，全军有两件大事：一是干部下连当兵，二是全军推广郭兴福教学法开展大练兵大比武。正是在这一年，我到23军基层连队当兵锻炼。

1964年春节刚过，我和同一教研室的同事于云程一起乘火车到达齐齐哈尔市，又背着背包步行10多里到齐齐哈尔郊区的连队当兵。我们去的是23军下辖的老虎团的一个连队，到连队报到后，我们被分配到不同的班。

连队营区为一排平房，一个班住在一间屋内，睡的是通铺，营房前面是练兵场，有单杠、独木桥、木板墙、铁丝网等。

连队生活是比较艰苦的，每天早晨士兵们吃的是酱油煮黄豆加高粱米饭。一星期除了有一到两次吃的是细粮外，都是粗粮，副食基本上是素菜，一到两个月能吃一顿连队自养的猪肉。每天的军事训练都是高强度的，早晨起床跑步5千米，回到练兵场再进行投掷手榴弹和障碍跑训练。我在当兵期间按照共产党员的标准严格要求自己，事事、处处起模范带头作用，协助班长做好战士的思想政治工作。

在这大练兵大比武的一年中，我遇到的最大难关是手榴弹投掷，30米是及格，35米是良好，40米是优秀。连里提出的指标是每个人必须达到优秀。刚到连队时我只能投到30米左右，我不能拖班里的后腿。我利用一切空闲时间练习投掷手榴弹，再加上单杠拉伸增强臂力，经过一个多月的努力，我终于能将手榴弹投掷到40米以外了。但是，比起连里的投弹能手可差远了，他们挥臂一投就能超过60米，看他们投弹就像是小钢炮发射那样。

我们每天吃过早饭后就开始射击训练和战术演练。由于刚进哈军工时经历过入伍训练，我对射击训练并不陌生。战术训练就是和班里的战士一起分成几个三人一组的战斗小组，按照郭兴福教学法的要求，摸爬滚打，每天一身汗水。

到了射击考核的时候，我们以班为单位进行卧、跪、立三种姿势的射击。班长位于左起第一位，副班长位于末位，我挨着副班长位于末二位。先进行卧姿射击，射击位置距靶标200米。一声令下，全班齐刷刷一字排开卧倒。

射击命令下达后，我们按照射击要领：瞄准、屏气、击发，一气呵成打出了第一发子弹，报靶员报我打中8环，我很高兴，准备打第二发。这时，突然听到身后的指导员喊我："你把子弹打到副班长靶上了。”

我仔细观察，确实是因为紧张，卧倒时身子一歪斜着瞄到副班长的靶上了。按规定这个8环算是副班长打的。副班长打靶用的是冲锋枪，用冲锋枪打靶难度较大，不容易命中目标。

连里对每个班的要求是全班平均成绩达到良好以上。正由于我在副班长的靶上射了一个8环，让副班长的射击成绩达到了良好，从而让我们全班射击成绩达标。这也算是歪打正着吧。

华盛顿时间1964年8月4日下午，太平洋时间8月5日上午发生了北部湾事件，美国悍然直接出兵卷入了越南战争。战火越烧越旺，1964年8月10日，北京天安门广场举行了10万人援越抗美大会。部队也进行了战备动员，进入紧急状态。1964年8月中旬的一天凌晨，紧急警报声响起，全连指战员全副武装紧急集合，这时传来了师部首长的命令：全体指战员按战斗序列开赴越南参加援越抗美战争。这一命令使得大家精神为之一振。

开拔命令下达后，大家背着背包扛着枪，快速沿乡间小道行进，不时传来跑步前进、隐蔽肃静的传令。跑跑走走也不知走了多少里，到了中午传来原地休息埋锅做饭的命令。

吃过饭后我们继续行军，经过了七八个小时的急行军，大家疲惫不堪，有的人脚上起了血泡，有的小战士走不动了，我主动帮着扛枪，鼓励他们咬牙坚持。到了下午5点多，传来了战备拉练结束，返回营房的命令。这时大家才松了一口气。

但是，考验还在后面，在距离营房还有1千米左右的时候，营首长下达了营房被敌抢占，部队攻击，前进夺回营房的命令。战士们鼓起勇气拼尽最后一丝力气，高喊着冲锋前进，回到了营房。

这次战备拉练后不久，我的“半年下连当兵”的期限到了，我被评为下连当兵优秀干部返回了哈军工大院。

为老红军屈兴栋当秘书

哈军工海军工程系教工　魏舟浩

1966年春，当时的哈军工领导决定，没有参加社教锻炼的师生，要去巴彦县长春公社搞社教，包括我们海军工程系的师生，还有院所属的机关单位教工。院务部政委、老红军屈兴栋就分到我们三系，学生以61级为主，船舶专业的老师、系机关干部等组成长春公社社教分团，团长由宾县县长担任，屈政委任副团长，我们教师队伍中有王元超、赵庆家，机关单位有张晓明、陈桐，61级学生有徐玉如、谭福满等，大约有200人分到长春公社的各生产大队。学校安排我当政委秘书，我能为老红军当秘书，心里感到很光荣。

屈政委中等偏瘦身材，紫铜色的皮肤，因饱经风霜，给人一种坚毅的感觉。因为他的老家在四川广安，所以说话带着四川口音。

我们先看些上届社教的文件汇总，再了解长春公社的概况、生产大队的分布、教师学生的分配去向等。我们的宿舍在公社附近，吃饭在公社食堂。屈政委经常带我去各生产大队看看情况，叫我写点党的知识，给社员骨干和公社干部上党课。他说话精练，上党课时从不照本宣科，也不讲大道理，只讲自己的经历，跟共产党走、不屈不挠地战斗的故事，使听者很容易接受。

屈政委虽是首长，但平时又像老大哥一样。有一次他对我说："小魏呀，我能在枪林弹雨中九死一生，在无数次战斗中活过来，真不容易呀！我许多战友，一转眼就不见了，真残酷呀！我机遇好，还有一件羊皮袄救了我的命，不管刮风下雨，不管春夏秋冬，这件羊皮袄都陪着我走完二万五千里长征呀！"

我后来了解到他对家属要求也很严，从来不向组织伸手要待遇。在哈军工时他是大校军衔，他的爱人一直在离市区很远的平房飞机制造厂上班，通勤来回靠火车。他对我却照顾有加，还曾征求我的意见，问我想不想到政治部机关工作。

屈政委在社教活动开始后不久就到了要退休的年龄，他告诉我打算叶落归根，全家回老家四川安度晚年。他当时住在哈军工大院的北门小平房，在他离开学院时我去相送，依依惜别。这次送别之后不知何年何月能再见！屈政委多保重，你为国家效力、为人民办事，出生入死为祖国的解放而奋斗，我们忘不了您。

回忆在哈军工学习工作的往事

哈军工第四期学员　李国斌

我是哈军工1955年入学的第四期学员。那么，我是如何考入哈军工的？我高中是在长春市第一高级中学（原吉林省第一高级中学，简称一高）就读。1955年高考前，我的班主任虞杰老师接待了哈军工招生办的人员。当时同学们对哈军工一点儿也不了解，大多数人认为哈军工是与挖地道、战壕和工事有关的学校。后来哈军工招生办的人向我们要报考的同学介绍了哈军工的情况，并且发给我们哈军工的情况介绍（哈军工的五个系的介绍）。当时哈军工是和留苏预备生同时报备的。哈军工招生办的人还让我们这些看到学校介绍材料的人对其他人保密。

高考结束后不久，我就收到了哈军工的录取通知书（我的哈军工录取通知书已交哈军工博物馆），只要求带换洗衣服和少量书籍。按规定的时间，大家在长春集合后，招生办人员就带我们长春一高、长春二高和师大附中被哈军工录取的同学一起乘车到哈军工报到入学。一高和我一起考到哈军工的有王简民、樊世斌等。1955年8月，我被分到哈军工预科一连，然后在哈军工野营场军事训练一个月。

预科一连的集体合影

军训结束后几十辆卡车把我们这些新学员送回哈军工大院校区。我们一连住在14号楼4楼，后住王字楼，上课在致知楼前楼。预科一年结束后，在致知楼考试后再分配到各系。我被分配到海军工程系56332班学习水雷、扫雷、防潜。

1961年，“拔青苗”答辩前，我被提前调到新成立的导弹发射装置专业任教。1964年，根据学校要求，我补好毕业设计，通过答辩后，拿到了哈军工的毕业证书！

1959年国庆，黑龙江省哈尔滨市在道外区举行了庆祝活动，各单位都组织了游行队伍参加。当时应省市要求，哈军工也参加了国庆的游行庆祝活动。空军工程系、炮兵工程系、海军工程系、装甲兵工程系和工程兵工程系都组织学员参加游行庆祝活动，我被选中加入海军工程系的游行队伍。我们从哈军工放假开始，每天进行队列训练。训练场在哈军工的大操场，组织我们训练的是海军工程系战术教研室的教员，他们对所有参加活动的人员要求都非常严格，纠正我们各种不正确的姿势。游行队伍从南岗区哈军工校区走到道里区再走到道外区八区附近的省市领导的主席台，哈军工领导刘居英在主席台上。哈军工的游行队伍所到之处受到了群众的热烈欢迎。这是哈军工成立以来第一次也是唯一一次公开亮相参加活动。

哈军工在许多事情的安排上都为群众着想。如1957年春节前后，哈尔滨铁路客运非常紧张，一些群众买不到票，而买到票的人却挤不上车，交通运力非常紧张。哈军工是在校人数超万人的大学，领导当即决定，学校只初一到初五放假，初六开始寒假前的考试，以此缓解春节交通运力紧张的情况。

第四篇

春风化雨　润物无声

康继滨的名字应该镌刻在哈军工史册上！

哈军工第五期学员　肖荣端

1956年，中国人民解放军军事工程学院首次入川招生，蓉（成都市）、渝（重庆市）两地各招50名学员。

成都石室中学的前身可追溯到西汉汉景帝时期。当时，蜀郡太守文翁力主“以文兴蜀”，他仿效西汉所办官学，开设“石室精社”，创“民办学校官学”之先河，受到汉景帝之褒奖。自此，在成都文庙前街一个山包上，用石板搭成的一间房舍里，“石室精社”建立了！

从那个两千多年前的民办官学开始，漫长的历史岁月中学校多次更名，但如同她相伴的锦江一样，办学地址始终未有变动。这样的历时两千多年校址固定不变的学校，在世界历史上也是稀有的！

1940年，原址建立的成都府中学堂更名为四川省成都石室中学。哈军工空军工程系首届毕业生，我国航天工业部导弹制导技术的有功之臣、工程院院士钟山，也曾就读于该校。

1956年，哈军工在成都招生50名，高考成绩甚优入选哈军工者，石室中学就达21名之多，我和我的同班同学康继滨就在此行列。石室中学的教育质量可见一斑！

1956年入哈军工预科五期后，康继滨与我一起编入预科三连三排九班。我们在同一宿舍住，同一饭桌吃饭，同一操场锻炼，同一教室上课。1957年7月，经过预科毕业考试，我们又一同进入空军工程系航空兵器专业学习，可谓挚交好友。

1958年，哈军工由空军工程系各专业抽调一批学员入导弹原子科（当时称一系七科）。1959年2月15日，中央军委批准学院以空军工程系等七科为基础，并入炮兵工程系的火箭专业，成立导弹工程系。康继滨服从组织安排，由航空兵器专业（一系二科），调入导弹工程系（一系七科）弹道计算专业学习。住宿也作了调整。

1961年5月之后，为贯彻“尖端集中、常规分散”的方针，哈军工调整新建了空军工程系、原子工程系、海军工程系、电子工程系、计算机工程系、导弹工程系。我调入电子工程系微波专业任教，康继滨仍在导弹工程系弹道计算专业学习。

康继滨1962年毕业，分配至酒泉基地工作。1964年10月，我国第一颗原子弹爆炸成功，当时康继滨受命在爆炸后进入现场，查验、记录现场布放的各种武器装备的受损情况，以实际汇总核弹的威力。由于那是我国第一次核试验，对核试验后的污染预防措施尚缺乏深入研究，所以康继滨进入试验现场是冒着很大的核污染危险的！但他忠诚于国防事业，以“一不怕苦、二不怕死”的大无畏精神勇闯试验区，表现出了一个哈军工毕业的共产党员的崇高品质！这是对一个共产党员忠诚的考验！

在核爆炸现场，康继滨受到了核污染的伤害。1970年，他被送到北京阜外医院检查，他的整个生殖系统已经损坏，只能全部切除，但肺部受到的伤害却无法得到有效治疗。是年，康继滨32岁，切除了整个生殖系统。1972年前后，他复原回到原参军地四川成都。

2003年，我回成都和高中老同学一起去看望他时，他肺部纤维化已十分厉害，不能躺下睡觉，只能在一个长沙发上斜躺着休息。身旁放着一个氧气瓶，输氧管插在鼻孔上，说话已经是有气无力了……

康继滨比我大两岁，1937年生人，他的家离我家不远，我们常常相约一起上学。他父亲是个小手工业者，母亲也很贤惠。他与爱人是小学同学，后来他的爱人读护士学校，毕业后在成都华西协和医院当护士，姓王。康继滨从哈军工毕业后便结了婚，有一个儿子。见到我时，他动情地说：“我一生感到最对不起的，就是小王。”确实，他受核污染时才26岁，全部切除生殖系统时才32岁。多年来，小王一直对他不离不弃，一直陪着他直到生命的尽头。

2005年，康继滨离开了我们。他的一生没有什么骄人的业绩，但他对我国国防事业的忠贞感召日月，他的名字应该镌刻在哈军工的史册上！

缅怀赵国华教授

哈军工海军工程系教员　魏舟浩

我被选拔到哈军工海军工程系时，哈军工建院已七八年了。赵国华教授是哈军工建院时船舶专业的创始人、顶梁柱，他是留学英美回国的，被评为国家三级教授，授予海军上校军衔。因为我们都属船舶专业，教研室全体开会时能经常见面。那时他给研究生上课，研究船舶水动力课题，我教本科生流体力学和开实验课，我们没有共事的机会。赵教授出生于上海崇明岛，中等偏矮的身材，说一口带上海口音的普通话，我认识他时他已经近50岁了，他经常看些外文书籍，编写研究生上课的教材。

赵教授有一个研究生叫李根林。李根林快毕业时，要做论文课题实验，和实验室主任江云他们一起定下了实验课题。江云主任是实验室的元老，对海军工程系各专业的实验室比较了解，当时三甲实验楼有间舰炮实验室，不但房子空着，里面还有台大水箱，大约长5米，宽2米，高3米，可以充分利用。

江主任来找我，让我参加他的课题组，为研究生做出高质量的试验和写出高水平的论文做些工作。江主任经常给我布置些额外的任务，我也抢着多干一些事，从来不推诿拒绝，这次能和赵教授、李根林合作，我很高兴。我根据他们设计的图纸，跑到四海机械厂加工振动钢板，又跑到空军工程系向结构实验室借示波器、应变仪等。

经过一个多月的努力，万事俱备，可以做实验了。在赵教授的指导下，江主任、我、李根林三人合作，对模型水深的调节，对振动频率大小的确定，对正弦波波峰波谷的选择等，都用示波器记下来，由赵教授和李根林进行分析。

经过多次测试，当理论和实验结果一致时，我们四人都非常高兴。赵教授还和李根林一起将实验测量、分析计算的结果写成论文，在国内权威刊物《中国造船》上发表，上面还有我们一起做实验的照片。赵教授曾经送我一本作纪念，可惜多次搬家已遗失了。

我和研究生李根林做实验时，他总是早来晚走，先将仪器预热，实验模型安装到位，打扫卫生等，把自己定位成学生，把我当成老师，其实我应该向他学习。赵教授在实验之余，还爱和我唠家常，我印象最深的是他爱人对他照顾有加，很能操持家务。他对我说：“要是爱人不在家，我连饭也吃不上，只会下面条、鸡蛋炒大米饭，其他都不会。”他住在小红楼，我有时去他家送信或办事，他总是一边吃饭，一边听录音机里的外语。

赵教授家里洗不上澡，浴池又是大池子，他不愿跟年轻人挤，再加上他与三号锅炉房的工人师傅关系比较好，便经常去三号锅炉房洗澡。大约是1984年，他去三号锅炉房洗澡时突然心脏病发作，因抢救无效而去世。

赵教授离开我们三四十年了，他的刻苦钻研，他为国家、为哈军工尽责尽力，他对同志的关爱和无微不至的照顾，值得我们永远怀念。

怀念顾懋祥教授

哈军工海军工程系教员 魏舟浩

顾懋祥教授于1979年5月，哈尔滨船舶工程学院各项工作走上正轨以后，被调到位于无锡市的七〇二研究所（又称：中国船舶科学研究中心）工作。我在网上看到顾教授在七〇二所评上中国工程院院士，却在73岁那年，正是为国家做贡献的年龄，被病魔夺去了宝贵的生命，匆匆走完人生之路，真可惜呀！他为哈军工海军工程系和哈船院的建设发展呕心沥血、鞠躬尽瘁，令人敬佩。在哈军工时，我一直在他的领导下工作，时间过去四十多年，他的音容笑貌，至今仍历历在目，仿佛发生在昨天一样。

先说说我俩共事吧！其实不叫共事，应该叫我为顾教授“打小工”。1963年的夏天，是哈军工建院十周年的日子，当时学院的发展如火如荼，教学和科研发展如日中天，正是学院成长壮大的大好时期。院领导为了好好庆祝建校十周年，动员各系专业教师、有特长的专家搞发明创造，搞点新花样向校庆献礼。

顾教授想利用现有的船模水池，设计加工一台惯性原理测船模阻力的单分力天秤，我们船舶原理实验室从青岛船厂调来两位钳工师傅。顾教授画出草图，请两位工人师傅干活，但人手还是不够，要跑外采购、联系工艺室车床加工、借测量仪器，等等。

实验室主任江云找我谈话，让我给顾教授干点活，或者说帮帮忙。我的强项是安装调试，为学生开流体力学实验课，虽然船模水池的工作我不太在行，但江主任分配给我任务后，我愉快地接受了。

我像小学生一样，完全听顾教授的指导，因为我跟系工艺室师傅熟悉，关系又比较好，需要车工、铣工、木工加工的活，我找他们加工，他们总能提前完成任务。要使用应变仪，我就去结构力学实验室借，需要买元器件，我又急急忙忙去道外区标准件商店采购。

这时候新华书店卖《十万个为什么》科普书籍，我好不容易才买到，之后便如饥似渴地阅读起来。有不懂、不明白的地方我便向顾教授请教。他总是热心地给我解答，还鼓励我多看看《十万个为什么》和其他科普书籍，能增长知识、开阔视野。

我们经过一个多月的苦干，惯性测量仪终于做成了，由于船模水池的先天性不足，船模阻力测试不是很理想，也没有向校庆献礼。但顾教授敢想、敢干、敢创新，亲自动手的精神永远值得我学习。

第一次出差，我们去上海七〇八研究所，在返哈的途中，广播中播放了《学习雷锋好榜样》的歌曲，当时全国掀起向雷锋同志学习的热潮。顾教授身着上白下蓝的海军装，领章上佩有中校军衔，我也穿着一身海军装，领章上佩有少尉军衔，当时他大约40岁，我才23岁，列车员以为我是他的秘书或警卫员。

顾教授见列车员在扫地擦走廊，他把海军上衣一脱，夺下列车员打扫卫生用的工具，二话不说地干了起来。他叫我整理卧铺上的被褥、喝水的水壶、水杯等轻松的活，而自己既扫地又拖地，累得满头大汗，我在一旁很不好意思。列车员问我们什么关系时，为了保密，我含糊地作了回答。整个车厢的乘客也对顾教授的行为报以热烈的掌声。

第二次出差是在1970年10月，顾教授带队，由蔡绳武、胡瑞芝、田永安和我共五人，去安徽省金寨县的梅山水库调研，顾教授认为梅山水库的容量大，想利用它水位高、压头大，在流体力学和船模试验方面做些试验研究工作。

梅山水库是不是清华大学水力学专业老师参加设计的，我不了解，但知道他们的水力学专业老师在梅山水库建造时，就打算为水力教学实验做点贡献，已经预埋了不少直径不同的水管、可控制的阀门。我们去梅山水库调研的时候，有一位中年老师接待了我们，向我们介绍了一些情况，也回答了顾教授和其他老师提出的问题。随后，我们又去合肥市参观了水力学实验室。

顾教授在哈军工创建时从美国留学归来，一心投入海军事业的发展建设中。我1960年来哈军工时，他只有30多岁，是如日中天的好年龄。他知识面广，不但是船舶专业学科的带头人，还是多面手，他参加了我校第一代船舶减摇鳍的研制；他为“深潜救生艇研制小组”提出宝贵的意见；在柳克俊教授研制船用计算机时，他也积极参与；他在体育方面也是积极分子，跳高是他的强项，每当学校开运动会，他都参与跳高比赛，均能取得好名次。

难忘师恩

哈军工教员　魏舟浩

1989年的夏天，一天中午，我的恩师许维德教授春风满面地走来，告诉我一个特大好消息："小魏啊，我都六十多岁了，学校终于放我回老家广州了，广州华南理工大学已来调令，我可以办手续去报道……我是土生土长的广州人，年纪大了总想叶落归根，回老家安度晚年，是我最后的愿望。"

我们的相识也很难得，我是1958年1月参军入伍，被分配到舟嵊要塞区机关服役。我在机关勤勤恳恳、任劳任怨地工作，不但热爱学习，各项工作还都抢着干。1960年4月，我隶属的单位安排我去武汉测绘学院学习。学校要的政审、体检和工作上所需的文件都办理完了，只等着去报到。但紧接着情况发生了变化。政审这一关在当时，不论是参军还是上学都是重中之重，一名原计划要去哈军工的战士因政审不合格，被哈军工拒收。阴差阳错，我单位领导通知我，叫我准时去哈军工报到。

我们要先去南京军区集合。我一个小战士，服从命令是天职。尽管我坐火车途径宁波、绍兴、舟山等站，而绍兴站是离我老家诸暨最近的，我在绍兴换个车次与妈妈见见面还是能做到的。但当时领导要求很严，不让我这么做，我完全服从领导的命令，顺利到哈军工去报到。

大概是因为我们这批战士是从各野战部队抽调来的，所以我们被分配到各系实验室工作，而不是去当学员。我被分配到海军工程系，当许维德教授开的流体力学实验课的实验员。

流体力学这门课是专业课的基础，也是专业课的开路先锋。学员必须学好这门课，之后才能学好专业课。一些学员学这门课的时候说，流体力学是“头疼力学”，是“要命力学”，是“难懂力学”。

许教授给我量体裁衣，他说根据我的情况，先把数学理论与数学推导放一放，把结论公式搞懂……不要着急，慢慢学。

当时我们这批分到各个实验室的战士有两百多人，给流体力学开实验课的只有3人，即我、白彦其还有钟光华。后来，他们去干别的工作了，只留下我一人。许教授上午在课堂讲理论课，下午去空军工程系的风洞实验室上实验课。我一般先去安装实验模型，测量仪器。我们一个学期配合书本知识要上的大型实验课有8~9节，这些实验设备，除风洞和测机翼的阻力、升力和力矩的机械天秤外，其他实验教具都是许教授设计的。我根据图纸去四海机械厂加工，如测圆柱体表面压力分布的管排压力计、不同展弦比尺寸的机翼等。

许教授不但教会我怎么做流体力学实验、指导我怎样计算理论公式，还推荐我参加中国力学学会第二届全国实验流体力学会议。第一届在福建省厦门市召开，许教授去参加，带回来不少会议资料，他把资料送给我，简单地介绍会议情况，说下一届推荐我去，很有帮助。这个会议是中国科学院力学学会主办的，两年一次。1986年夏天，许教授通知我去安徽黄山开会，再在黄山风景区玩玩。我当时觉得，我家乡山挺多的，黄山有什么好玩呢？随着会议的安排，我最后去了太平湖，在黄山宾馆住宿一晚，看日出，观天都峰、光明顶、莲花峰、迎客松等，不看不知道，一看真奇妙。

中国力学学会第二届全国实验流体力学会议参加人员合影

我又参加了1988年在云南省昆明市召开的第三次会议，1990年在山东省青岛市召开的第四次会议。

后来，程元龙教授有一百多万科研经费，要拉我去跟他合作干活，我便离开了流体力学实验室。

我一辈子取得的成绩与许教授对我的帮助是分不开的。1982年，中国科学院力学研究所联合北大、北航、清华等大学办流体力学培训班，许教授知道消息后马上推荐我去。我在培训班学到了北航连其祥老师的氢气泡法、北大魏庆鼎老师的烟气分离法。还有一次，许教授知道627所范洁川研究员要办一个高、中、低不同类型风洞的设计计算培训班，也叫我报名去参加。凡是他知道对流体力学实验或其他理论方面有帮助的好消息，总落不下我……

苏联顾问阿·里·杜德尼科在哈军工

哈军工海军工程系教员 杨逢春

1954年9月，杜德尼科作为第一批顾问从苏联来到了哈军工。

“有缘千里来相会”，就在此时，慈云桂主任也从大连海校调来了，作为他们的桥梁，从此我们朝夕相处，形影不离，在一千多个日子里结下了深厚的友谊。

阿·里·杜德尼科

杜德尼科出生于乌克兰的一个农民家庭，反法西斯战争中他在苏联波罗的海舰队服役，屡建功勋，战后入海军学院深造，获副博士学位。他为人严谨、一丝不苟、平易近人，是我在哈军工共同战斗过的四位苏联电子学顾问中的第一位，也是相处时间最长、印象最深的一位。

那时，杜德尼科和慈云桂主任都还年轻，又是37岁的同龄人，而且一个是副博士，一个是副教授，二人伯仲之间，他们互相尊重，平时有说有笑，无所不谈，工作起来非常和谐。

可有时，为了工作他们也会争论得面红耳赤。记得有一次，在谈到电子对抗问题时，慈云桂主任神色焦虑地对杜德尼科说："最近，美国的干扰把我们雷达的荧光屏都给覆盖了。"杜德尼科十分镇定地用俄语说："慈云桂同志，你不要惊慌失措嘛，要知道，当一种新式武器出现的时候，必然有另一种武器抵御它，有矛就有盾嘛！"

1956年前后，慈云桂主任被推荐为海军工程系教育副主任，他不太情愿，几次与杜德尼科交谈。杜德尼科坦率地告诉他："这是顾问团的意见，也是领导的信任，服从命令是军人的天职。"因为那时慈云桂主任在教授层中比较年轻，出身好，历史清白，又是清华大学毕业的研究生，是最佳的人选。在最后一次谈话时，杜德尼科半开玩笑地说："慈云桂同志，走这条路，你可以当大官儿。"杜德尼科的话言中了，二十年后，慈云桂主任经过努力奋斗，成为银河亿次机的总设计师，国防科技大学第一位学部委员兼副校长，被称为"中国巨型计算机之父"。

顾问的工作很全面，从业务到政治思想，从内务到队列，什么都管。根据内务条例，男军人每3天要刮一次胡子，对风纪扣、衣领、鞋带……都有规定。杜德尼科举止文明礼貌，衣着笔挺整洁，也严格要求我们，检查内务时常常先拿我开刀。他对慈云桂主任说：“你看，杨逢春的衣领洗得不干净，军人要有模范的军容。”“他山之石，可以攻玉”，慈云桂主任很敏感地检查自己说：“我的袖口也不合规定。”从此我们都注意了自己的军容。

杜德尼科在教授会的主要工作是制订定教育计划和教学大纲，帮助教师和研究生编写讲义和进行答疑。尤其是在对研究生的培养上，他付出了大量的心血，那一叠一叠的讲稿写得一笔一画，工工整整。

当时雷达教授会刚刚成立，实验室建设也是从无到有，系领导对雷达实验室建设非常关心，系主任黄景文上校有时陪同杜德尼科来实验室检查工作。每当杜德尼科提出意见时，黄景文主任总是对大家严肃地说：“顾问同志的意见很重要，一定要坚决贯彻执行。”

1955年下半年，从苏联定制的“ЗАЛП–Б”（齐射–2型）海军岸炮雷达和“ЛИНЬ”（林尼）鱼雷快艇雷达以及红外线定向仪和其他仪器都先后到货了，急需安装和调试。这些仪器都是苏联的最先进设备，它们的安装和调试是一项庞大的系统工程，杜德尼科全力投入这个工程中，率先垂范，参加了全部安装和调试工作。

杜德尼科一连几个月整天在实验室里工作，他常引用本国的一句成语“量七次，裁一次”。他精心计算和测量，亲自策划各种部件如电源、波导、收/发设备、显示设备和天线的合理配置以及电缆的走向和敷设，并要求做到整齐、美观，他一遍又一遍地示范，甚至每根电缆芯线都要用各种彩线做出标记，做到井然有序。那个炎热的夏天，连电扇都没有，笨重的天线和天线罩要装在5层楼楼顶的平台上，他穿着背心和短裤，沿着活动扶梯爬上爬下，风吹日晒，汗水湿透了他的衣衫。

杜德尼科一面对照雷达技术说明书和线路图给大家讲解，一面进行演示，我们配合默契，得心应手。

杜德尼科耐心地、手把手地教会了实验室同志这些复杂雷达系统的安装、调试和操作，使他们很快掌握了雷达设备的基本原理、结构特点和操作方法，也正是在他的指导下大家齐心协力完成了安装任务。他培养出了一支过硬的实验室队伍，保证了315教授会教学、科研工作的顺利进行。

站在海军工程系大楼楼顶的平台上，滔滔的松花江尽收眼底。当大家坐在实验室的机器旁，在雷达屏幕上看到松花江的清晰图像时，我们共同分享着胜利后的喜悦。

1956年秋天的一个夜晚，由于台灯电线绝缘的故障问题，杜德尼科触电后从床上摔倒在地，造成大腿根部骨折。我们一行四人，顾问夫人安娜、医生和我护送杜德尼科乘火车急赴北京协和医院。第二天一大早，陈赓院长把我和安娜叫到他家里。我们在门卫那里登记后，于会客厅里等候片刻，陈院长夫人傅涯阿姨接待了我们。过了一会儿陈赓院长来了，寒暄之后，他带着我们在幽静雅致的庭院里走了一圈，让我们在这园林式的庭院里观赏那古色古香的亭台水榭和小桥流水。安娜此时此刻无心欣赏这里的美景，而陈赓院长却是有心让她放松一下紧张和焦虑的心情。这时，陈赓院长问安娜："有什么困难和要求吗？"安娜直率地回答："我一个人住在招待所害怕，让杨逢春陪我吧。"陈院长告诉她，那里是很安全的。

出了门，陈赓院长招手让我上了他的车，我坐在他身旁，途中他向我了解顾问的病情和顾问夫人安娜的情况。

陈赓院长带着鲜花和礼物来到杜德尼科病榻前，他紧紧地握住杜德尼科的手说："我代表国防部部长彭德怀看您来了。我对您表示歉意，希望顾问同志安心治疗，早日康复。"杜德尼科的感激之情溢于言表，连声说："谢谢。"

在协和医院，杜德尼科的大腿骨上固定了12根钢钉，后来他回苏联短期疗养后，又拄着拐杖回到哈军工雷达教授会。历经这次磨难，他再也不能像昔日那样驰骋在滑冰场上，活跃在舞厅里了。

后来，由于两国间关系发生变化，杜德尼科离开了哈军工。但他无怨无悔，把自己的全部精力奉献给哈军工教育事业的这种国际主义精神永远值得我们学习。

几十年后，当我们再联系上彼此时倍感亲切。数十封长信，表达了杜德尼科对哈军工的无比怀念。他对悠悠岁月记忆犹新，信中对315教授会每个同志逐个询问，胡守仁、许树声、李宗扬、贾玉涛、高后畏、王飞龙、易奇、季鹏欣和耿惠民都怎么样了？当我告诉他这些同志的情况后，他甚感欣慰；当我把哈军工——国防科技大学40年校庆的纪念品托人送给他时，他如获至宝；当我告诉他慈云桂、张玛娅、卢经友、高后畏同志已经逝世时，他按照自己民族的习惯，点燃起蜡烛默默地为他们祈祷。

他在信中深情地写道：光阴荏苒、日月如梭，转瞬间，自从我们在哈军工创建伊始相识相处以来，已经过去40个年头了。在这漫长的岁月里，滚滚的黄河和长江，伏尔加河和第聂伯河日夜奔腾，不知有多少水湍湍流过，但是美好的记忆永远存留在我们的心间。曾几何时，我们都到了古稀之年，然而，我们老当益壮，雄心未减，友谊战胜了空间和时间！

杜德尼科退休后回到家乡基辅市，他现在已经九旬了，是哈军工第一批苏联顾问中仅存的几位之一。杜德尼科的晚年是不幸的，他早年丧偶，老年丧子，孑然一身，形单影只。现在，他虽然已经双目失明，不能写信了，但还是让他的女儿叶莲娜向我们表示问候。我们的心永远相连。

第五篇

冰城岁月　梦里萦回

几件难忘的哈军工往事

哈军工第六期学员　蔡荫林

我是1951年抗美援朝时参军的，1955年5月调到了北京，在空军干部部工作。大概是在1956年的冬季，一天领导叫我去虎坊桥的乡村饭店报到，参加总干部部组织的对拟调往中国人民解放军军事工程学院任教人员的政治审查工作。当时中国人民解放军军事工程学院成立不久，仍需从全国各名牌大学抽调一批教员，但这个学校对教员的政治条件要求很高，所以首先要进行政审，不合格的不能调去。我和海军干部部的另一位同志参加了这项工作，为期大概一个月。这是我第一次知道哈尔滨有个中国人民解放军军事工程学院，而且国家对它很重视。

我成了哈军工的学员

我是1951年1月从湖南第一师范学校入伍的，入伍时念了一年半的高中，在部队算是有文化的了。因为当时大多数同志是新中国成立前入伍的工农干部，文化程度不高，为此部队还曾让我给他们在业余时间补习文化，讲初中物理。

1957年，中国人民解放军军事工程学院在军内招生，动员有一定文化基础的青年干部入学，但要考试。部队很支持这项工作，找我谈，征求我的意见，报不报考自己决定。

由于我比较喜欢学习，就报了名。考的科目主要是数、理、化，有的内容在学校没有学过，例如三角，于是我便买书自学。在复习的时间上，部队也给予了照顾，就这样，我参加了考试。

考试通过后，学院让我当年12月去哈尔滨报到。同志们也都为我高兴，他们对我寄予了希望，认为我将来有造就、能当教授。现在回想起来，考上哈军工以后，我的人生的确有了不小的改变，主攻方向变了，主要精力花在科学技术方面。好在几十年来，通过自己的努力，我没有辜负当年领导和同志们的期望，当上了教授。在教书育人和做学问两方面都还可以交代过去。我24岁上大学，30岁毕业，也真是“大”大学生了。

1957年12月，我来到坐落在松花江畔的中国人民解放军军事工程学院学习，当时它是军内最高的科学技术学府。学院是在1953年组建的，毛泽东同志写了《训词》，还给校刊题了刊名“工学”。

院长是陈赓。在周恩来同志的指示下，从全国调来了一大批教师，其中不少是有名的专家、教授。同时，苏联还派来了顾问团。

学校从1953年开始招收第一批学员，都是从部队调来的。我们是第六期了，也都是从部队来的。

1957年12月，我报到时正是寒冬季节，有的学员是从海南岛调来的，真的受不了这里这么冷。好在我是从北京市来的，还算可以适应。我被分配到预科一队，每个队分成许多班。我当时的军衔是“中尉”，当了班长。班里12个人，住在58号楼，靠学校北门的地方。学习的内容主要是高中的代数、三角、解析几何、物理、化学、俄语。老师教得都很认真，我们预科毕业后的文化水平要比高中毕业时的高。

大家都很努力，时间抓得很紧，学习也比较累。我们上的课多，星期天还要去修马家沟河堤。经过半年多的努力，我考试时各科都得了5分，从而为本科学习打下了较好的基础。

由于学习很紧张，体检时我的血压有点高，处于录取的临界状态。当时学校干部部的邱建宇同志找我谈，是不是继续念？否则仍回原单位。我说还是念吧，问题不大。然后他把我放到了空军工程系（一系）的58111班，因为我是从空军来的。

巧的是，第二年老邱也成了59111班的学员，和我在一个专业学习。毕业后他回到了学校的政治部工作，为学校建设付出了毕生的精力。

见到贺龙与“三杨”上将

1958年9月，我被分配到空军工程系飞机专业学习。当时空军工程系的学员在11号楼上课，住在12号楼（现在的学生二公寓）。当时学校的图书馆在文庙里，有阅读室。1959年左右，学校对学员的培养目标从军事装备的维护、修理转到了设计、研究。飞机专业分成了飞机设计、发动机设计和空气动力学三个专业。我被分到飞机设计专业。

1960年11月15日，天气比较冷，我们班上午最后一堂课下课比较晚，来到食堂（就是现在的哈军工纪念馆所在地）时就剩我们班了。此时，贺龙同志和杨勇、杨得志、杨成武三位上将来到食堂看

贺龙在学员食堂

望大家。他们一进屋，大家就热烈地鼓起掌来。贺龙元帅对大家嘘寒问暖，十分亲切。他还问大家能不能吃饱……

这成了我一生难忘的记忆。

难忘师恩

在哈军工的五年本科学习生涯中，课堂教学占去我的大部分时间，除了基础课，还有不少专业基础课和专业课。不少老师给我留下了十分难忘的印象，其中一位就是给我们讲弹性力学的陈百屏教授。

陈百屏教授是哈军工建院时从大连工学院（现大连理工大学）调来的，他不仅学术造诣高，而且为人谦和，对学生很关爱。他是当时国内有名的力学专家，长期从事难度很大的、航空系统优化设计的解析求解方法的研究。

我和陈百屏老师于昆明石林合影

1981年8月，航空学会在昆明召开计算机辅助飞机设计（CAD）学术交流会，我们在会上见面了。在会上，我的文章《采用近似概念和多种约束条件方法的结构优化设计》受到重视，也得到了陈百屏教授的好评。会间，大家一起去了有名的石林景区游览。我和陈百屏老师在石林风景区合影。

在我的五年本科学习中，另一位难忘的老师是哈军工建院初期从中国科学院调来的国内有名的空气动力学专家、学者罗时钧教授，他讲授的课程是空气动力学。他讲课时总是带着微笑，态度质朴、谦和，答疑时总是和学员一起讨论，十分亲近，给人以难忘的印象。他是从美国回来的，在美国时他是著名科学家钱学森的学生。

早在1949年，钱学森就对在加州理工学院攻读博士学位的罗时钧和庄逢甘说："新中国诞生了，祖国迫切需要人才，你们读完书要早点回国服务。"而他自己在中国政府的努力下，终于克服重重困难，于1955年10月回到了阔别多年的祖国。

为使钱学森尽快了解国内建设情况，中国科学院安排他参观国内的重工业城市。1955年11月23日，钱学森来到哈尔滨。

当时在北京的哈军工院长陈赓闻讯后，凌晨乘飞机赶回了哈尔滨。

24日，钱学森在参观东北烈士纪念馆的路上，问陪他参观的中国科学院力学专家朱兆祥："我在哈尔滨有两个朋友，一个叫罗时钧，一个叫庄逢甘。听说在这里的一所军队学校里教书，这次能不能见面？"

25日，钱学森来到哈军工参观，陈赓院长亲自陪同并宴请他。席间，陈院长问：“钱先生，我们能不能自己搞出火箭来？”

钱学森说：“有什么不能的，外国人能造出来的我们中国人同样能造出来。难道中国人比外国人矮一截不成？”

陈院长紧握钱学森的双手说：“好！我就要你这句话！”

以后，钱学森一生从事我国的火箭、导弹和航天事业，成为我国著名的“两弹一星”元勋。

这次来到哈尔滨，罗时钧教授和他的博士生导师又见面了，十分亲近，一直陪在身边。

此后不久，哈军工成立了导弹工程系，学制六年，培养从事导弹设计、研究的专门科技人才。

我1963年毕业后留校当教员，被分配到导弹设计专业。几十年来一直在培养导弹结构设计方面的人才。现在，我的许多学生仍奋战在全国许多有关设计、研究和生产导弹的岗位上，为把我国建设成航天强国而奉献力量，我为此深感自豪。

人生的转折——从学生到军人

哈军工第三期学员　姚志诚

报考军工

我是生在旧社会长在红旗下的所谓“30”后的一代，新中国成立后上的天津南开中学。我所在的南开，一贯重视学生思想品德教育和爱国主义教育，注重学生德智体全面发展。我于1952年8月加入共青团，1954年6月高中毕业，面临升学考试。

我们的国家于1953年开始了大规模经济建设的第一个五年计划，国家急需各种高素质的建设和管理人才。

在党团组织多年深入细致的教育下，同学们首先考虑个人的志愿要和祖国的需要相一致，更要服从党和国家的分配。当时大多数同学都选择理工科院校和专业，我的理想专业是北航飞机设计与制造。

当年许多涉及军事技术的保密院校还没有公开列在招生目录中，同学们都没有考虑报考这类院校。

1954年6月16日，团支书通知我下午去校会议室开会，但没有说明开会内容。下午我和几位同学一起走进会议室，看到校长、辅导员老师和两位军人。两点准时开会，总共有18位同学。我的心里一时忐忑不安，不知开什么会。会议由辅导员老师主持，校长讲话，首先介绍了两位军人是中国人民解放军军事工程学院派到天津来招生的。

随后，一位军人向大家介绍了哈军工的建校情况、培养目标和招生要求。他向大家讲了朝鲜战场上志愿军与美国拼凑的所谓“联合国军”打仗的情况：美国军队上有飞机下有坦克大炮；志愿军只有从国民党军队缴获的武器；武器装备落后的志愿军能把美军打回三八线全靠高度的政治觉悟，不怕苦不怕牺牲的爱国主义精神；战士们趴雪地一口炒面一口雪的艰苦作战环境……还讲了烈士黄继光用身体堵枪眼炸碉堡的英雄事迹。

他最后说，建设军工是加强我国国防和军队现代化的迫切要求，希望在座的同学们到哈军工学习，为我国军队现代化建设奉献终生。

而后，校长说，在座的同学是学校党组织初步选定推荐的，希望同学们认真考虑，响应国家号召，服从组织分配，报考哈军工。我们之前都没有思想准备，一时感到很突然。

经过短暂的思考后，同学们当场都表示坚决服从组织决定，报考哈军工。最终，经过严格的政治审查和身体检查，再通过全国高考，南开中学五四届有12位同学被哈军工录取，其中就有我。这意味着从此我要踏上人生新的旅程，我将放弃之前的志愿，离开京津远赴北疆，实现由学生到军人的转变。

1954年8月9日晚上7点，我们在天津东站集合。大家都穿着崭新的军装，但没有胸章和帽徽，因为我们还不是真正的军人。两位哈军工的带队军人带领我们上了火车，开始了夜间行车。

我们告别了天津，告别了母校，告别了同学和朋友。再见吧！老师。再见吧！同学、朋友。一路上我心潮起伏，思绪万千。我们的祖国疆土辽阔，过了山海关，火车行驶在广阔的东北大平原上。

深夜行车，车窗外一片漆黑，只能听到有节奏的车轮碾压铁轨的声音。我们将在两千里外的北国冰城哈尔滨市开始新的生活。让我们在各自新的岗位，为祖国的富强、军队的现代化建设奉献我们的青春吧！

入伍教育

哈军工对学员的要求是非常严格和全面的。一名合格的军人，首先要具有高度的政治觉悟，热爱祖国、热爱人民，要有不怕苦不怕死的革命精神，要有严格的组织性纪律性。为此，入学后我们要先进行一个多月的入伍教育。

入伍教育生活是高度集体化的，非常紧张而有序，目的是培养军人的基本素质，贯彻内务、纪律等几个条令。每天早上6点一声军号响，学员立即起床，集合出早操。之后回宿舍洗漱、整理内务，按规格叠被子，牙刷、毛巾、面盆都放置有序。然后，全班10人集体下楼，排队进入食堂，班长一声“坐下!”的口令，学员们才能入座动筷。

饭后学员走出食堂站队，齐步走向训练场，进行队列教练。由简单的立正、稍息练起，敬礼、齐步走、正步走、左右转、向后转、跑步等动作要领都有严格要求。平时在院内与院外走路时要两人成行三人成列，遇见首长要敬礼。列队行进时，两队对面相遇时，领队要相互敬礼。晚饭后有半小时的自由活动时间，10点号响熄灯睡觉。

周日休息时学员不能随意外出，外出前要向值班队长请假，到值班员那儿领外出证。外出证是有限额的。对外出者要检查军容风纪，军上衣的衬领要洁白，皮鞋擦亮，指甲剪短。

在院外不准左顾右盼，要爱护群众，不与民争利。这些是提高组织性、纪律性和集体主义的重要内容。

在入伍教育期间，学院还请朝鲜战场上的英雄人物作报告，介绍抗美援朝战场上的英雄黄继光、邱少云的事迹，进行革命英雄主义和国际主义教育。

1954年国庆节前夕（9月30日），全院近千名从全国各地招来的学生在大操场集合列队，经个人宣誓正式加入中国人民解放军，成为人民军队的一员。

预科教育

哈军工的教育计划是在苏联专家的帮助下参考苏联军校制订的。整个学制六年，头一年是预科。除了补充和提高高中的知识外，主要是培养军队现代化所必需的军事课程和实践训练。

军事课程有军事测绘学、单兵武器构造和使用，如手榴弹、步枪、手枪、冲锋枪等。战术课重点是单兵和班排战术训练。

这些课程的理论和实践密切结合，多半在训练场实施，如手榴弹投掷，但首次投掷要克服心理压力。有的学员害怕、慌张，不拉线投出去，没有炸；有的拉线后慌张，掉到脚下很危险。步枪、手枪实弹射击要掌握要领，托稳枪，瞄准射击。学员通过预科的学习，进一步提高了军事素质和实战技能，提高了学员克服困难、战胜困难的信心。

经过一年的预科，经受了艰苦的学习和严格的训练，最后通过期终考试，大部分学员考试合格，升入本科。

按个人志愿，我进入装甲兵工程系（四系）。学习期间，严密的教育计划和高标准的要求，使学员系统地学习了有关的专业技术知识，同时把提高政治觉悟和军事素质放在首要地位。

除安排政治军事课程外，哈军工还积极组织学员参加重大社会实践。1957年9月，我们参加了松花江特大洪水最危险的江段的防洪斗争；1960年春节后，我们冒着零下30摄氏度的严寒到农村参加支援农业的劳动，加强了军民关系，学员得到了锻炼。

在哈军工的培养下，我从一名青年学生逐渐成为一名掌握了现代军事专业技术知识的合格军人，在哈军工这所大学校里度过了人生最宝贵的15年。

我的哈军工学员生活点滴

哈军工第四期学员　沈允春

1955年，我从江南水乡来到了位于北国冰城的哈军工，来院后的第一个考验就是如何度过严冬。

1955年的冬天是哈尔滨有气象记录以来少有的冷冬，国庆节刚过就飘起了雪花，到了12月更是经常大雪纷飞，像朵朵棉花那样的鹅毛大雪乘着强劲的西北风漫天飞舞，雪借风威使人难以睁眼，哈尔滨人称之为“大烟炮”。更加要命的是，有时雪中夹杂着冰碴，借助强劲的西北风的威力，吹到人的脸上像刀割那样疼痛难忍。

那时以雪为令，只要雪一停，学员便以班为单位带着锹镐、扫把到大街上扫雪。哈军工负责东起南通大街延平街口，西到烟厂附近一曼街和大直街交界处，每班负责一段。在这滴水成冰的大冷天，常常是用锹铲不动，只能用镐刨。

扫起的雪堆在人行道靠道牙一边，用两块木板挡住，填进去雪后压实直到半米左右筑成一道雪墙。那时候的哈尔滨到了寒冬腊月，主街道两旁都有一道雪白的雪墙，成了冬日哈尔滨的一道亮丽的风景线。

那时，最冷的时候气温降到零下40摄氏度，我们还要去停机坪站岗。上岗前先在值班室验枪，领3发子弹，压弹上膛后穿上皮大衣，戴上皮帽子、皮手套，穿上高筒毡靴，到停机坪站一小时，下岗后换回值班室。在退子弹时，有时枪栓都打不开，要把枪放在暖气旁暖一暖才能退出子弹。

哈军工学员有两项体育项目是必须掌握的，一项游泳，另一项是滑冰。当时滑冰场位于哈军工大门北侧，冰场边上盖了一个芦席棚子，里面有火炉取暖。我来自南方，没有在北方过冬的经验，不知道晚上睡觉前要把毛皮鞋鞋垫取出来烤干。

在很冷的一天，我上完滑冰课到芦席棚里换鞋，不知道自己的鞋垫已经结冰了，暖和的脚一伸进鞋里，大脚趾就被冰粘住了，钻心般疼痛，把大脚趾粘掉了一层皮。此后我对此打怵了，直到毕业我也没有学好滑冰。

1955年，我到哈军工预料学习一年，1956年8月分配到空军工程系学习。

1957年暑假，学校允许我们回家探亲。我的家在江苏常州，那时没有直达的火车，必须先乘车到天津东站再坐公交车到天津西站，签好票后乘北京到上海的火车中途在常州下车。

如果在天津西站签不上票，那我就只能在天津过一夜。正因为如此，我在天津东站一下车就跑步赶往公交站台，不管车上多么挤也要挤上车以免赶不上签票。赶上去往上海的火车后，我和另一位老乡拿了军用雨衣往两节车厢连接处过道上一铺，就睡在地板上。

那时没有长江大桥，火车到了南京浦口站，把整列火车分解成三组，每组四节车厢，渡轮上有三排铁轨，车头在后面推，分三次把三组车厢分别推到三排铁轨上。渡轮到达南京下关站，再用对岸的车头把三组车厢分三次拉到陆地上，重新编组连成一列火车开往上海。火车过江要花三个小时。

假期结束返校时，我为了避免在天津换车的麻烦，换了另一种方案，从常州乘车到南京下关，坐轮船渡江到浦口，乘从浦口直达沈阳的火车，到沈阳后再换车回哈尔滨。车到沈阳已是深夜，我到候车室休息，候车室里全是木条拼成的长椅。

我本想在长椅上休息，走近一看长椅上臭虫乱爬，无奈我只能席地而坐了。天亮后我乘上了回哈尔滨的火车，到哈尔滨下车后发现街上行人稀少，横街大标语上写着“全民动员参加抗洪抢险”。等回到了学院，我当晚就随队上江堤参加抗洪了。

我与中国人民解放军军事工程学院

哈军工第四期学员　张昭善

1955年8月，中国人民解放军军事工程学院到吉林市招生，我被录取了。在那个时候，参军、上大学都是我的梦想。我家祖辈从没有出过大学生，我是我家的第一个。

因为我参军入伍，地方政府还敲锣打鼓地给我家送了一块大光荣匾。家乡的人也都为我高兴。从那时起，我就下定决心要努力学习，决不辜负党和人民对我的培养和期望。

走进哈军工大院，嘹亮的军号声响彻在大院的上空。哈军工大院的环境让我精神振奋，它有着团结、紧张、严肃、活泼的氛围，这一点与地方院校截然不同。

到了学校，我成为哈军工第四期学员，被分到预科三连。

在哈军工，我上的第一堂课是入伍培训。

教官教导我们，作为哈军工的一名学员，必须要有军人的作风，军人的组织纪律性，衣、食、住、行都要有规范；穿上军装就要做到衣帽整洁，风纪扣要系好，背包要左肩右斜；走路要挺起胸，两人成行，三人成列，不准散漫聊天；入住的宿舍要整洁，床上的被子要叠成豆腐块，要有棱角，洗漱用具摆放整齐，简单衣物放到内务柜，再多的东西都放到大库房；进食堂吃饭要八人一桌，一桌人要一起站好、一起坐下再吃饭；不准随便讲话，不准浪费粮食；到会议室，衣帽要放整齐。

在入伍训练之后，我们才开始学习基础课和政治课。

第一年的培训和学习大家都很努力，不及格的就要返回原籍。

第二年学员们才开始分专业，我被分到了海军工程系无线电专业。在教学上，我们有陈赓院长亲自从全国各地邀请来的高水平的教授和讲师给我们讲课。所以那个时候都说我们的教学水平不亚于清华、北大。这样的条件是当时我国其他大学都比不上的，所以我们都非常珍惜，大家都百倍努力地学习。

我们班有20名学员。毕业后在各自的工作岗位上都表现得非常出色。例如，发明“隔离阻塞—推拉触发器电路”后被称为“康鹏电路”的康鹏同学，以及毕业后在各自的科研岗位上都有突出贡献的曲庭维、李文铎、刘冠生等同学。此处我就不一一列举了。

毕业的前一年，学院把我们一批学员调出来讲课，用当时的说法就是“拔青苗”。

于是，我这个56级的学员就开始给57级的学员讲课，讲的是声呐专业的“脉冲技术”和“声呐指示设备”两门课。在讲课前，教研室主任蒋楠祥组织老教员对我进行了严格的、逐章逐节的试讲训练，所以我的教学效果反映都比较好，多次得到了学生和领导的好评。就这样，我成了哈军工的一名教员。

我讲过基础课部的“理论电工”“声呐指示设备”“计算机导论”和“计算机原理及应用”等课程。当时讲课参考资料较少，为了备课，我写了大量讲义。如上、下两册共有17万多字的“脉冲指示设备”讲义等。我编写的5万多字的“水声观察器材指示设备”讲义，还曾被潜校声呐专业采用。

任讲师期间，我还承担了718工程水声测量系统总体组工作。

在总体组内我是277机、278机和279机的技术总负责人，并在1979年获得国家国防科工委三等奖、全国科技大会奖。此外，我还是278机（测漂转换装置）总体设计、线路定型、调试安装和生产调试的技术总负责人和项目负责人。

277机、278机和279机被国家应用在了“580”太平洋洲际导弹试验任务中，被总体组评为技术先进、性能稳定、工作可靠的机器。

我在哈军工大院学习、工作、成家立业、退休，如今已经过了六十多年。大院经历了大搬迁和省军区的搬入，现在已经有了很大变化。但是，哈军工的老人还在，哈军工的传统还在，哈军工的军号声依然回响在大院的上空。哈军工的精神永存！一代代的学子仍在哈军工大院里学习和工作，使哈军工大院更加繁荣。

我的军工情

哈军工第八期学员　赵连恩

我是哈军工第八期学员，我先在哈军工大院当兵，后来学习专业技术、留校当教员，退休后还在这个大院里生活，至今已长达六十余年。我亲身经历了哈军工的数次变迁，亲眼看见学校翻天覆地的变化。在学校70年华诞即将到来之际，我情不自禁地追忆起来到哈军工的前前后后，特别是在哈军工大院学习和成长的往事。我将梦一般的经历和感受写出来与朋友们一起分享，重温那个年代的哈军工激情，感悟哈军工人忘我奋斗之精神，传承和延续哈军工的红色血脉与基因。

神秘的103部队

中华人民共和国成立之初，面对复杂的国际局势，党中央决定在北疆哈尔滨市创办中国第一所军事工程学院——中国人民解放军军事工程学院。

我的童年在哈尔滨度过，那时哈尔滨人常把南岗区一曼街北部，以文庙街为中心的一带称为103部队。这是一个占地面积很大，用绿色木板栅栏围起来的神秘大院。大院的大门雄伟有气魄，有威严的解放军战士站岗。这座大门自然成了哈尔滨市引人注目的地标。大院的神秘面纱直到1966年后才被揭晓，之后，被人们称为“哈军工”。如今，哈军工大门已成为重要的历史文物保护建筑。

过去的老哈尔滨人几乎都知103部队，缘为1953年时，黑龙江省（原松江省）建筑工程局承担了一项国家第一个五年计划的重点工程建设项目，派出了五千多名建筑工人浩浩荡荡地进驻一大片荒草丛生、遍地坟头的荒郊野外，开始动工兴建与文庙风格相协调的大屋顶建筑群，代号103工程。当时，人们都不知道所建的正是中国第一所军事工程学院。短短的几年就有成千上万的哈尔滨人在这里出过力、

哈军工大门

流过汗，后来哈军工也自然成为他们的骄傲。

建院初期的 31 号和 51 号教学楼

我人生的每一步，都是迈向哈军工大院的，直到最后，我真正成为哈军工的一员。

哈军工是一个坚持党的领导，不忘初心、牢记使命、砥砺前行的圣地。这里会把你熔炼成有理想、有信念，并能无悔地追求理想与不懈奋斗的人。我在这里扎根，为国防建设奋斗过、贡献过，直到退休也没离开这个大院。

我与103部队的渊源可追溯到1953年，那时我在铁路小学四年级读书，我们班主任刘以贞老师的弟弟是抗美援朝志愿军铁道运输兵司令，抗美援朝回国后他就在103部队，是一个大干部。刘老师的年龄和我母亲差不多，非常朴实，她女儿李松还是我的小学同学。刘老师对学生非常好，特别有耐心，我每次写的作文她都会逐字逐句地帮我修改。刘老师退休后在北京街街道办事处和我父亲在同一个党支部，她是书记，我父亲是宣传委员。小学毕业后我与刘老师一直保持联系。

刘以贞老师全家福，刘以贞（右上1）
刘居英院长（上中）李松（右下1）

我的初中和高中都在哈尔滨铁路中学（铁中）度过，铁中位于老巴夺烟厂和极乐寺中间，与极乐寺紧邻的是俄侨公墓，我们称为“毛子坟”，1960年改建成“文化公园”。铁中校大门正对着一曼街与大直街的交叉口，我们的教学楼与103部队的“八一楼”院区工地仅一街之隔，咫尺相望，有时能听到工地上机器的轰隆声，眼见103部队的高楼平地拔起。那时这一带街上的行人和车辆都很少，公交车只有8路有轨电车，终点是烟厂站，后来终点又延伸到103部队（宣桥街站）。

当年在我们校门前时常能看到数十辆的解放军大卡车车队和小轿车车队经过，场景非常壮观，我们十分好奇，并驻足观望。

通往哈军工的 8 路有轨电车

说起来，我们中学生也曾为103部队的建设出过力。那还是1956年的暑假，班上有不少同学到学校后面的滨江火车站勤工俭学，在货运站台从专列货车上卸下大块大块的石头，搬不动就用撬杠撬，这些石头就是103部队的工地专用地基石。

1958年冬季，学校响应哈尔滨市教育局号召，组织学生参加大搞积肥支农活动。没想到103部队早已行动在先，把我们学校周边一带的所有公厕都清理得一干二净，并用粉笔标记上“103部队”字样。我们只好跑到更远的地方去拾牛马粪，这就是最早103部队给我留下的雷厉风行的印象。

1959年，邻居家的儿子孙学武（我上一届铁中同学）毕业后突然有一天穿着海军军装回家，我感到十分惊奇。他说自己参军去了哈军工。这时我才知道103部队就是哈军工，但到哈军工去干什么和学什么，他一丁点儿也没有透露。

走进哈军工一生不悔

1960年7月9日我参加高考，第一志愿是清华大学建筑系，我想成为一名建筑设计师。半个月后，还没到发榜的时间，我突然收到一封信，通知我被保送到中国人民解放军军事工程学院，让我立即去报到。我既意外又惊喜，因为高中老师从未透露过任何有关我保送的信息。第二天，7月27日早上，我坐上8路有轨电车，在宣桥街车站下车径直走向哈军工大门，站岗的解放军战士让我进入左边的警卫室，一位英俊热情的中尉军官接过我的通知书看了看，立刻带我沿着文庙街走到哈军工俱乐部。路上，他告诉我，陈赓是哈军工的院长。到了俱乐部二楼，我等了几分钟后又由另一位军官把我带到56号楼。那是新生第十三中队（海军工程系）二区队办公室，区队长立即给我安排宿舍并帮我领了黄军装、被褥、毛毯、蚊帐、书包等各种生活物品。我穿上大小正合适的2号黄军装，就这样参军了。当天下午我就和班组投入紧张的入伍训练中。连着几天，有教员为新学员作原子弹原理及防护知识，安全保卫、保密、时事政治等方面的教育报告。直到一周多以后，我才利用自由活动时间请假回家，告诉父母一声免得他们惦记。后来从母校得知，我校还有两位同学也被保送到哈军工，其中宋茂信在新生第十五中队，傅纯信在新生第十四中队。1961年，哈军工院系调整重组，他们分别去了西安的工程兵工程学院与装甲兵工程学院。

1960年9月28日，我刚入伍两个月后，学院的番号由“103部队”改为“9042部队”。1962年7月15日，又改为“943部队”。为了保密，我们写信的地址都用部队番号加信箱，直到1966年4月，学校被撤销军队建制。

哈军工俱乐部

我和宋茂信（右）、傅纯信（左）合影

真刀实枪，正规训练

为期三个月的入伍训练让我们知道了党领导人民军队的性质、光荣传统、新阶段的建军方针和任务、军队各种条例和条令、三大纪律和八项注意。陈赓院长特别强调正规教育，要进行正规队列训练。学员从操练单兵格斗开始，学到连排动作。每人都学习掌握各种枪支武器的使用原理，练习射击打靶、投掷手榴弹、轮流站岗放哨、紧急夜行军等训练。每晚点名清点人数，区队长讲评一天的训练，传达命令指示，布置次日工作和交代其它事项。

紧张的入伍训练

十一国庆，学院派出陆海空三个方阵参加庆祝游行。方阵全由我们新学员组成，我们穿上崭新的黑皮鞋和上白下蓝的海军服，组成方阵从哈军工出发，途经一曼街一直走向道里中心会场，正步通过哈尔滨市政府大楼的主席台接受党政军领导检阅。

整齐划一的方块队通过国庆主席台

第二天，新生第十三中队全体学员背着行李，全副武装开始军事野营。行军途中天气骤然变化，空中飘起了雪花。许多人的脚都磨出了水泡，大家一直坚持行走60多公里到达滨西，在那里进行排连攻防夺取制高点演习。野营期间，刘院长等领导还亲自看望我们新生。

军民鱼水情

刘院长看望我们新学员

我们那些天都住在老乡家里，乡亲们不怕麻烦，对我们十分热情与关照。十月的哈尔滨天气已转凉，一家老乡怕我们晚上受冻，特意把南炕腾出来让我们睡觉，他们一家老小挤到北炕，这让我们非常感动，使我们充分体会到了军民鱼水情。白天我们帮助老乡挑水、收拾院子和打扫卫生，他们赞扬我们是人民的好子弟兵。

三个多月的正规部队教育和真刀实枪的训练，使我们深刻地认识到了人民军队的性质，端正了我们的入伍动机，树立了为国防事业奋斗终身的信念和决心。

国家的需要就是我的志愿

1960年11月下旬，训练结束后，我被分配到三系（海军工程系）舰艇设计与制造专业，我很高兴能分到这个专业。舰艇不仅是一种建筑，它还要能浮在水上快速运动，而且还要具有不沉性和作战能力，比民用建筑要复杂得多。

当时中国海军刚成立不久，舰艇数量很少，仅有的四艘07型鱼雷驱逐舰（被称为四大金刚）还是毛泽东同志亲自批准从苏联高价购买的，国家急需舰艇设计与制造方面的高级技术人才。我猜想能把我分到海军工程系的舰艇设计与制造专业，或许是军工招考人员考虑到了我高考时想报考建筑专业的关系。

我们专业学制开始设为五年，后来又调整到六年。专业分水面舰艇和水下潜艇两个方向，水面有两个班60311和60312，水下二个班60313和60314，每班差不多有二十人左右。学员中有一小部分是来自部队调干，大部分是应届高中毕业生保送来的，还有一部分来自北京留苏预备部的59级准留学生，他们因当时中苏关系变化而转入哈军工学习。大家都是来自五湖四海，为了一个共同目标走到一起，讲不同方言，亲如兄弟。我们每个班都有一个宽敞明亮的自修室。我被任命为60311班班长，主要职责是组织全班学员的学习和接受正规化训练，及时完成上级所交代的任务，协助学员队发现学员的各种思想偏向并及时纠正。

水面舰船设计与制造专业 60311 班学员合影

负责学员工作的有队长、指导员和副指导员，他们都是跟随陈赓院长来自部队的干部。陈赓带出的干部，个个都真诚而耿直，像一个玻璃杯一样，从里到外都是清楚的、透明的。他们从不以领导自居，没有一点儿官架子，经常与我们学员谈心、嘘寒问暖，了解学员家里情况，帮助大家解决困难。指导员傅连勋大尉和副队长陆敦泰上尉从入伍训练的时候就跟着我们，午睡时都来查看我们是否盖好了被子。毛德玉、陆敦泰、谭学录、丁熙明等队干部一直跟我们到毕业。从系主任黄景文、科政委张严到下面的很多干部，他们都是跟随陈赓大将受命到哈尔滨市来创建新中国第一所军事工程学院的。这些干部让人感到亲切、真诚，从他们身上，我们看到了哈军工流淌着的红色血脉。干部以身作则，学员又红又专。陈赓对哈军工的干部要求很严格，他比喻“教师是炒菜的，干部是端盘子的，端盘子和炒菜的都是为了学生吃好，学校的宗旨是育人，一切为了学员的学习成长”。他们有一个共同目标，就是为中国建设强大的国防。

左起：副指导员丁熙明，队长毛德玉，副队长陆敦泰

系主任黄景文

团结紧张，刻苦学习

不要以为哈军工只重红不重专，是只讲政治不讲教育的部队。从入学那天开始，我们就感到有一种与中学时完全不一样的学习气氛，一进三系大厅就会看到“团结紧张，严肃活泼”八个大字，在自修室的墙上挂着“刻苦学习，勇攀科学技术高峰”的横幅，这是学院对我们的要求和奋斗目标，每时每刻都在激励着我们。每个学员都知道自己的责任和使命，为完成学习任务，大家决不能浪费一点时间。

全系学员在大厅听报告

团结紧张，是哈军工的精

神；雷厉风行、令行禁止，是军队的优良传统，是哈军工人的灵魂，是军人高度组织性纪律性的表现，是完成一切任务的基础。

学员在六年的学习期间，始终不渝地接受正规化教育和训练。陈院长特别要求干部要身教言教一起抓，身教重于言教，要在日常生活与工作的言谈举止中都能表现出一个正规军人的形象来，使学员耳濡目染、潜移默化，受到影响。树立正规化意识，自觉地遵守正规的军事生活秩序，养成习惯。条令是军队的纪律，不论是干部、学员还是战士，哈军工人都要毫无例外地贯彻执行条令，做到令行禁止。凡是出操、上课、集会、点名、进食堂、大小集体活动，都要集合、列队行走。只有这样，才能维护严格的军事纪律，才能表现出一个正规军人的形象，才能提高军人素质，才能保证教学任务的顺利完成。

学员列队从 11 号楼赶往 31 号楼上课

每天清晨起床号响起，学员们便开始了一天的紧张生活，出早操、洗漱整理内务、进食堂，饭后以整齐的步伐，唱着嘹亮的军歌去上课，课堂集中精力记笔记，下午一个小时的体育锻炼，晚自习到10点，不允许“开夜车”，熄灯号响必须就寝。哈军工的紧张不仅体现在生活上，更体现在思想集中、学习认真、作风不拖拉、今日事今日毕上。“纪律”练就了学员抓紧每分每秒，紧张地生活学习。哈军工学员没有周末的概念，只有“星期七”，这一天除了去理发、洗澡，大部分的时间大家都坐在教室里埋头学习，刻苦攻读。有不少学员来哈军工两三年了都没有上过街，不知道秋林、道里、道外，更没去过松花江边游玩。

学员在课堂上课

晚自习

“教之本在于师”，教员的严格施教是哈军工培养人才的基石，没有他们严格的要求，就无法培养出高质量的军事技术干部。哈军工的教员均来自全国名校，其中大部分教授都是由陈赓院长亲点、周恩来批准的。我们舰艇设计与制造专业就有赫赫有名的力学教授赵国华、船舶水动力教授顾懋祥等。从1957年，学院就开始陆续留自己的毕业生来壮大师资队伍。如第一期留校的有罗培林、陈厚泰、夏剑辉、朱德耀、林希正，第二期有朱典明、刘文龙等，他们都是优秀毕业学员。顾懋祥教授指导的第四期学员尹茂正和高仲伟毕业后都留校当了教员。他们和老教员一样，备课认真、不敷衍、不拖沓，对学员悉心培养，甘为人梯，特别注重理论联系实际，使我们终身受益。

哈军工人的每一天，就像一部高速运转的机器，每个部件、每个齿轮相互紧密契合，不停地工作。

学院十分重视公共课、基础课、专业基础课的教学。公共课包括政治、合同战术、体育、外语；基础课包括高等数学、普通物理、普通化学；专业基础课包括画法几何及制图、机械原理及机械零件、金属工艺学及金相学、机械工艺学、理论力学、材料力学、电工原理及专业教研室开设的专业基础理论课。

顾懋祥教授指导尹茂正（左）和高仲伟（中）进行毕业设计

我们所用的教材大多是教员自编的，由于当时西方国家的全面封锁，能查阅到的科技前沿资料很少，编写教材的主要资料来源于苏联。他们克服种种困难，突击自学俄语，边学边译，用剪刀加糨糊的方法，不断地对讲稿进行修改、补充和更新，并亲自校对打字蜡纸，通宵达旦地工作，用他们的心血和才智编写出了高水平的教材。教材不仅难度大，且具前瞻性，学员们若不下大力气和苦功夫，是很难啃下这个“硬骨头”的。

学院不仅重视基础课，也十分重视专业课的教学，特别是实验、实习、课程设计、毕业设计等实践性教学环节。在我们六年的学习期间，有多次实习的机会，除了院内工厂的金工实习之外，1963年7月和1964年6月，我们分别到青岛舰队和宁波大榭岛快艇支队实习，和艇员战士同吃同住同演练。1965年7月，我们到大连船厂实习，参加50吨级的坦克登陆舰和051驱逐舰建造。学院在专业教学过程中理论联系实际，培养学员的独立工作能力和坚持三严（严格、严密和严谨）的作风。

学员在 31 号楼船模水池做试验

学员在 07 型驱逐舰上实习

哈军工的教员不仅专业水平高，而且治学严谨、爱岗敬业。教员们不仅认真备课讲课，而且课后还规定了专门的时间，耐心地给学员答疑，周末教员们还经常深入到学员宿舍。负责我们舰船设计课的恽良教员就是这样。教员批改作业极其认真，还会写下颇有哲理的评语，令人印象深刻。学院还规定，一学期三分之一作业不交者，就取消考试资格。不过哈军工的学员学习都很自觉，我们班就

学员在鱼雷快艇上实习

没有因此而被关在考试大门之外的。严师出高徒，在教员的严格要求和悉心指导下，经过学员们的认真学习、刻苦钻研，哈军工的学员专业基础知识扎实、自学能力强，解决问题的思路宽阔清晰，为从事高难度的科研或生产项目打下了良好的基础。

设计课教员恽良

由于学院要求很严格，尽管学员们都非常刻苦努力学习，还是有些人跟不上，被泄了“大肚子”，因此院领导意识到，学员光能吃苦是不够的，必须提高学习方法。队长和指导员引导大家要注重改进学习方法，互相交流学习经验。正是在这一年，我们的学制又延长了，由五年增加到六年，主要是加强对能力的培养，需要厚基础、宽口径，以确保我们能达到培养目标——掌握尖端技术的舰船总体研究与设计工程师。因而学院又增加了许多专业基础课程，以扩展知识面。我们六年学习的课程，超过本硕连读。

为了提高学习效率和改进学习方法，1963年10月学院开展树立良好班风学风活动，组织各班到59111班去参观学习，看他们的听课笔记，学习他们的学习方法和经验。邱建宇是这个班的班长，毕业后留校作了政工干部。在59111班风和学风的影响下，我们班学员的学习热情更加高涨，学习就是战斗任务，困难就是敌人，学员们更加注重提高学习方法，学习效率明显提高。我们班的平均学习成绩在三个班中名列前茅。

1962年起，哈军工开始参加全国统考招生，录取学生的平均分数和北大、清华齐平。

哈军工把我们这样文弱的书生塑造成了有钢铁意志的战士，把优秀的战士培养成了掌握尖端科学技术的工程师。哈军工为国家培养了万名以上的献身国防事业的英才。

光荣加入中国共产党

指导员傅连勋是我入党的引路人，从入伍训练到进入专业学习，他经常找我谈话，使我认识到要树立正确的理想、坚定的信念，永远跟党走，把人生理想融入国家和民族的利益中，在奋斗中摸爬滚打，从中找到人生真谛、生命价值、事业方向。他启发我努力严格要求自己，积极靠近党组织，接受组织考验，完成组织交给的各项工作。1961年，我受到学院“五好学员”的嘉奖，学院把奖状寄到家里，父亲特别高兴。我的努力和积极工作得到领导和战友们的认可。由于当时三个班的党员很少，我们60级和59级合成一个党支部。在我20周岁生日的第二天，1961年3月7日，一个我一生中最难忘的日子，党赋予了我政治生命。经党支部全面考查，决定吸纳我加入中国共产党，并为我举行了入党仪式，从这天起我成为一名光荣的中国共产党预备党员。指导员谭学录是我入党培养人和介绍人，59级学员胡鸿增同志是党支委，是我入党第二介绍人。那天在党旗前庄严宣誓的誓词我还记得：“我志愿加入中国共产党，承认党纲、党章，执行党的决议，遵守党的纪律，保守党的秘密，随时准备牺牲个人的一切，为全人类彻底解放奋斗终身。”

1962年，领导把我从60311班调到60312班当班长。

水面舰船设计与制造专业 60312 班学员合影（3 排左 2 为作者）

学员支部在正规化教育训练中要起保证作用，要号召每一个共产党员和共青团员在学习和训练中起正规化的模范作用，影响和带动群众去完成和贯彻正规化行动。党小组每周都有一次民主生活会，开展批评与自我批评，检查学习中出现的问题和执行条令制度的好坏，及时发现各种思想偏向并研究纠正。

哈军工不是红色保险箱

有人以为进了哈军工就是进入了红色保险箱，可以高枕无忧，其实不然。

哈军工是绝密单位，对外采用部队番号。为保密的需要，学院前后更换了三次部队番号，这都是为了适应那段时期复杂的斗争形势。

从入伍时起，我们首先接受的是国家整体安全和保密教育。指导员告诉我们，你们来哈军工，你们的生命就属于国家和人民，国家的利益至高无上。哈军工以陈赓为首的各级首长常常提醒我们："你们在哈军工，不要以为就进入了红色保险箱。"

1949年9月，中华人民共和国成立在即，毛泽东同志根据当时世界形势和人生阅历就曾预言：美国可能对中国实行和平演变。

陈赓带领的哈军工各级干部对此都有深刻的理解，院系经常召开大会，进行思想教育，警惕敌对势力的糖衣炮弹，用最有说服力的实例来教育我们。如有的学员曾把毕业论文或保密资料带到公园和女朋友约会时丢失；有的学员向外界泄露了所学专业和内容等事件。经过这些教育，大大提高了我们的保密意识，增强了对阶级敌人糖衣炮弹的警惕性。此外，学院周末经常组织学员看电影，如《南京路上好八连》或反特反谍片等，实时地配合思想教育。学院除了有严格的保密措施外还有许多明确的规定，如"两不准"，即规定学员在校期间不准谈恋爱、不准结婚；不准将涉密材料带出学院；不准向亲戚朋友透露自己的专业和工作学习情况等。

那个时候由于抗美援朝战争刚结束，有的人不愿参军，报考哈军工的人数并不多。甚至在我们新生入伍训练期间还曾经发生过个别学员逃跑回家的事件，他们受不了紧张的部队生活，害怕将来要打仗。在哈军工建院初期，陈毅同志就曾严肃建议，今后他们的子女高中毕业了，要带头报考哈军工。这样就会影响社会，使青年学生们也跟着报考哈军工，让全社会都知道建设现代化国防的重大意义。从那以后，大批的干部子弟来到哈军工。军工第八、第九这两期的干部子弟开始多起来，王震之子王军就在我们水下60321班。大多数干部子弟表现得都很好，能严格要求自己。

早在20世纪50年代，美国中情局就有一个相当机密的计划，专门针对社会主义国家进行和平演变，他们蛊惑青年人鄙视共产主义教育和吃苦耐劳精神，让他们与政府离心离德；他们制造人民和社会分裂，时时处处宣扬西方民主，丑化共产党的领导，制造动乱。毫无疑问，敌对势力实行的是一个长期、彻底、全面地对社会主义国家进行颠覆的战略。

在这种形势下，哈军工办学过程中必须特别重视安全保密教育，学习南京路上好八连的“为人民、拒腐蚀、永不沾”的精神。我们从参军的那一刻起，院领导就谆谆教导我们，哈军工绝不是红色保险箱，要有敌情观念。始终把国家的安全放在第一位，这关系到党和军队的存亡成败。这些教育，提高了学员们的政治思想觉悟，大家都自觉遵守严明的纪律，严格遵守保密制度，保密材料及时放回保密室。同时，学院还有严格的军容风纪，一个人不擅自外出，三人以上要列队。我们要时刻牢记国家秘密关乎人民和国家的安全和利益。

哈军工是我国最著名的军事学府，是为党和国家培养新一代红色人才的地方。

一直关心哈军工的陈毅的儿子陈丹淮是哈军工61级学员。1963年4月10日，陈毅出国前，于昆明驻足，夜阑人静，思及子女教育，展纸写一短柬给刘居英院长，要求他对陈丹淮“和一切青年学员严加管教”。1963年6月18日，陈毅从百忙工作中来到哈军工，在体育馆前大操场接见全体师生并讲话。他语重心长地说，学习是一个艰苦的过程，是战胜困难的过程，把一个青年培养成才，要经过千锤百炼；把一块毛铁变成钢，要经过好多工序。在哈军工这个重点大学，都能达到毕业的标准，是一个很艰难困苦的过程，不是那么轻松的。他还特别提醒干部子女，代表他们的

陈毅讲话

家长对他们讲："你们这些人的环境，对你们是不利的。你们要懂得，在这样好的条件下学习，把好条件变成包袱，就会把你们压死，害你们一辈子。"

这些讲话，是陈毅集一生之经验而总结出来的，是对哈军工学员的期望。人生的事业是自己创造的，父母的地位再高也替代不了自己的努力。那天，我们在操场席地而坐，聆听陈毅讲话，这番讲话使我们深受教育。

永远的战友情

我们入学那年正逢三年困难时期，粮食定量，一桌就餐的同学轮流分饭。不管谁分饭总是宁可自己少分点，让别的同学多吃点。1961年和1962年的中秋，食堂发月饼，好多同学特意省下来月饼硬塞在我的书包里，让我带回家给家人，让我非常感动。

1963 年，我与战友在青岛

1962 年，我和战友在哈尔滨松花江边

在哈军工学习的那段时间，我班很多同学到我家就像回到自己家一样，有的同学放假刚回来就去我家看望，如果父母不告诉我，我还不知道。2010年，我们校友回母校聚会，北京海军的战友就曾深情地回忆说："我去过你家，你家在北方大厦那里，你母亲还帮我缝过被子……"

1963年，毛泽东同志发出"向雷锋同志学习"的号召，全院立即掀起了"学雷锋，做好事"的高潮，对同志像春天般的温暖，关心集体，助人为乐，一人有难，众人相帮，蔚然成风。学院大力培养良好的班风，大搞"一帮一，一对红"活动，提出"不让一个阶级兄弟掉队"。大家不仅学习上互相帮助，生活也是互相关照，学员队的干部和我们同吃、同住、同活动，亲如兄弟。在如此团结友爱、互帮互学的氛围里，大家心情舒畅，学习刻苦，奠定了扎实的专业基础。

战友们一起学习

自力更生发扬南泥湾精神

陈院长非常关心学员们的伙食和身体健康，常抽时间亲临指导，他表扬中层干部深入食堂蹲点检查的好作风。在三年困难时期，他指示要把小赵家的农场办好，养好奶牛，办好豆腐坊，保证学员和幼儿园的孩子们常有牛奶和豆浆喝。多养猪羊鸡鸭，以补充市场供应肉禽蛋之不足。蔬菜也要部分自给，多种细菜，少种土豆、萝卜、大白菜。学员在学习期间很受优待，干部吃大灶，我们吃中灶。陈院长如此爱护学生，我们怎能不认真学习？2010年，我们舰船专业第八期学员返校聚会时，说起那时院外流传的顺口溜："哈军工，上大学，不交钱，又管吃，又管穿，吃得好，穿得暖，学得深，学得宽，毕业后，当军官。"大家无不感慨地说："这一辈子都不会忘记哈军工领导对咱们的关心、爱护和培养。"

陈院长在京期间，还不忘关心学员和教员的生活。他指示要加强政治思想工作，动员大家克服暂时困难，全院各单位干部要利用空闲土地种菜，并组织打黄羊队到内蒙古草原上打黄羊。陈院长在北京曾要了一批副食品，为大家改善生活。时任黑龙江省委书记的欧阳钦还亲自督促农业厅要尽量满足哈军工学员的副食供应。中央军委对哈军工的师生生活特别关心。为减轻国家的负担，更重要的是传承延安革命传统、发扬南泥湾自力更生的精神，学院从干部到学员都轮流到农场参加劳动，我们每学期要到农场劳动一周。

为了在冬天储存蔬菜，我们班被派到红楼家属区帮教员食堂挖菜窖。我们还定期轮流到56号楼食堂帮厨。

1961年6月，海军工程系黄景文主任、穆栋才行政处长等领导亲自带领全系学员、干部和教员到白鱼泡挖养鱼池，改善全系的生活。

军爱民活动是哈军工的一贯传统，我们每年春节前都到三甲后面的延平街老乡家扫院子和挑水。1962年，系政委张严组织并带领教员、学员到五常县（今五常市）朝鲜族民乐公社“政治野营”，在那里帮助社员种水稻，听他们作报告，接受社会主义教育。

参加农村社会主义教育运动

1965年8月，我们从大连造船厂实习回来后不久，根据毛泽东同志的指示，学院安排我们作为第二批学员到农村接受社会主义教育（简称社教），在黑龙江省巴彦县参加四清工作队。我与龚光耀两人被分配到长山公社长河大队第三生产小队，小队位于巴彦县最北部，紧邻山区。生产队一共有二十几户人家，他们不少人是在三年困难时期从山东、河北来到这里落户的。生产小队队部位于村头一间茅草屋。屋子南面是一铺大炕，屋北地面上堆放了不少杂物，三人刚好能同睡在南炕上，每天火炕都被烧得暖暖的。每个小队的社教工作队一般由四人组成，两名来自部队，两名来自地方。队长是来自地方的，姓王，副队长是我院汽车队队长叶新才同志。在社教期间有很多纪律规定，我们每天轮流在生产队社员家吃“百家饭”，每天伙食标准3毛钱，不能吃肉，特别困难的生产队连豆腐也吃不上。我们第三小队属于比较困难的，社员一天劳动的平均工分只有6分钱，一年到头下来不仅挣不到钱，反要“胀肚”，就是还欠生产队的钱。我们每天不是吃大碴子，就是吃烀玉米，冬天也没有什么菜可吃。在个别人家能吃到小米或黏米饭，菜是咸菜或蓖麻子酱。

社教期间我住的地方　长河大队第三生产小队办公室

社教副大队长叶新才

白天我们帮助社员打场、训练民兵、捡粪拾肥。为预防大雪封山无柴烧，我们提前进山打些干柴，以备冬天烧炕取暖。几乎每天晚上全队的男劳力都要集中到我们住的地方来开会。开会内容不外是宣讲国家政策法令、大雪封山提前预警，我们还听取社员意见，忆苦思甜，接受贫下中农再教育。

晚上开会一般从老乡吃完晚饭后6点多钟就开始，地方工作队的队员大多数是从宾县各机关抽调来的干部，他们的口才都很好，开会时一般都是他们讲话。屋里的凳子不够用，一些社员们坐在地上，屋子挤得满满的。社员们不停地抽烟，都是自家种的旱烟，烟味特辣。有的地方工作队队员也抽烟，小屋很快变得乌烟瘴气，很呛人，后来也就习惯了。会议一般要开到半夜1点钟。一开始，地方工作队队员递给我们烟吸，以免我们发困，老乡见状也卷好他们的旱烟让我们吸，我们碍于贫下中农感情，不好不接过来，硬着头皮吸。这样一来二去，我们也买烟送给地方工作队队员，后来我对烟味已经麻木了，也可以一根接着一根地吸。

忆苦思甜主要是老乡自己讲，虽然当时他们生活很贫困，但比起旧社会来要好得多。一位贫下中农忆苦说旧社会他没吃没穿，冬天光着脚冻得把脚伸到刚拉的牛粪里取暖。新社会让他们有饭吃，有衣穿，他们非常感恩，感谢共产党。忆苦思甜对我们的影响很深，我们班不少学员都很能吃苦，大家积极工作，都在“火线”上入了党，成为中国共产党党员。

社教快要结束时，学院领导看到我们社教太辛苦，几乎半年没有沾油吃肉，特意安排一天，以到公社开会的名义，中午给我们开了荤，每人发了一大碗肉，香得令人难忘。

毕业分配，一切听从党安排

1966年春节前我们的社教工作圆满结束，由于学院体制即将发生改变的原因，我们提前四个月就结束了六年的全部课程。在那个年代，我们不用自己找工作，“人民战士最听党的话，哪里需要哪里就安家”，一切要服从组织的安排。春节过后大家忙着上街买木箱、纸壳箱，准备用来发运自己的行李和书籍等，只要分配命令一发布，立即动身前往新岗位报到。

大家都希望能分配到部队或设计研究所等单位，这样自己就能为海军建设发挥更大的作用。我和大家也是同样的想法，想到海军最需要的地方去，我也在做发运东西准备。2月的一天上午，毛德玉队长看着我，突然说：“你不用准备了。”别的话再没说。

2月20日，我们到服务社拍了毕业照，每位战友的面孔将永存在彼此的记忆中。2月22日，学院发布分配命令，大多数同学的去向是海军、造船厂和研究所，我和伊绍琳、王绍宏、濮家贵留校当教员，王克强留下考研究生。战友们恋恋不舍地离开母校，各自奔赴新的工作单位。

水面舰船设计与制造专业 60312 班学员合影

3月开学，我到301-2教研室报到，给我分配的教学任务是跟着夏剑辉教员当助教，辅导61311的船艇强度课。后来又安排我给越南留学生上课、备课。不久，我们就集体转业，脱下了军装。

接下来的几年，哈军工、哈船院、哈工程……学院无论如何变迁，我都没有离开舰艇制造专业，没有离开过哈军工大院，一辈子留在哈军工的这块土地上。

不了情，俱往矣，哈军工精神依在。

对于今天的人们来说，哈军工仿佛已经很遥远了，但位于北国的这所军校已经成为一个难以复制的经典，以报国、强军、忠诚、奉献为精髓的哈军工精神牢牢地载入中国的教育史册，永不磨灭。

一张“入学通知书”

哈军工第十一期学员　刘野平

最近要采集退伍军人信息，我也翻箱底找出了五十多年前哈军工的入学通知书。

1963年8月，我们齐齐哈尔市八名“优秀青年”由刘颖少校带队来到中国人民解放军军事工程学院。这“优秀青年”可不是我自夸，通知书上就这样明明白白写着的。

来到哈军工后，我们首先按不同专业分到了集训队。我的第一顿饭就是在55号楼吃的。八人一桌，主食是难得一见的小糖酥饼。这对于饭都吃不饱，只能喝稀粥的半大小伙子真是如获至宝，我一口气就吃了七个。同桌的“优秀青年”饭量也都很“优秀”，我们八个人竟然吃了两盆酥饼。站在旁边看着我们吃饭的区队长委婉地提醒我们说：“以后伙食天天都这样，千万别吃坏了肚子。”

集训队军训的生活开始了，我们发了新军装、生活用品，还有长短枪。那是真正的军用五六式半自动步枪和五四手枪。“上军工、攻尖端，又管吃、又管穿”的歌谣也流传起来。队干部嘱咐我们：“培养军工一个学员，国家要花一千两黄金，等于培养一个战斗机飞行员的代价。”于是有的同学便飘飘然起来。后来我们才明白：国家对我们投入越多，则期望越高，我们肩上的担子也就越重。一种庄严的责任感油然而生。

我们是电子工程系，女学员最多，事儿也最多。刚入伍时，要剪掉美女们那齐腰的秀发，不知费了指导员多少口舌。刚刚发的长手套就被南方妹子给剪了一半，长裤子也能腰改瘦、腿改细。这些小动作被队长发现后狠狠地批评了一顿：“这是军事装备，是打仗用的，个人无权改动。”

我们在31号楼前的大操场上训练卧式射击科目。那天刚刚下过小雨，地面有些湿，本来就窝了一肚子火的小姑娘们，拿着枪戳在那儿，不知如何是好。我们的王队长已年近五十，他大声对我们说：“平时多流汗，战时少流血。操场就是战场。”说完，就在脚下有个小水坑的地方，“叭”的一声卧倒在地，溅起一片水花，熟练地出枪、瞄准，动作流畅自然。我睁大眼睛，心中一震：“这才是真正的军人。”有王队长的言传身教，练兵活动顺利地展开了。

军训科目经过在院区靶场的长短枪射击后，最精彩、最刺激的就是实弹投掷了。那天一大早我们就被拉到柞树林训练基地。投掷场地就是在战壕前方堆出一段土包，只要把弹扔过土包就安全了。我从小战士手里接过手榴弹，按着要领拧开后盖拉下弹环，只听见“呲呲”之声，我根本来不及看它是否冒烟，一甩手就扔了出去，这就过关了。说来容易，这可是实弹啊，当时我也是十分紧张，投完弹手心都湿了。我后面上来一个高个儿学员，瘦瘦的身材，戴个眼镜，脸色有些苍白，额角沁出汗珠，脚步也不太稳。我跑进后排掩体，刚刚躲起来，就听到前面有人高喊：“快趴下！”接着就听到轰的一声，手榴弹竟然在投弹手的战壕里爆炸了。队长急忙跑了上去，高喊：“受伤了没有？”那个小战士趴在高个学员背上，浑身是土，大声回答：“没有！”大家一颗悬着的心才放了下来。原来那个瘦学员由于过分紧张，用力掷弹时，不是向前而是垂直扔向了高空，这才会落在自己这边的战壕里。幸亏小战士手疾眼快舍身相救，才避免了一场大事故。这个小战士其实就是生活在我们身边的英雄，可惜到现在我都不知道他的名字。

那时哈军工的浴池只有军人服务社后面的一个大房间，房中间有个大池子，周围有几个喷头和洗手盆，虽然设施简陋，但全院人员都只能到那儿去洗澡。20世纪60年代有一部小说叫《敌后武工队》，作者冯至，讲述武工队的杨子曾队长带领队员们神出鬼没英勇杀敌的故事。杨队长是当时青年一代心目中的传奇人物。来到哈军工后，我才听说这位杨队长的原型就在哈军工大院里，是干部部的杨寿曾部长。在全院大会上，我也见过这位人人敬仰的抗日英雄。那一天在浴室里透过浓雾，我看到一个老头，独自在角落里搓澡。五十多岁，粗重的眉毛，浓密的胡荐子，略微有点驼背，但两眼炯炯有神，这不正是杨寿曾部长吗！我立刻带着对老前辈的崇敬之情走上前去向他问好，他也看出我是新学员，微笑着问了问我的情况。我俩赤诚相见，谈得很投机。我好奇地问：“《敌后武工队》的杨队长真是您吗？”他笑着说：“当时有两个老部下来采访我，没想到就写了一本书。”浴室里雾气很大，但由于离得很近，我还是看清了杨部长身上有多处伤疤。前胸、胳膊、大腿到处都有，有些还是贯通伤。在热气熏蒸下，通红发亮，比周围皮肤高出一大块。我心疼地瞅着这些伤疤，对杨部长说：“我帮您搓搓后背吧！”杨部长看我真心实意也就不再推辞了。我攥紧毛巾，用力地搓，小心地避开那些伤疤。看着它们我深切地体会到：人民的江山真是来之不易，是多少像杨部长这样的革命老前辈，用血汗换来的。平易近人的杨部长也为我搓了后背，现在想起来心里还是热乎乎的。

我们入学一年后，中国第一颗原子弹爆炸成功了，整个哈军工大院都沸腾了。我院部分教职员工也参加了那次试验，三系的花栅老师就是其中一位。在化学课上，邓飞帆老师详细给我们讲解了原子弹的工作原理及生产过程，从铀235的提炼，到中子密度临界点的突破，邓老师娓娓道来，一百多人的阶梯教室，鸦雀无声，大家听得入迷。深知我国能生产原子弹，是千百万国防战士发奋图强艰苦奋斗的结果。而我们也自豪地成为国防战线上的一员。

此后，我无论是在洲际导弹太平洋测试舰队里，还是在北海舰队的猎潜舰上，都没有忘记是哈军工把我们这些来自全国各地的学员培养成为国防战士的。

望着眼前的“入学通知书”，我已经准备把它和另外一些哈军工的老物件捐给哈军工博物馆。虽然有些舍不得，但哈军工精神会永远陪伴着我，也会激励更多的后来者。

数学天才郭东升的故事

哈军工第十一期学员　李庆芬

1963年8月，经过严格的政审，高考后我被录取为中国人民解放军军事工程学院的一名学员，从北京来到了哈尔滨。第一个月，我在女生队进行紧张的入伍训练，之后，我和另一个女生贺爱珠一起分到了空军工程系（一系）63131班。我们班26人，只有我们两个女生。同学们大多来自北京、上海及全国各地有名的重点中学，而且基本都是“学霸”。

当年哈军工的师资力量相当雄厚，一个教研室有正、副教授十几个，不少曾留学美、德等国，例如我系的空气动力学教研室，几乎集中了我国最著名的空气动力专家：马明德、岳劼毅、罗时钧等。系主任是从苏联回来的空军技术专家唐铎少将。

当时在哈军工任教的还有著名计算机专家慈云桂，

水声专家杨士莪，潜艇专家邓三瑞，著名数学家孙本旺、汪浩、戴遗山，水动力专家顾懋祥，航空专家陈百屏等。

哈军工当时使用的教科书是最深奥的。例如数学课学的是北大数学系的教材——菲赫金哥尔茨《高等数学》的全部内容，理论力学主要参考的是美国著名力学权威铁木辛柯的著作。

当时我们的学习十分紧张，几乎每天都是宿舍、食堂、教室三点一线，除了上课，绝大部分时间都是在本班专有的小教室中安安静静地学习。我中学6年是在女校度过的，哈军工又有“两不准”（不准结婚，不准谈恋爱）的规定。

因而性格内向的我当时和男生几乎没有任何来往。甚至一个学期过去了，我连班里24个男生都没认全。但对郭东升这位同学却是印象深刻，他是我们班文艺活动的积极分子，也是631队的文艺骨干，不仅在集体唱歌时担任指挥，还经常编导一些小节目进行宣传。他编写的歌曲往往好学好唱，朗朗上口。

至今我还能唱出他创作的一些歌曲呢。他还是班里唯一达到学院水准的院管弦乐队的大提琴手，在一些较高规格的演出活动中经常上台露脸。

这些都还不算稀奇，最让人高看的，还是他的数学天分。当年我当过班上的数学课代表，虽然考试得分有时比他高，但我深知自己不过是个善于学习的“好学生”而已，而郭东升在数学方面则可以说是个天才！他酷爱数学和物理，极具观察力和想象力，并且兴趣广泛。他说：“数学研究就是应该能把生活中的任何现象都用数学来表达……”

上大一时，他看到宿舍窗帘绳的垂挂，就说“可以用数学函数来表达出这种垂挂曲线”，并且还真的自己推算出了这函数是双曲余弦。后来他通过观察猫在走路时迈动四条腿的先后次序与四缸活塞发动机点火次序完全一致，就提出了一种理论，解释了世界上所有动物的腿为什么都是偶数的这一自然现象，进而提出通过这一理论还可以解决多轮胎汽车如何调换轮胎才更为合理的问题……

当年让我对他印象深刻的，还有因为他生活上的漫不经心、稀里糊涂而闹出的笑话。记得当年哈军工学员作为现役军人，在生活上是按军队标准严格要求的：内务要整洁，平时被褥还要叠成规整的“豆腐块”。

而最让人紧张的是半夜里的“紧急集合”，当紧急集合的号声响起时，每个人都会马上从床上蹦起来，穿好军装，迅速用背包带把军被打成整齐的方形，背包上还要插好一双解放鞋，然后背起背包跑步到楼下的集合地点（各班有固定位置）。每次各班的集合时间、军装及行装是否齐整等都是考评的内容。

为了不给女生丢脸，我和贺爱珠曾下过很大工夫练习迅速打好背包的技术，所以每次“紧急集合”，我们的表现都还算可以。但郭东升这位老弟的表现可就让人不敢恭维了，据说副班长王云庆为他生活上的稀里糊涂没少操心。

有一次，全班同学都站好了，却不见郭东升的身影，列好队的同学们正在焦急地向楼门口望去时，郭东升出现了，歪扣着军帽，一脸沮丧，胳臂下夹着一卷军被，一瘸一拐地走了出来，真是狼狈不堪……副班长急得满脸通红，一问才知，他的背包带找不到了，着急下楼又崴了脚……

这次的教训，加上同学们的热心帮助，他终于能做到把背包带等物品放在合适的地方，并且可以迅速打好背包了。然而，事情过去没多久，这位老弟又做了件让副班长挨批评、让我们传为笑谈的事。原来，紧急集合时，他竟然在打好的背包上面插了一双拖鞋……这真是前所未有的事情！把队长都弄得哭笑不得。

然而，就是这位生活上漫不经心的老弟，在数学上却不断做出让同学们刮目相看的成绩。1966年，当时还是大学三年级学生的他，竟然写出了一篇很不错的数学论文，这在当时可是件了不起的事！不过作为普通学员，要想发表也并不容易，就在他不知怎么办时，我们631队的黄旭辉副队长鼓励他去找著名的数学家孙本旺教授。

孙本旺教授！那可是了不起的大数学家呀！1946年，作为华罗庚推荐的数学青年才俊，与华罗庚、唐敖庆、王瑞、朱光亚和李政道一行，赴美国学习造原子弹……

可想而知他的数学水平在国内的地位。“像我这样一个小学员他能见我吗？”郭东升怀着忐忑不安的心情来到了孙本旺教授的办公室。

没想到，孙本旺教授十分热情、亲切，看了他的文章，连声称赞“思路很好，结果也很好”，并说要推荐给《工学》报发表。

这次见面让郭东升这个还未出茅庐的年轻人受到了很大的鼓励，从此也开始了他们之间特殊的师生友谊。在以后漫长的人生道路上，郭东升经常得到孙本旺教授的指导和帮助。路过长沙时，他常常会在已是国防科技大学副校长的孙老师家住上几天。除连吃带住并向孙教授请教一大堆数学问题外，临走时还要带走孙老师送的几本参考书。

1978年，全国恢复研究生招生时，郭东升凭借坚实的基础知识及英语水平考进了丁肇中在中科院高能物理所的研究生班，后来又到了他更感兴趣的中科院理论物理所。

1979年春，李政道教授回国在友谊宾馆毗邻的科学会堂开课讲学，一天中午郭东升被安排陪同李政道夫妇一起午餐。席间郭提到他师从孙本旺教授学数学的事时，紧挨着他的李政道夫人听到孙本旺的名字，瞬间动容急切地询问孙教授的近况……可见李、孙两位大师的关系非同一般。席间来了一位《光明日报》的记者给大家拍照，不日《光明日报》登出了一张后来被选入新华社发行的庆祝新中国成立三十周年新闻图片集的照片，此照片传遍全国城市、农村乃至全世界，贴满了大街小巷的宣传栏，也让不少哈军工老同学得知了郭东升的消息。这张照片现在还收录于李政道教授的个人网页。

1980年，郭东升公派赴美留学，1984年5月，伊利诺伊理工大学举行隆重的毕业典礼，郭东升是当时获得博士学位的四位同学之一，也是唯一的一位中国人。

当校长把象征博士学位的长披肩放在他的肩上时，台下几千人爆发出热烈的掌声，这使他心潮澎湃，第一个就想到了孙本旺教授。

在博士论文的第一页上他写道："在这个时刻，使我想起在我来美国之前许多帮助过我的人，孙本旺教授是向我介绍广义相对论和微分几何的第一个老师。"

后来他经常对别人讲："我在国内出道前最大的恩师就是孙本旺教授，是他引导我走进了现代科学的殿堂。"

获得博士学位后，郭东升在世界理论物理领域中逐渐显露自己的才华。此后，他历任美国南方大学助理教授、副教授、正教授和终身教授。现为美国物理学会会员，*Physical Review Letters*和*Physical Review A*审稿人。1993—2001年兼任美国劳伦斯利弗莫尔国家实验室物理学家。2001—2003年为美国加州大学戴维斯分校客座研究员，2004—2005年为美国俄亥俄州立大学客座教授。他从1996年起被聘为中国国防科技大学兼职教授，1999年被聘为中科院上海光机所客座研究员（教授），2004年1月起被聘为华中科技大学特聘教授、博士生导师。2008—2012年为华东师范大学紫江教授。2009年至今担任国际杂志*Journal of Atomic*，*Molecular*，*and Optic Physics*编委。

2013年9月，郭东升在时任国家领导人的老同学的介绍下任职于北大物理学院，后又转到了北大工学院。几年前他还应邀回母校，在哈尔滨工程大学理学院做过学术报告。

郭东升在理论物理研究方面所取得的突出成就是：在国际上首先提出了非微扰量子电动力学。他提出的Guo – Aberg – Crasemann（GAC）散射理论，经Bucksbaum的实验证实成功解释了Kapitca–Dirac（KD）效应。KD效应理论，从理论和实验上证明了KFR 末态假设的错误。这是其他理论尚不能做到的。

非微扰量子电动力学理论现已能解释该领域内的所有基本现象，并预言了若干新的物理量和物理效应。还发现了一条光电子角分布的新定律：尺度定律（或相似定律）。

值得一提的是，讲学中谈到如何发现光电子角分布的相似定律时，他指出这竟然是从当年哈军工一系的1031室所进行的风洞实验中得到的启发! 最近他又解得了两能级原子在光场中（Bloch方程）的严格解，并且得到了任意原子在激光场中的准确波函数。

他除了在物理理论上有所建树外，在数学领域也有一系列新发现。他引进了复数域的贝塞尔函数（不是教科书上的解析延拓）称为相位贝塞尔函数，相位贝塞尔函数及其衍生的多重广义相位贝塞尔函数竟然囊括了所有由于光子引起的电子跃迁振幅。

他最近又把坚挺了两百余年的拉格朗日插值法做了全面颠覆性的推广称之为外插法，使科学计算上的精度提高了不下一百亿倍。外插法用在图像处理上可使人物表情更加栩栩如生，使生活照片更美好；也可使蛛丝马迹秋毫末梢尽显无余，使得军事侦察、公安破案威力更大；也使拉格朗日插值法无法显像的自然界中微乎其微的光学现象弗朗赫夫光学衍射得到明确显像。

他经常对学生们讲：“你们把数学看成课程，考完了就还给老师了；但我把数学看成工具，走到哪儿用到哪儿。”

目前早已过退休年龄的他，仍然在埋头于他的研究工作。

两年前同学们才得知，郭东升的父亲郭有义，竟然是大家熟悉的“51号兵站”主人公的原型！郭东升真是秉承了乃父的聪慧和大气。

当年哈军工63131班的26个老同学，有3人已离开了我们，每年在他们的忌日，班长李立人总会代表全班同学向他们的亲人致意……

目前这些古稀之年的老同学们，仍然是一个和谐团结的群体。在每年的同学聚会中，在63131班的微信群中，我们都能感受到大家之间越来越浓的同学情。

郭东升倾心于他的研究而难得参加同学们的聚会和微信互动，但当他偶然放下手头的研究来参加老同学的聚会时，同学们都很愿意听他讲讲最近的研究和新的成果。大家也为他在该领域中已居于世界领先的地位而感到骄傲，并为在同班同学中可能出现一位新的诺贝尔奖获得者而对他寄予厚望。

郭东升，加油！

关心学生，平易近人

哈军工第三期学员　陈起富

回想起和陈赓院长接触的几件小事，陈院长关心学生，平易近人，一点架子都没有，令我深深感动。

我是哈军工第三期学员。1954年8月的一天，刚入学不久，我们预科全体学员集合在王字楼旁的小树林广场，聆听陈赓院长讲话。

陈起富在哈军工读书时

在陈赓院长的领导下，哈军工1952年开始筹建，到1953年正式建院，学校已初具规模。陈院长虽仍兼院长和政委，但已调任国防部副总参谋长。第三期学员中，有少数学员不适应严格的军校学习和军训生活，出现了开小差的现象。陈赓院长特意回来对我们进行思想教育。

他身着军便服，戴银边眼镜，中等身材，对我们态度和蔼，语言风趣幽默。我记得当时他站在文庙街边小树林广场上开始讲话。

他讲到建立哈军工的原因。虽然抗美援朝战争在党的正确领导、我军英勇战斗和全国人民的支援下，取得了伟大的胜利，但是由于我们武器装备落后，敌人掌握了制空权，我们的胜利还是付出了很大代价。我国必须建设强大的国防。为此，在党中央的支持下，举全国之力建立哈军工，培养军事技术干部和优秀的军事工程师。

陈起富近照

"同学们都是我们从全国各地选拔出来的优秀学生，"他幽默地形容，"有麻子的不要，要最好的。可是我听说，有少数学员却不适应严格紧张的军校生活，鞋底抹油，溜走了。"陈赓院长诚恳的话语，深深地打动了每一个学员的心，从此我们端正了自己的学习态度。

1955年11月末的一天中午，我回到22号楼学员宿舍，在门口看见一群军官陪着两位穿黄呢大衣的首长走向宿舍楼，臂配红色值班袖标的宿舍值班学员上前立正迎接。那佩戴大将军衔的首长正是我们敬爱的陈赓院长。只见他笑容满面，双手握住值班学员的手，介绍身旁穿越南人民军大将军服的武元甲将军是来参观哈军工海军工程系学员宿舍的。

由青年学生到革命军人

哈军工第二期学员　文小平

1953年8月初，我从武汉市第一中学高中毕业，准备参加高考。一天，张薇之校长召集我们毕业班中的十几位同学谈话："你们不要参加高考了，有一项光荣的任务在召唤你们。军队有一所重要的工程技术学院来我校招生，政治条件和学习成绩要求都很严格，是保密单位。校方推荐和保送你们去那里学习深造，将来参加国防建设事业。你们愿意吗？"

听到这个消息，大家都很兴奋。8月20日前后，我们这批从武汉几所重点中学招收的五十多名学生，由前来招生的两位文质彬彬的军人带领，登上北去的火车。临出发前，我们被告知此行的目的地是哈尔滨，学校的名称是"中国人民解放军军事工程学院"。

入校后，我才知道这两位军人都是教师：金属工艺教授会的黄大墩老师和海军工程系的蒋楠祥老师。

初见陈赓将军

8月的武汉正烈日当空、酷暑炙人，而我们抵达哈尔滨时却倍感凉意。到学院后，我们一行被安排到学员宿舍，每个人的床上已铺好了崭新的军用被褥。当天，区队长领我们去学院的澡堂痛痛快快地洗了个澡，顿时消除了我们几天的疲劳。次日上午，我们正在宿舍整理物品，几位身着军装的首长来到宿舍，中队长引着最前面的一位，向大家介绍："陈院长来看望大家了。"我们的双眼立马凝视在最前面的首长身上，只见他中等身材，面色红润，戴着一副眼镜，眼镜后面的双眼炯炯有神，络腮胡子刮得干干净净。初次面对这样的场面，我们都有些不知所措，显得很紧张。陈院长笑容可掬地先问我们从哪里来的，并一一问了每一个人的年龄。有一位同学个头较矮，陈院长亲切地搂着他的肩膀坐在床上，开玩笑地问："还尿不尿床啊？"顿时逗得大家哈哈大笑起来，原先的紧张心情一下子就被消除了。陈院长关切地嘱咐我们："东北的气候比南方冷，大家刚到北方要防止着凉。"随后又转身吩咐我们中队长，"到军需部门先给每一个人领一件棉军上衣，一早一晚穿着防寒。"

我少年时代在豫皖苏解放区就听说过陈赓将军的大名，特别是听父辈们讲述过将军率大军南渡黄河、挺进豫西的故事。我想象中的将军一定是一位威风凛凛、铁打的军人，可今日见到陈赓将军，却是这样亲切、平易近人，还十分幽默，给我留下了极其深刻的印象。我当时就想，能在他当院长的学院里学习，是件十分庆幸的事。

参加开学典礼

入学几天后，我们就赶上9月1日的中国人民解放军军事工程学院成立暨第一期开学典礼活动。

开学典礼是在下午举行的，在学院的大操场上，由学员、助教、干部和战士组成的十几个方队整齐肃立。第一期学员是从部队选拔的具有高中程度的年轻干部，开学前，已进行了半年的文化补习教育和正规军事训练，即将进入本科学习。我们五百余名从高中毕业生中招收的第二期学员，身穿便装，列队伫立在检阅台的一侧，也亲身感受了这个隆重、热烈、激动人心的盛大庆典。

中央军委派出以副总参谋长张宗逊为团长，由军委各总部、各军兵种负责人组成的代表团前来参加典礼。张宗逊副总长向学院授“八一”军旗，并在陈赓院长的陪同下检阅部队，然后举行分列式。这是我第一次亲眼观看解放军部队的阅兵，张宗逊副总参谋长检阅部队，每走到一个方队前都会说：“同志们好！”方队全体同志回答：“首长好！”口号声响彻大操场上空，那场景使我的心情久久不能平静，强烈地感染着我，让我很想成为受阅方队中的一员。授旗和阅兵仪式结束后，在国歌声中，开学典礼开始。张副总长宣读毛泽东同志的《训词》，陈赓院长庄严宣布：“中国人民解放军军事工程学院——我国历史上第一所军事工程学院正式成立了。”

开学典礼结束后，休息一段时间，我们这些身着便装的二期学员们在操场上四处走动，观看悬挂在检阅台两侧和对面的周恩来、朱德、刘伯承、贺龙、罗荣桓等中央领导为学院的题词，中国人民志愿军、各军兵种、各大军区、军队院校和松江省（新中国成立初期建立的行省，1954年撤销，其行政区划并入黑龙江省）送来的贺幛。其中周恩来和朱德的题词最为醒目，周恩来的题词是：“努力学习，建设现代化的国防军军事工程学院。”朱德的题词是：“努力学习近代科学技术，为建立巩固的国防，保卫祖国而奋斗。”

接着，我们在大操场上举行露天大会餐，一条条长桌子沿东西方向布满了整个操场，啤酒、冷饮、水果，十分丰盛。陈赓院长举杯祝酒，他还来到我们刚入学的二期学员桌前祝酒，让我们这些青年学生大有受宠若惊之感。

开学典礼在庄严热烈的气氛中圆满结束了，毛主席《训词》中的一段话仍时刻在我耳边回荡：“中国人民解放军军事工程学院的创办，对于我国的国防事业具有极重大的意义。为了建设现代化的国防，我们的陆军、空军和海军都必须有充分的机械化的装备和设备，这一切都不能离开复杂的专门的技术。今天我们迫切需要的，就是要有大批能够掌握和驾驭技术的人，并使我们的技术能够得到不断地改善和进步。军事工程学院的创办，其目的就是为了解决这个迫切而光荣的任务。”《训词》为我献身军事工程技术事业指明了方向，奠定了坚实的思想基础。

庄严的入伍宣誓

开学后，新学员开始为期两个月的入伍教育，开宗明义第一课是认识军队的性质和宗旨，明确坚定正确的政治方向。陈赓院长在王字楼小礼堂亲自给我们第二期学员作报告，上了一堂生动的入伍教育课。他从朝鲜战场的情况说明我军英勇顽强、不怕牺牲，但武器装备处于十分落后的地位，虽然打了胜仗，却吃了不少亏。我们需要飞机、大炮、坦克，需要军事工程师，需要创办哈军工。

完成了入伍教育和队列训练后，即将举行入伍宣誓，队长发给我们每个人一份《军人宣誓誓词》，队长强居义同志要求我们熟悉誓词内容，充分认识入伍宣誓的意义，在学习誓词的基础上，对入伍宣誓进行演练，主要是反复背诵誓词。当时，我们每个人都把誓词一字不差地背诵得滚瓜烂熟。

入伍宣誓前一天，指导员张超同志在全队大会上讲话，并宣读了几份学员的决心书。其中，我的决心书是这样写的：“我向党表示决心；我已经完全准备好了，将自己的一切终身献给国防事业，下定决心干一辈子国防军，以实际行动，争取做一名光荣的共产党员。”指导员的讲话像战前动员一样，把我们入伍前的思想准备推向了高潮。

入伍宣誓当天，寒风凛冽，中国人民解放军军事工程学院第一次入伍宣誓大会在大操场举行。经过入伍教育的我们五百余名第二期学员身着崭新的棉军装，面对鲜艳的“八一”军旗，整齐排列。按照学院事先安排，入伍宣誓分几个宣誓点同时逐个进行。当监誓人喊到我的名字时，我高声回答：“到！”而后出列正步走向监誓人面前，虽然面前桌子上摆放着誓词，但我没有朗读，而是背诵完誓词，并在誓词上签名，监誓人向我颁发了胸章和帽徽，并祝贺我光荣入伍。然后我便向后转回到队列中。

陈赓院长亲临现场，并向新入伍的学员们讲话，他鼓励大家：“必须具有终身献身军事科学工作的坚强意志和孜孜不倦的刻苦钻研精神，不怕一切艰难困苦，坚决向科学堡垒进攻并占领它。”

昨日青年学生，今天革命军人。在这一刻，我忽然觉得自己已经长大。我深知，宣誓是我人生的一个诺言，要在行动上去实践誓词，永不背叛。我深深懂得了穿上军装、佩戴胸章、帽徽，改变的不仅是衣着外貌，更是肩上担负责任的光荣与使命，我要把一生献给军队、献给国家。入伍只是参加革命的开始，作为一个刚刚穿上军装的青年学生要成为一名真正的合格的军人，需要千锤百炼，要从思想作风、军事素质、军容仪表等各方面达到革命军人的要求。陈赓院长关于军人姓“军”，我们是军事技术院校，是培养军事工程师的场所，也是锤炼军人品德作风的“熔炉”的教导，是我学习、励志的座右铭。我在哈军工一年预科和五年本科的军校生活中，时刻牢记自己首先是革命军人，肩负着祖国的嘱托和期望。入伍8个月后，1954年6月，我被批准加入了中国共产党，在以陈赓为第一任院长的哈军工，我努力实现着由青年学生向合格军人的转变。

哈军工的记忆

哈军工第五期学员 戴自振

破例入校

1956年秋，我从上海市浦东（郊区）洋泾中学毕业，被保送到哈军工。哈军工对洋泾中学学生很有好感，主要是因为洋泾中学地处郊区，学生中工农子弟较多，德智体发展较全面。我所在的洋泾中学56届乙班一

洋泾中学 56 届乙班保送的 6 名同学合影

个班就保送了6名同学。

我们几个保送生三年高中的学习成绩，都经来招生的王一如主任审查，顺利通过了。可在接下来的体检中，我被查出有鼻窦炎，不合格。我着急了，直接去找王主任，我向他表示了我愿投身哈军工、报效国家的志向，我对哈军工的向往以及我的母亲（一位在哈军工从事相关工作的老党员）对我的期望。王主任被我说动了，同意录取，但要求我离沪前到医院就诊，治好鼻窦炎，另外还同意我转道武汉去看望母亲，再从武汉赴哈军工报到。这一切让我深深地爱上了哈军工这个富有人情味儿的大家庭。

我是一个兵

在完成哈军工入伍教育后，我被编入预科十连十三班。因为我们第五期学员中有少量调干生需要补习数理化课程，就设置了一年预科班。1957年秋汛期松花江泛滥，威胁哈尔滨市人民的生命财产安全。我们哈军工既是学校又是部队，接到命令后我们全校停课，学员上防洪一线修堤坝。我记得汛情最紧张的时候是在中秋节前后几天，常有洪水冲垮大堤。学校分配每个班负责一段防汛堤，要求一旦决堤先冲上去筑人墙去堵。当时我是副班长，又是会游泳的南方人，被分在巡逻和抢险的第一线。记得中秋那天我班正在堤上备战，刘居英副院长来了，和我们一起过节，他给大家带来了月饼和白酒：欢度中秋节，也为驱寒。他代表学校慰问我们，并鼓励我们打赢抗洪守堤这一仗，大家的士气一下子就被鼓舞起来了。

有一次，我们小组4人防汛归来，淋了场大雨，穿的大衣都湿透了。大家觉得很有纪念意义，就在学校照相馆留影，喜称是“雨后湿衣防汛归”。

防汛归来（左一为作者）

拔青苗留教

1957年9月，第五期预科结束转入本科，我被分配在空军工程系（一系）57111班，学的是空气动力学专业。我们连预科共学六年，应该是1962年毕业，但在1961年4月，我和一批同学就被调到空军工程系103教研室提前工作了，这就是所谓的“拔青苗”。因为学校发展需要扩大教师队伍，若等到1962年正式毕业，就得归总政统一分配工作，不可能任由学校择优留校了。当年“拔青苗”出来到103教研室的57111班学员只有9人。

其中吴德铭和我分配给罗时钧教授当助教，吴根兴给马明德教授当助手搞风洞设计。但是我们还需学完本专业的课程并考试合格后才能转正。这一年我们在同班同学中既是学生还当辅导老师，一起听完本专业的课，尽快消化，下午就要去辅导其他同学的学习。空气动力学的课程先考我们助教，再考同班其他同学，直到1962年秋大家一起毕业。1962年秋，我被授予正排级中尉军衔，正式成为助教。

年轻的助教

在我的助教经历中，印象最深刻的是助教带课下队，与学员同吃同住同听课，并答疑辅导。我负责的是60141班学员。

可能是我与学员班关系处得不错，被系教务处领导看中，硬是把我从103教研室调出来担任教务参谋工作。直到1970年哈军工被分解或归属几所其他院校。按我所属的空军工程系应并入西北工业大学，但由于我爱人是校医院医护人员，我们也可以选择留下。怀着对这片校园的深深眷恋，我选择留在哈尔滨，在哈尔滨船舶工程学院导弹工程系当导弹空气动力学课程教师。

我在1978年获评黑龙江省优秀教师称号。1980年以后调入上海航天局，任长征系列火箭空气动力（热）设计师，于1991年获研究员级高级工程师职称并享受国务院特殊津贴。这一切都归功于我在哈军工学习期间打下的坚实基础。

第六篇

岁月不居　薪火相传

父亲在哈军工的日子

哈军工子弟 黄晓夏

我父亲黄景文从1952年8月至1966年3月在哈军工工作了近十四年。他是十名筹委会委员之一，六名临时党委委员之一，历任海军工程系代主任、主任，兼任过系党委书记。父亲在哈军工的日子，正是中国人民经百年屈辱后刚站起来自立于民族之林之时。父亲历经抗日战争、解放战争、援越抗法、抗美援朝，身经百战，出生入死。之后，他以满腔的热诚、极端负责的精神投入哈军工的工作中。

南下请调教员

1952年10月初，父亲奉命南下请调教员。为了了解这段历史，我与赵子立老教授多次通话后，知道了一些真实的情况。

解放之初，当时有真才实学的学者寥若晨星。在中央和各级领导的支持下，经过努力，父亲他们这一路调来的人员有：德国柏林大学的空气动力学博士、时任上海交大的教务长曹鹤荪教授，在柏林大学、莱比锡大学学习过的博士，时任同济大学化学系主任的曾石虞教授，美国数学教授卢庆骏，麻省理工学院的硕士梁守槃教授，还有刘景伊、顾懋祥、陈含奎、张良起等专家教授及一批教员。正如赵子立教授的诗中写的："调来名士雪中炭，奠定辽容基础坚。"

当年虽有总理的签字、高教部的批文，但是如果本人思想不通，不愿意去哈军工，是不能强迫的。因此请调教员的难点主要是要做通他们的思想工作。当时拟调对象的顾虑很多，如：根据我国过去的历史，认为军队办不好一所综合性的工程大学；不愿参军，认为在军队自由度小；不愿出关，有恐惧感。只有少数人是自己找上门来了解情况的。父亲曾向母亲讲过当时的困难程度，有一次他拜访一位教授，人家一看是他，立即就把门关上了。

经过谈话，大多数人了解了中央办哈军工的决心，逐渐打消了顾虑。现在看来陈赓院长选对了人，父亲的风度和为人确实是完成这个任务的恰当人选。父亲在多年极端艰苦的战斗生活中磨炼出了坚定的意志和处事果断的能力；早年他曾作过教员，很善于用循循善诱的方法去说服人；他天性温和，极易同人相处，能认真听取各种不同意见，他的性格和他的经历使他成为一个很有人格魅力的人。赵子立教授说："他（指我父亲）的作风明快、和气，有时也带点幽默感，批评别人会在谈话中进行，不经意间就让人接受。他没有架子，思虑周全，坚持原则，又很有灵活性。"

当时卢庆骏本人同意调到哈军工，但复旦大学的几位老教授反对，复旦党委提出卢走后无人代课的问题。父亲认为卢教授是一个水平高、有朝气、有组织力的难得人才，建议哈军工不放弃调卢教授。汇报信中，父亲和赵教授他们不主张用中央的命令强行调人，而是审时度势地提出了当时双方都能接受的方案，即缓调半年，给复旦以时间"培养替代人"的方案。后来，卢教授是1953年3月才来哈军工报到的。

海军工程系的创建

我和父亲聊起过陈赓院长的工作作风，我说："我曾看过写陈赓院长打仗的报告文学，里面说打仗前讨论方案，在部属们讨论时，陈赓院长往往默不作声地围着桌子转着走，一边听一边想，等到大家的意见都发表完之后，他才讲出自己的意见，不仅集思广益而且往往棋高一着。"我父亲以崇敬的口吻说："是的，陈赓院长非常善于听取不同意见，善于集思广益。"

我请父亲举例，他想了想，就讲了哈军工初建时在审批海军工程系上报的专业设置方案时发生的一件事。

当时哈军工苏联顾问团团长是一位空军中将，海军工程系苏联顾问是海军少将。海军工程系报上去的专业设置方案被空军中将砍去了一些专业。海军系顾问虽然是一个参加过十月革命的老红军，但一句反对的话都没有说。我父亲和顾问团团长据理力争，争论中父亲激动地站了起来。当时陈赓院长一言不发地在桌边走来走去，他走到父亲跟前站住，说："快坐下，那么激动干什么?"事后，陈赓院长按海军工程系原方案批准了海军工程系的专业设置计划。他语重心长地对我父亲说："我们国家有几千公里的海岸线……我们一定要建立一支强大的海军!"

大学院里的小学

哈军工子弟　乔　杰

在哈军工大院的南部、宣化街的东侧、紧靠马家沟河北岸的地方，坐落着我的母校——哈尔滨市育红小学。这所小学曾经是中国人民解放军军事工程学院的子弟小学，哈军工子女大都有在这所小学接受启蒙教育的经历，因而对这所小学有着难以忘怀的记忆。我的妈妈自1951年起就在这所小学从事教师工作，从1958年开始担任了十年左右的校长兼党支部书记，我从母亲那里更多地了解了育红小学的历史，对育红小学有着很深厚的感情。

由重庆搬来、军队建制的子弟小学

据我妈妈回忆，育红小学经历了从河南迁到西南重庆，又从西南重庆迁到东北哈尔滨的两次搬迁，学校名称也经历了从育才小学、建军小学、文庙小学到育红小学的变化过程。我母亲是1951年3月到西南军大附属的育才小学工作的，当时学校只有八十多名学生，全部住校，而且都实行供给制。学校从领导到教师基本上都是军人，以后西南军大改名为第二高级步兵学校，育才小学也改名为建军小学，一直沿用了很多年。后来第二高级步兵学校调到哈尔滨组建中国人民解放军军事工程学院。1952年7月放暑假时，学生家长带着各自的孩子，从重庆坐船到宜昌，又到汉口住了一周，然后乘火车到达哈尔滨。

来到哈尔滨后，学校将随家长分散搬迁的学生集中起来，先在道里区兆麟小学借读，教师每天陪学生上学，放学后管理学生生活。直到1953年春天，学校搬到了中山路107号院（现哈尔滨市工人文化宫斜对门），这时学校就比较正规了，又调来不少教师，学生仍是全部住校，生活上实行供给制。学生每天早晨都喝牛奶、吃面包，中午饭后还发一个大苹果，晚上睡觉都由舍务老师负责，学生管理得很有秩序，那时的师生就像一家人似的。

建军小学校舍，哈军工 80 号楼

1954年，由教育部拨款，在哈军工院内盖起了建军小学校舍，并命名为80号楼，80号楼是一座T字形的两层楼房，从此，建军小学就结束了借校舍办学的历史。

当时的哈军工大院周围都是用木质的板子围起来的，与外界是隔绝的，所有大门都设有岗哨，适龄儿童也得办出入证，如果来了客人还得办理会客证才能进入院区。但是，建军小学与哈军工的宿舍区之间没有任何隔断，同时为了方便住在马家沟河南侧职工村的学生上学，哈军工在80号楼与宣化街相交的地方给建军小学单独开了一个活动门，由建军小学的职工杨大爷负责管理，上学和放学时间开启，平时关闭。

建军小学有了自己的校舍以后，学生也增加了不少，由原来的每个年级一个班增加到两三个班，教师也由原来都是内部家属扩展到引进外来教师。1955年，军队实行军衔制前夕，进行了一次大规模精简整编，建军小学的领导和教师集体转业复员，其中有一部分教师调到地方学校工作，但建军小学仍属哈军工管理。

从建军小学到文庙小学再到育红小学

我于1960年进入建军小学上学，我入学的时候，建军小学已经不实行住宿制了，但还是实行全日制，不像当时哈尔滨市的许多小学实行二部制，学生分上午、下午分别上课。建军小学的学生绝大多数是哈军工教职员工的子女，也有少数陆军第23军的子女，当时23军军部在和兴路一带，23军也有子弟小学，叫培红小学，但23军的一部分领导干部住在东大直街（齐齐哈尔驻哈尔滨办事处）附近，因为离建军小学距离近，这部分领导干部的子女就到建军小学上学了。当时的建军小学只有一幢校舍，即编号为80号楼的一幢两层楼房，在这幢楼房的第二层有一处带舞台的礼堂，可以在此举行全校集会，这在当时的哈尔滨市可能是绝无仅有的，就连离小学不太远的哈尔滨市第13中学有时还要借这个礼堂举行集会。

在我上学之前，建军小学各个年级最多的是三四个班级，1960年的学生成倍增加，一下子编了七个班级，除了达到学龄人数自然增加的因素外，主要是1960年哈尔滨市进行九年一贯制试点，将之前的年满七周岁入学改为年满六周岁入学，这样就将相当一部分原来1961年才能入学的孩子提前一年收入学校。

在我入学不久，建军小学依哈军工所在的文庙街改名为文庙小学，当时对我们学生进行教育说：改名是为了保密。我记得当时对于将建军小学改名为文庙小学，同学们普遍不高兴，大家还是喜欢与部队有关的校名。随着文庙小学学生数量的迅速增加，学校校舍就显得不够用了，学校原准备实行二部制，并把学校面临的严重情况报告给哈军工领导。学院领导认为实行二部制将直接影响学生家长的工作，决定不能实行二部制，随即学院领导决定在小学操场新盖一幢校舍，彻底解决了要实行二部制的问题。

当校舍问题解决之后，学校又从呼兰师范学校调来了一批青年教师，这一批教师共有二十多名，校舍有了，教师也有了，这样，办学条件更好了。在80号楼东侧盖起来的文庙小学新楼高三层，主要供中低年级的班级使用，后来这幢新楼从育红小学分出，办起了哈尔滨市124中学，从此，一所小学的校舍变成了一所小学和一所中学的校舍。现在，124中学搬到新址，新楼又归还给育红小学，育红小学将原80号楼加高到三层，并将旧楼与新楼连接成为一个整体。

文庙小学于1965年1月份正式移交给哈尔滨市教育局，学校也由原来的文庙小学更名为育红小学，这个校名一直沿用到今天。

我的校长妈妈

我的妈妈方等是1949年9月参加中国人民解放军的，她参加了进军大西南和西南剿匪的战斗，1950年加入中国共产党，1951年3月到西南军大附属的育才小学担任教师，1952年到哈尔滨市参加创建哈军工，1954年军队组织大批女军人转业，我的妈妈也脱下了军装，但仍在建军小学（后为文庙小学、育红小学）工作。她先是担任教导主任，后担任校长兼党支部书记，亲自参加了从建立校舍、招收教师到组织学校全面建设的完整过程，对育红小学的发展做出了重要贡献。

妈妈先在小学工作了18年，后在124中学工作了9年多，她把一生都献给了教育事业。在哈军工这样特殊的环境下，妈妈既是一名教育工作者，又是一名哈军工的家属，她与许多家长是战友、是同事、是朋友。在那个多子女的年代，哈军工大院的大多数家庭的兄弟姊妹都从建军小学迈进，又从育红小学迈出，在学校发的各种证书上都留下了同一个名字——方等。

我的妈妈还兼任校长与家长双重身份，因为我们姐弟四人都是育红小学的学生。因此，妈妈从来都不是独立的教师身份，她把校长、阿姨、妈妈多种身份集于一身，从而更具亲和力，更容易贴近家长、学生的内心，也正因为如此，妈妈对哈军工的许多孩子、自己的学生十分熟悉。直到晚年，她仍然能够把不同年龄段的学生分得一清二楚，把他们之间的关系理得非常清晰，甚至能够说出他们在学校时的一些表现。

妈妈一生低调，她默默承受各种纷扰，从不抱怨命运，始终秉持与人为善的态度，更不喜欢张扬。20世纪80年代，妈妈离休后仍然关注着育红小学的建设与发展，她在80岁高龄之际，亲笔书写了《从育才小学到育红小学》的回忆文章，对育红小学的历史作出比较详尽的叙述，得到很多校友的称赞。

从父母身上感受到的哈军工精神

哈军工子弟　吴　雪

我的父亲吴智猷和母亲吴康都是哈军工外语教研室的教员，他们是在大学读书期间参军后专修俄文从而进入哈军工任教的。

父（吴智猷）母（吴康）刚到哈军工时的照片

父亲在大连大学俄文系学习期间集体参军转至中国人民解放军俄文专科学校学习，1953年9月毕业后分到哈军工任教；母亲在武汉大学化学系学习期间，于抗美援朝报名参军后转入中国人民解放军俄文专科学校学习，1955年2月毕业后分到哈军工任教。

父母非常热爱部队的教育事业，对哈军工有着深厚的感情，一直在教学一线兢兢业业地工作。作为长女，在父母身上我深深地感受到了老一代哈军工人的优良传统和精神风范。

扎根哈军工沃土，难忘陈院长关怀

父亲常常跟我讲他在哈军工成立的第二天，参观军工大院时偶遇陈赓院长的故事。2015年暑假我回杭州探望父亲，聊天时，他又讲起了这个故事，我当即建议父亲将这个珍贵的回忆写成文字永远留存，以下是他于2015年暑期写的回忆文字。

我们哈军工于1953年9月1日举行开学典礼，据说场面非常宏大，由于火车在瓦房店出了问题，我们于9月1日傍晚赶到哈军工，没有参加隆重的开学典礼，没能亲耳聆听陈赓院长的开学讲话，也没能亲眼看到张宗逊将军代表军委向陈院长授军旗的庄严仪式。第二天一早，我们俄语教授会的老教师栗麟教员带我们参观哈军工大院。当我们正参观大操场时，有一位穿着普通军装、上了年纪的首长来到我们跟前。当时我正年轻，不怎么怕冷，穿的军装比较单薄，这位首长看到了我，便当即问："小同志，你不是北方人，是南方人吧！你穿得太单薄了，这里是哈尔滨，天气很冷，像你穿这点衣服会冻出关节病的，赶快到军务处领衣服，要穿暖和一些。"我当时听了很感动，当即回答："好的！"心想，这位首长那么关心人，让我心里感到热乎乎的。然后我们继续往前走，那位首长转到别处去了。我好奇地问粟教员："刚才这位首长是谁呀？"粟教员很惊讶地说："你不知道他是谁？他就是我们的陈赓院长啊！"我一下子呆住了，他就是陈院长呀！我以前只听其名，未见其人，光知道他是个了不起的专打胜仗的将军。今天第一次见到，他穿得那么朴素，那么平易近人，那么关心下级。我当即想到：有这样的好院长领导哈军工，哈军工的前途一定远大，我得好好工作。

父亲是这样想的，也是这样做的。

忠诚部队教育事业，认真敬业倾心教学

父母对待教学工作一直是全身心地投入、一丝不苟，极其认真负责。从我记事起，就常常听到他们练习用俄语交流，相互讨论、互学互促。我还清楚地记得，许多个晚上，我都是在留声机发出的

流畅的俄语声中睡去。父母在备课、授课、辅导和答疑等各个教学环节中都倾注了大量精力和心血。

父母在切磋教学问题

父亲跟我说，他在备课时会将所有的授课内容和辅助资料写成教案背下来记在脑子里，上课时就会思路清晰，条理清楚，讲述内容充实，举例联系实际，更好地启发学生理解，让学生掌握。对在学习上感到吃力的学生，父亲会采用讨论的方式给他们进行补课。在补课前，首先与他们一起商量需要进行补习的内容，以便学员有目的的参加补课。在补课过程中，父亲不仅给他们讲解难理解的内容，还教会他们如何进行复习而不是花费大量时间死背硬记。在学生全面复习的过程中，一开始整理复习材料的工作由父亲自己来做，但他感到这样做有很多缺点：一方面在某种程度上会给学员造成错觉，使一些学员把时间和精力都用在背记总结材料上，而忽略了全面复习；另一方面，也会影响到学员独立钻研能力的培养而产生依赖性。因而，父亲首先指导和发动学员们自己系统地整理复习材料，并用大字报的形式贴出来，便于大家随时记忆和相互提问。其次，指导和安排课代表组织学习好的学员开复习讲座，引导本班的复习进度，学员不仅讲解难点，还介绍复习的心得体会，参加复习的学员们可以不受任何约束随时提问并展开讨论，这样问题解决得更透彻，理解得更深刻。一旦发现学员中有好的复习方式就及时向大家推广，同时也提倡班与班之间进行竞赛，这样大大地推进了复习工作，收到了很好的效果。

父亲开朗热情，上课时声音洪亮、生动有趣；母亲则是温文尔雅，授课有理有据，娓娓道来。

母亲对待教学历来认真严谨、精益求精。1960年，母亲担任国防科委委托哈军工主办的留苏预备班主讲教师，教学效果受到学生的广泛好评。母亲的老同事郑时敏阿姨曾经跟我说，她很佩服母亲，因为她是最先提倡在外语教学中开展四会（听、说、读、写）的教员。母亲从1962年开始担任年级教学小组长，为提高全年级的教学质量，她领导编写了俄语集体教案，教案中例句丰富，附有备用的练习材料，为开展四会教学奠定了基础。

1962年，领导决定以母亲担任教学任务的62811班为四会教学重点试验班。母亲通过有意识地在教学的各个环节，如课堂用语、例句、引言与课文大意中加强词汇的复现率，以增强学生的记忆和听说能力，进而加强句型读写练习。所以在基础阶段结束的测试中，母亲教的班级学员都取得了优良成绩，母亲所组织的公开课也都受到好评。

1969年珍宝岛事件后，黑龙江省委从各高校抽调一批水平较高的俄语教师，为珍宝岛战士及周边地区民兵（知青）举办为期一年的俄语培训班。培训结业时，母亲被评为五好教员。母亲还曾多次被评为哈军工先进工作者。

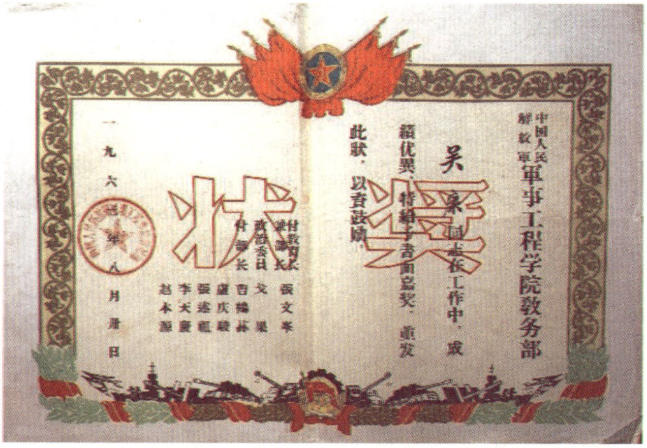

母亲吴康1963年8月获哈军工教务部颁发的奖状

潜心研究改进教学方法，著书立说提升教学质量

父母都十分重视教学法的研究与改进，他们积极参与了俄语教授会在1956年8月提出的《俄语教授会三—五年工作规划》，进行教学工作改进、撰写语法书和科学研究等工作。

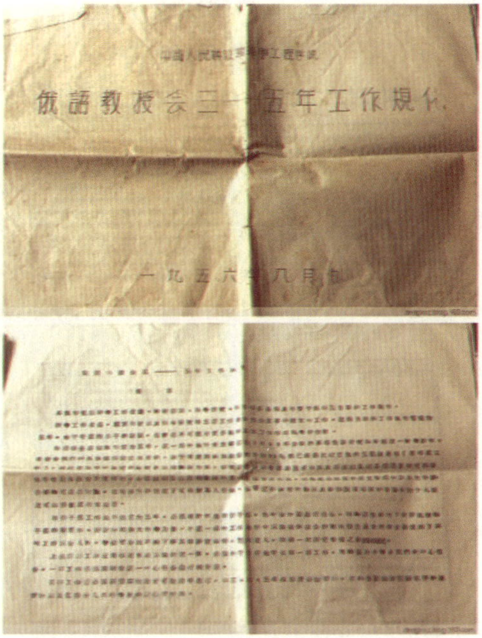

《俄语教授会三—五年工作规划》封面和前言

《俄语教授会三—五年工作规划》不仅反映了当年父辈对待教育教学研究的严谨认真和兢兢业业的工作态度，而且对新中国成立以来外语教育教学历史研究有着重要意义。从工作规划中可以看出，那时就针对不同的专业开展了专业外语阅读训练；工作规划第6页的照片上可以看到1956—1957学年的教学研究题目之一为“如何指导学生的课外阅读，在以阅读为目的的教学中如何培养学生的口语能力，怎样发挥积极作用”，参加人有我的母亲吴康，还有孟祥林和邓钧三位教员。

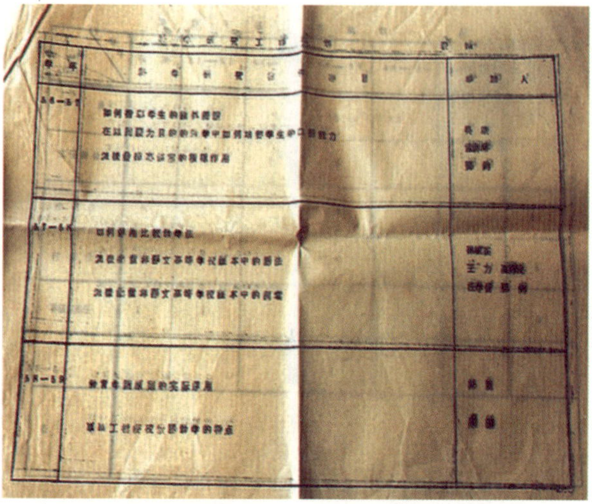

《俄语教授会三一五年工作规划》第 6 页

1960年3月1日，父亲接到哈军工出版的刊物《工学》的录用通知，告知他撰写的文章《如何进行考试前的辅导、答疑工作》已在第18期上发表了。

文章前的编者按是这么写的：

这篇介绍辅导、答疑的经验体会的文章，谈的是俄语教学方面的，但有两点看来具有普遍的意义：一是教员在进行辅导、答疑时，不光是就问题解答问题，而且要关心、注意学员的复习方法，指导和帮助他们改善方法，换句话说，就是既管教又管学；二是教员在辅导、答疑时也要走群众路线，要把教员的主导作用同学员的积极性、主动精神以及他们中的骨干力量，很好的配合起来。希望同志们注意参考。

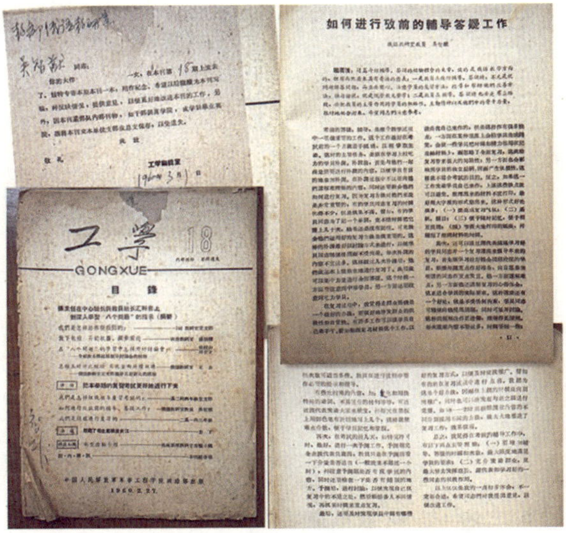

父亲吴智猷发表在《工学》第 18 期上的文章

正如编者按所述，父亲介绍的两点经验体会是具有普遍意义的。二十多年后，我也成了一名高校教师，父亲的这篇文章我反复读过多遍，每看一遍都有新的启发。我在华中科技大学、天津大学、华东理工大学讲授电路原理等课程时，不仅认真传授知识，更注重引导学生改进学习方法，学会理枝循干、将厚书读薄，要求学生在平时复习时写章总结，期末归纳成课程总结，学生们都反映受益匪浅，并还将此方法用在其他课程的学习中。同时，我还指导学习委员或课代表当小老师开复习讲座课，让不同层次的学生互帮互学，提高理解、交流和学习能力，收到一定成效，并作为一直开展的好方法受到学生们的欢迎和推广。

为加强基础教学，父母在完成正常教学工作之余均参加了外语教研室《俄语语法》的编写工作，该套书于1962年12月出版。

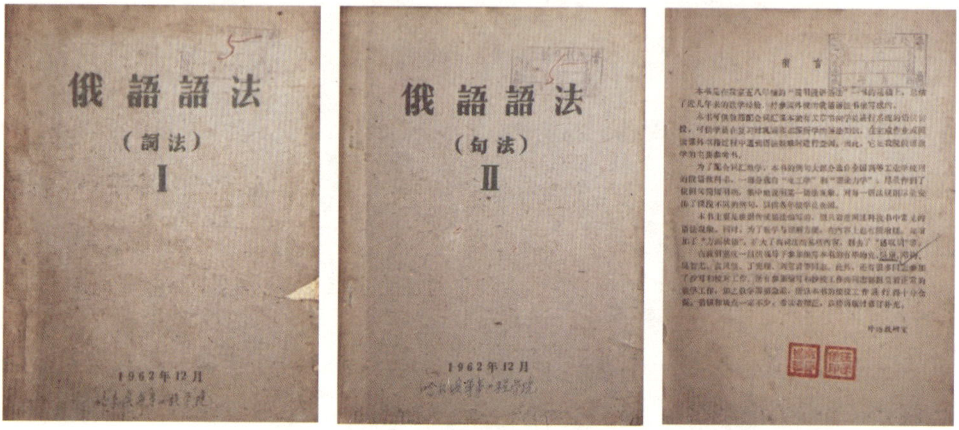

父母参编的书籍《俄语语法》

母亲作为主要编写者之一，执笔定稿了该套书的第Ⅱ册（句法）。这套书一方面可供教师配合词汇课本就有关章节向学员进行系统的语法讲授，另一方面可供学员在复习时巩固和加深所学的语法知识，还可在完成作业或阅读课外书籍过程中遇到语法疑难时进行查阅，因此这套书很受学员的欢迎。记得我刚从天津大学调到华东理工大学工作期间，我母亲的一个学员打听到我的联系方式，特意给我打电话谈起我母亲俄语课教得非常好，还说我父亲经常会坐在最后一排听我母亲授课的情境，这些都给他留下了深刻的印象。最后他还强调说当时学俄语使用的语法书很实用，他一直保留在身边，多少次搬家也舍不得丢掉。他还热情地说道：“你父母都是这套俄语语法书的作者，有机会我可以把这套书送给你留念。”我听了心里很受感动，教员们编写的书能得到学员的喜爱和欣赏，对他们而言真是莫大的鼓励。

进修业务精益求精，转教二外勤奋进取

为了扩展业务能力和提高专业素养，母亲利用业余时间去哈尔滨外国语学院旁听俄语教学法，还参加了黑龙江省广播大学逻辑学进修班、哈军工苏联文学进修班，1956—1958年她还跟随苏联专家学习了两年英语，系统复习完英语语法、语音和大量词汇。随着中苏关系的恶化和苏联专家的撤回，1964年，领导决定母亲转教英语。由于母亲中学时期在教会学校学习，当时英语、图画、音乐全是由英国人或美国人教授，在哈军工又业余进修了两年英语，所以英语基础较好。为了更好地胜任英语教学，母亲自学了各类中外英语经典教材，做了大量的读书笔记，并在英语口语、听力、阅读和写作方面勤奋训练。之后，无论是在哈军工，还是在后来任教的武汉理工大学、中国计量大学，外聘的浙江大学，母亲在英语教学上都取得了很好的教学效果，桃李天下，广受师生们好评。

母亲也是我的英语启蒙老师，给我打下了良好的英语基础。1977年恢复高考后，我从知青点顺利考入了华中工学院（现华中科技大学），并在1980年学校首届英语朗诵竞赛中获得一等奖。

父亲除了教授俄语以外，还利用业余时间自学了英语、日语和德语。为了开设日语二外教学班，他一直坚持去黑龙江大学进修日

1960 年 8 月俄语教研室欢送苏联专家回国留念（父三排中间、母二排右一）

语。那时只要收音机里播放日语广播教学课程，父亲都会跟着学习和练习，他不仅自学了十几套日语教材，做了大量笔记，还翻烂了好几本日语字典，以至于有一本日语小词典买不到后，就将他送我

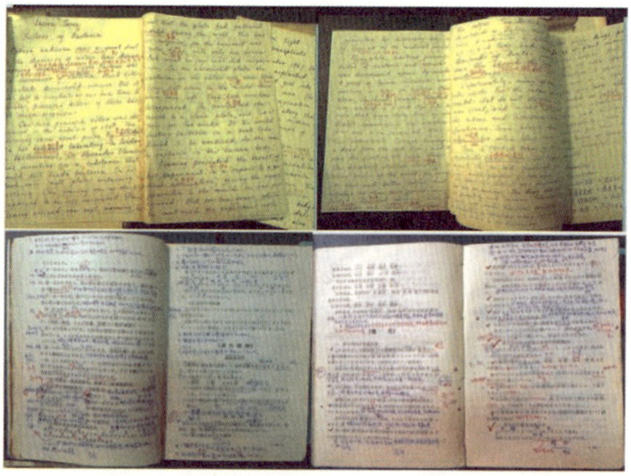

父母读书笔记与注释

的同样一本日语小词典又要回去了。父亲也是我的日语启蒙老师，他的日语课讲得深入浅出，简明易懂，我很快就入了门，所以在学习研究生课程阶段我选了日语作为二外。

父亲在教学中自编出版的《简明科技日语语法》内容简明扼要，通俗易学。父亲和母亲还合作编写出版了日、英、汉对照的《科技日语教程》，不仅能使学日语二外的学生更快地提高日语水平，且能进一步巩固以前所学的英语知识，在教学中收到良好效果。

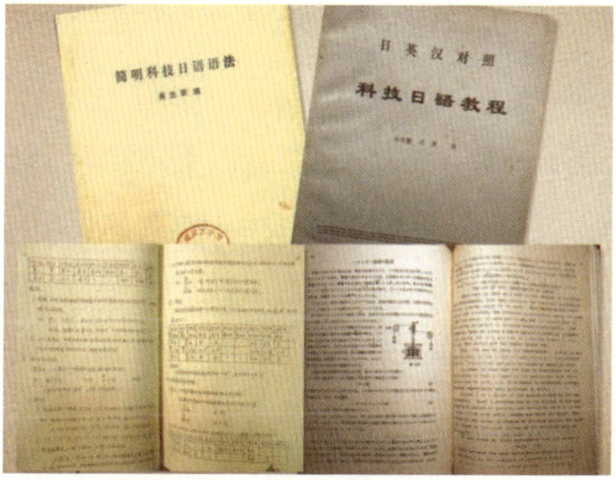

父母自编自刻讲义和辅导教材

培育子女言传身教，做人做事严格要求

父母相识于哈军工，是与外语教研室另外三对教员于1956年一起举办的集体婚礼。当时苏联专家还送给每对新婚夫妇一条红领巾，也是我和发小们加入少先队时戴上的红领巾。

父母生养了我们姐（雪）、妹（霞）、弟（霆）共三个孩子，分别是“50后”“60后”“70后”。从小父母就对我们要求极其严格，言传身教、潜移默化地教我们努力学习、认真做事、踏实做人。我作为老大，在哈军工摇篮和军号声中成长，从出生到高中毕业都在哈军工，得到了父母的精心培养和悉心教育。

父母一方面特别重视子女的品德教育，从小就要求我们热爱劳动，尊师爱校，团结友爱，诚实守信，礼貌谦让，助人为乐；另一方面对我们的学习也是高标准严要求，门门功课都要努力取得优秀成绩。

例如从小就要自己洗手绢、袜子，还要扫地、叠被子、擦灰尘。20世纪60年代起，外语教研室的家属们住在76号楼中间单元的第二层和第三层，每层楼20户轮流打扫楼道，每5户一个公共厨房，就像一家人。父母经常要我主动帮助生病的叔叔阿姨打扫楼道卫生和倒垃圾，得到大人们的夸赞。中学期间我是班级的数学课代表，有个女同学得肾炎休学一年，父母也鼓励我每天放学后帮助她补课，使她跟上了班级学习进度，没有掉队。

但是如果我们犯了错误就会受到严肃批评，并要求及时认错和改正。

我清楚地记得父母各有一个巴掌大的记单词本，上面写满了俄文单词。父亲的单词本塑料封面是灰色的，母亲的单词本塑料封面是红色的，很得我喜欢。有一次星期一的早晨，母亲送我去幼儿园，我一想到又要分别一个星期才能见面，就拉住妈妈无论如何不撒手，眼看妈妈上课要迟到了，不得已她将随身携带的小红单词本给了我才得以脱身。等到周六爸爸接我回家后，就严肃地批评我影响了妈妈的工作，让我将小红本还给了妈妈。从此我上幼儿园再也没有让父母为难了。

还有一次节假日，我与小学同学去军人俱乐部看电影，碰见了常来家里向妈妈请教的学员刘铁城，他热情地带我去他们宿舍教我玩五子棋。爸爸知道后，很快去学员宿舍将我领回家。然后教育我说，你看见周围学员叔叔阿姨节假日都还在学校坚持学习，你怎么能去耽误他们的学习时间呢？从此我知道了应该懂得体谅他人和珍惜学习时间。

20 世纪五六十年代全家照

记得我上小学前，父母用土黄色厚纸（那时叫马粪纸）手工做好汉字卡片，教我认了很多汉字；父亲还用红笔写好汉字后让我练习描红写字；父母常常领我去哈军工的文庙图书馆门口的小书店看书买书。在中学读书期间，父母是我能随时请教的俄语家教，母亲还常为我提出的数学问题答疑解惑。

我母亲聪慧文雅，是特别热爱学习和善于学习的业务尖子。记得父亲跟我们说，母亲分到哈军工外语教研室工作时，教研室领导给大家介绍说：“今天我给大家介绍一个优秀毕业生，她在学校门门功课都是5分！”按照现在的说法，妈妈应该是学霸。所以我从小就以妈妈为榜样，很爱读书，每门功课都努力认真学习，以至于在中学时期因我期末六门功课都考了满分，同学们就将当时热播的朝鲜电影《鲜花盛开的村庄》里女劳动能手的绰号“600工分”送给我了。

哈军工南迁长沙阶段，恰逢我高中毕业。我与父母一起在哈军工留守处等待随父母去武汉新工作单位后再上山下乡。父母为了不让我虚度光阴，帮我联系了在哈尔滨船舶工程学院旁听高等数学课程的机会，为我五年后的大学学习打下了良好基础。

我们姐弟三人在父母对工作兢兢业业、严谨求实、不断进取的精神下，都努力地勤奋学习，最终考入大学。毕业后，我和妹妹都和父母一样成为高校教师，教书育人，桃李满园。我弟弟也学有所成，在国际知名的软件公司任工程师，在他所热爱的事业中实现人生价值。

20 世纪七八十年代全家照

可以告慰父母的是，我们没有辜负他们的殷切期望，他们身上的哈军工精神也在后代身上得到了继承和延续。

一张老照片的回忆

哈军工子弟　王守昌

最近，翻看家里的老照片，我发现了一张已经泛黄、缺了一个角的黑白照片。这是我们20世纪50年代在哈军工建军小学上学时获得优秀少先队小队荣誉时的集体照，这勾起了我对哈军工大院的美好回忆。

父亲是第一批哈军工人

我的老家在河南省镇平县。新中国成立前，父亲王亚凡是一名乡村教师。1948年初，父亲瞒着家人奔赴中原军政大学所在地河南林汝参军并成为该校学员。中原军政大学后改名二野军大，挺进大西南后又更名为西南军大、第二高级步兵学校。

1952年底，奉中央军委命令，第二高级步兵学校万里大转移，从重庆来到哈尔滨创办军事工程学院。父亲就成了第一批哈军工人。哈军工在哈尔滨的东部最高的龙头之地，借助哈医大原有的四万多平方米的建筑，在陈赓院长的运筹和强有力的领导下，在一无师资、二无校舍、三无教材设备、四无大学管理经验的“四无”条件下，采取边建设、边聘请教师、边招生的“三边”方针，实现了当年建校当年招生的奇迹。

据父亲讲，他们初到哈尔滨时，哈军工大院还是一片有三千多个坟头的乱葬岗，他们还曾从哈医大遗留下来的地库中把实验用的尸体背出来。父亲兢兢业业在哈军工工作了13年，为哈军工的建设尽了一份力，直到1966年初，哈军工集体脱掉军装，他也转业到河南。

我所见到的陈赓院长

父亲参军后的五年中音信皆无，家人也不知道他是死是活，身在何方。母亲带着年幼的哥哥和我艰难度日。1953年，父亲才写信告诉母亲，他在哈尔滨。母亲就把8岁的我寄养在姥姥家，带着哥哥来到哈尔滨。1955年，部队授衔实行了薪金制，可以带家属了。

1956年初，父亲托回乡省亲的许鸣真叔叔（我们同村的老乡，父亲的战友，时任哈军工驻北京办事处主任）将我带出来。这样，我和他的大儿子许永跃（曾任国家部委领导）随许叔叔一起到了北京西单灵境胡同10号哈军工驻京办事处。我在那里住了半个月，灵境胡同10号是陈赓的住宅。正对大门的外院就是哈军工驻京办事处，进大门右手一个大门，里面是陈赓一家人居住的地方。

从偏远的农村初到首都北京，一切都是那样的新鲜，我真像刘姥姥进了大观园。宽阔的街道，高大的建筑，繁华的都市，车水马龙，人流如潮，夜里灯火通明，真是一座不夜城。驻地离天安门广场很近，我和许永跃经常步行去观看那雄伟的天安门城楼和宽阔的广场，内心有一种说不出的幸福。但是，我在北京却“转向”了，每天看到太阳从北边出来，落到南边。天安门大门朝东开（实际是朝南），从此我一生都不辨方向。

更让我难忘的是在那里我见到了陈赓院长。有一天中午，我和许永跃在院子里玩，一辆黑色小轿车戛然停在了大门外，从车上下来一位身材高大、戴着眼镜、身穿一身笔挺的黄呢子军装、头戴大盖帽、肩上扛着金光闪闪肩章的中年将官。他迈着矫健的步伐进了院子。院子里的军人们都立正行礼，并同声问候：“陈院长好！”

这时，陈院长走到我们两个小孩身边，弯下腰，抚摸着我们的小脑袋，和蔼地问：“小鬼，叫什么名字啊？”

我们有些胆怯和羞涩地回答了陈院长的问话。然后陈院长微笑着大步走进他的家里。多年以后才知道，“陈院长”就是传奇的常胜将军、共和国十大将之一、哈军工的缔造者陈赓大将。我有幸在幼年时领略他的风采，这是多么的幸运，真是一件值得我永生回忆的幸事。

半个月后，我被安排乘上军列向哈尔滨进发。火车上，周围的解放军叔叔和我开玩笑说："小鬼，你去哈尔滨，带锯子和棒子了吗？"

我不解地回答："没有！"

他们故意逗我说："那可不行，哈尔滨冷得很，大便得用锯子锯，小便得用棒子敲，不然就冻在地上了。"

我顿感骇然。等到了哈尔滨，我发现，虽然外面是冰天雪地，滴水成冰，可厕所都是在有暖气的大楼里啊！

父亲离家时，我只有3岁，因此对父亲没什么印象。这次到哈军工与父母团聚，我感受到了父亲的慈爱。这年父亲36岁，我看到父亲高高的个子，深深的眼窝，高高的鼻梁，宽阔的肩膀，穿着整齐的黄军装，黑亮的皮鞋，佩戴黄灿灿的肩章，扎着武装带，真是英姿勃发啊。父亲每天充满活力地忙碌着，我为有这样的父亲而感到由衷的骄傲。

在建军小学读书

到哈尔滨后，我插班进入哈军工子弟校建军小学读书。建军小学1952年从重庆随军搬到哈尔滨，当时没有校舍，先后在道里区地段街、南岗区中山路借用地方的房子办学。老师都是部队军人，校长是王志宇、李夏湘。李夏湘是哈军工三系主任黄景文的夫人，三八式老革命。

后来老师们集体转业，但他们仍穿着旧军装，保持军人的风姿，培育桃李，终生无悔。我入学的时候校长是罗梅欣，教导主任是方等。

1955年初，一座红砖结构的二层楼，在军工大院西南角，马家沟与宣化街的交会处落成。这就是建军小学新校址。楼房呈T字形，大门上方是人字形屋顶，下面墙的中央镶嵌着“八一”军徽。T字一横左右展开，是一排教室；一竖较短，二楼是一个小礼堂，有钢琴，学生在此上音乐课，进行文艺演出，歌咏比赛。

楼后到马家沟河边是操场，供体育课之用，冬天就浇上水当滑冰场用。记得我初学滑冰时犹如蹒跚学步般，战战兢兢、频频摔跤的笨拙样子常引人哄笑，我非常羡慕那些如燕子飞翔一样轻盈旋转在冰上的同学。

建军小学的学生都是哈军工的教师、干部、工人的子弟，他们随着父母从五湖四海迁来，有城市的、有农村的，口音南腔北调，年龄大小不一。这里有烈士子弟，也有些是在战争年代转战南北、在马背上的摇篮中长大的孩子。还有的是战争年代送给老乡，新中国成立后才回到父母身边的。比如哈军工宣传部部长王伟、六系副主任董炜夫妇的长子王恩来，他1938年出生在延安抗大，后因抗大要转移到晋东南敌后根据地，父母无法带着孩子转战千里，他们只好忍痛将十个月大的孩子送给延安一户农家。王恩来从小就成了放羊娃，从没读过书。22岁时父母才找到他。在建军小学，他从一年级读起。

还有两个长着欧洲人面孔、长相一样的小男孩，课间总是楼上楼下追逐打闹。他们就是周恩来总理亲自点将，为建设哈军工从苏联归来的空军工程系主任唐铎将军的双胞胎儿子卡佳和维佳瓦。

学校经常请战斗英雄、老革命给同学们讲战斗故事，进行革命传统教育，还带领同学们去参观东北烈士馆，杨靖宇、赵一曼等抗日英雄的形象深深烙印在大家的心里。

学校还组织学生们去公园游玩，到儿童公园坐小火车，去博物馆参观。建军小学德智体全方位培养学生，使这些革命后代继承了光荣的革命传统和哈军工精神，培养出许多杰出人才。建军小学后来相继改名为文庙小学、育红小学，它是我们家祖孙三代共同的母校。

优秀少先队获奖的合照

我所在的班级是1956年的四年二班，全班有二十来个人。我的同桌是空军工程系风洞群的创建者、著名航空动力专家马明德教授的二女儿马晓多，前桌是哈军工陈赓院长的三个得力助手之一、哈军工科学教育部部长张述祖教授的长子张振武，四海机械厂老工人左雪农的长子左海鑫，后桌是哈军工宣传部部长王伟的次子王启平、体育教授龚家鹿的二女儿龚邦庆。

我们的班主任刘老师三十多岁，她大大的圆脸盘，梳着两个粗大的发辫，操着一口浓重的陕北口音。她教我们语文，和蔼可亲。她很关心每一位同学，注意把这些娃们团结在一起，互相帮助，共同进步。她还根据居住就近的原则，在各楼区建立少先队组织和学习互助小组。

1957年，我家搬到黄楼区（即今文化家园所在地）的93号楼，这个楼区有88~98号楼，共11栋四层楼房。其中，88、98号楼是校官楼，91号楼是门诊部，其余8座都是大走廊的军官宿舍。我们班在这个院区住有9名同学。我是一道杠的少先队小队长，负责组织课外学习与活动。我们每天课余时间就聚集在王志刚家里学习，因为他爸爸是上校，居住在88号校官楼的套间，较为宽敞。

学习之余，我们就在院子的树林里、楼道里，还有日本人留下的水泥地堡里捉迷藏。冬天就在雪地里堆雪人、打雪仗。

记得有一次，我和同学叶采里打闹急了眼，他躲进了92号楼一楼楼梯间的公共电话室（当时每一栋楼配备一部公用电话）插上了门。我在外面推不开门，我们就一里一外都用力推着那扇小玻璃窗。由于用力过猛，只听咔嚓一声，玻璃碎了，一块尖锐的玻璃碎片扎进了我的右手腕，当时鲜血直流，我们马上去91号楼的门诊部包扎。至今我的手腕上还留着一道明显的伤疤。

还有一次，我们几个男同学怀着好奇心一起去紧邻大院东边的俄国人墓地（当地人称“毛子坟”，现在的文化公园所在地），想看看是什么样子的。那时的毛子坟是白俄、犹太人等西方侨民的墓地。进了大门，只见墓园内树木参天，遮阳蔽日。一座座圆的、方的，石质的、水泥的墓穴连成一片。每个墓碑上都刻着洋文，镶嵌着墓主人的照片，一色的大鼻子。有男有女、有老有少的，许多人长着大胡子。墓园寂静无声，阴森可怖，我们吓得撒腿跑了出来。现在那里已成为人们游乐的场所，仅留下“苏联红军墓地”“东正教徒墓地”“基督徒墓地”和“犹太教徒墓地”遗址的数块石碑。

由于我们小队的队员团结互助，学习成绩好，活动多样，被学校评为优秀少先队。刘老师带着我们小队的同学去军人服务社（现在的87号楼）拍下了这张珍贵的照片。

优秀少先队（从左至右分别是：第一排叶采里、张胜旺，第二排王尔凯、刘老师、王守昌，第三排潘中秋、王志刚）

还有两件印象深刻的事，至今记忆犹新。

一件事是1957年松花江遭遇了百年不遇的大洪水，哈军工从将军到士兵，从教员到学员，乃至家属，都加入抢险救灾、保卫哈尔滨的抗洪斗争中。奋战50天，筑成了坚固的“103大堤”，受到了省市领导的表彰和哈尔滨人民的赞扬。

江边防洪纪念塔上的雕塑留下了哈军工人光辉的形象。记得当时父亲去抗洪，很长时间没回家，有一次他回家换衣服，人黑瘦黑瘦的，肩膀上一道道的血印，脚都泡烂了。我们班的李阳青同学，大个子，总是一脸微笑，家住职工村，暑假里他主动参加到抗洪抢险中，不幸献出了20岁的年轻生命。

另一件事是1957年冬天，大雪封门。一天夜里，大风呼啸，卷着鹅毛大雪下了整整一夜。早晨起来，一米多厚的积雪封住了大门。军人们一大早推开窗户，跳到楼外，挥动铁锹，铲出一条条通道。当我们背着书包去上学的时候，一人多深的白色“交通壕”展现在眼前。我望着一个个浑身冒着热气、眉毛胡子挂着白霜的解放军叔叔，深深地为他们的精神所感动。

儿时的美好回忆，使我想起在哈军工大院里更多的美好时光。我三进哈军工大院，最终落脚于此，这里成为我一生工作、生活的家园。如今我已年近古稀，在这美丽的军工大院里过着悠闲的退休生活。每天信步于宽阔的军工大操场，瞻仰这雄伟的哈军工建筑群和陈赓大将的高大塑像，听着儿时就熟悉的军号声，心潮澎湃。

我感恩哈军工乳汁的哺育和哈军工精神的培养，让我能在哈军工大院里健康成长。我为父亲、哥哥和我，父子三人因同哈军工的缘分先后参加了海陆空三军，为国防建设贡献力量而骄傲。也为我们从父辈开始的三代人能在哈军工、哈工程的知识殿堂里教书育人而欣慰。

我的父亲

哈军工子弟　王伟东

我的父亲叫王天明，原来是解放军第四野战军九纵七十三师四十九团一名基层指挥员，南下的时候由于有培养前途，在打完衡宝战役后调河南一所军校学习，还没毕业又被调往哈军工。

在我的印象里，父亲像老虎一样凶，我和妹妹都非常怕他。父亲可能是在部队打仗时间长了，他一旦凶起来，抓到啥算啥，打到哪儿算哪儿。不过，有人说我父亲是笑面虎，我当时十分不解。现在回忆，恍然大悟，那人说得不错，我父亲确实是常常面带笑容的，但那只是对学员而言。

记得父亲当学员队长那会儿，有几个学员常被父亲招来家吃晚饭，能记起名字的有吕金铭、姚贤斋。父亲利用吃饭的时间常给他们做工作，鼓励他们努力学习，克服困难，同时也给他们增加一些营养。冬天的时候，吃完饭父亲还给他们打好洗脚水，让他们烫了脚再回去。王震将军的儿子王之、罗荣桓的儿子罗东进等，都曾是我父亲带过的学生兵。

说到吃饭还真令我心酸，我们家四口就父亲一个人工作，经济上并不宽裕。请学生吃饭的时候，母亲总是把饭做得有滋有味，炒鸡蛋是少不了的，最令我羡慕的是还有油炸花生米！爷爷每年都会寄来一些花生米，平时省着吃能吃上一年，没有重大的节日是谁也不能动的。但凡有学员来吃饭，桌上就必有花生米！父亲招呼学员吃饭的时候，只有他一人作陪，母亲在厨房里，我和妹妹躲在门外，透过门缝悄悄地看着装有花生米的盘子，心里默念“你们少吃点，给我们留些”。其实，那些学员心里都有数，常常剩下一半的菜，摸摸嘴说吃饱了。学员们一被父亲送走，我跟妹妹就飞一样地扑向饭桌。但是，别以为我们可以狂吃一顿了，还要给父亲留点，我们知道，父亲送学员回来后，才开始真正吃饭。

父亲是工农干部，在革命队伍中学会了一套爱兵如子的优良传统，又带到了哈军工。他忠实地完成了陈赓、刘居英等老首长交给他们这批工农干部的任务。父亲对他的学生兵比对我和妹妹还好，让我们印象深刻。一想到这些，心里真的是酸溜溜的，但我知道，父亲是解放军共产党的干部，他必须这样，也只能这样！

父辈的遗产

哈军工子弟　赵晓鸿

我的父亲赵阳，曾经是哈军工的一名普通领导干部。父亲不是完人，但他永远是我们兄弟心中的偶像。

忙碌的父亲

父亲1959年从南京总高级步兵学校调入北国冰城的哈军工，先后任炮兵工程系副政委、防原子防化学工程系（简称防化工程系）政委、电子工程系政委、院政治部副主任，1965年10月调离哈军工。在我童年的记忆里父亲总是很忙，有时一连好多天都见不到他。我的母亲在法院工作，同样很忙，上班还远。哈尔滨的冬天零下三十多度，母亲上班常常早出晚归，她在风雪中渐行渐远的身影让我至今难忘。

军人出身的母亲自强自立，非常理解、支持父亲的工作。那个年代哈军工大院里的孩子们，像我们兄弟一样“散养”的也不在少数。我成年之后才知道，父亲在哈军工期间调动频繁，并且还负责了两个系的组建工作。

1959年，陈赓院长向中央军委提出调整哈军工的建议：将炮兵、装甲兵、工兵和即将组建的防化兵四个工程系调出哈军工，单独建校。中央军委批准了这一建议，并要求防化工程系在1960年暑假前建成，1961年暑假前调离学院单独建院。建系之前，炮兵工程系已经组建了防化学、防原子等三个专科，建系有了一定的基础。1960年初，时任炮兵工程系副政委的父亲和炮兵工程系的刘君杰副主任接受了建系任务。建系期间的工作千头万绪，从抽调干部、选调学员，到教材准备、实验室改建等，父亲与筹建的叔叔阿姨们没日没夜地做了大量工作，按时完成了建系任务。

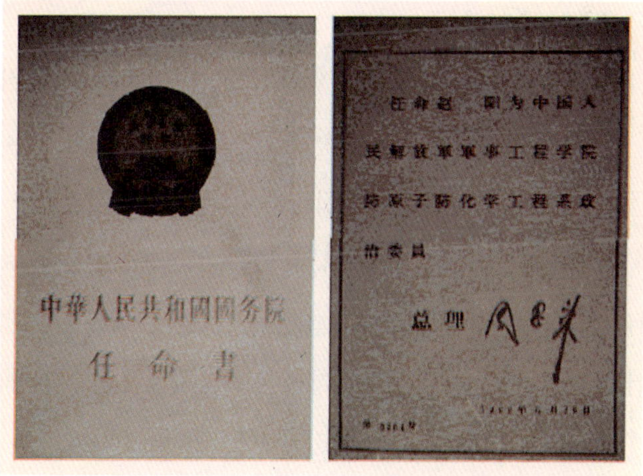

父亲的防化工程系政委任命书

1960年6月，防化工程系（六系）正式成立，任命刘君杰为系主任、赵阳为系政委、李民为系副主任，学院同时宣布了政治处主任郭荣宗、教务处副处长管恕、行政处处长马占海，以及专科和教研室领导干部的任命。

1961年8月，刘君杰主任、继任政委张星灿（64军政治部主任调任），组织防化工程系人员、器材、物资分两批迁离哈军工。以防化工程系为基础，在长春接受了原第二政治干部学校大部分干部，并在该校址组建了防化工程学院。分建之前，哈军工有七个系，一系空军、二系炮兵、三系海军、四系装甲兵、五系工兵、六系防化、七系导弹。防化工程系是哈军工历史上存在时间最短的一个系，从建系到分建只有一年多时间（没算建科时间），但分建出去后仍然是一所高质量的学校，经过几次军改后现在是全军唯一的防化兵学院。防化工程系还未搬走之前，父亲又接到新的任命——电子工程系（新四系）政委。

现在想来，我还有点窃喜，父亲要真去了长春，我就没有在育红小学与同窗们的六年友谊了。

父亲接到任命后，各类干部陆续报到，父亲又一次开始了紧张的建系工作，1961年5月各类人员基本配齐。在空军工程系和海军工程系的电子类专业基础上组建电子工程系，建系之初设雷达、导航、无线电通信、军用电子计算机、微波工程、电子对抗六个专业，成立六个专业的教研室和无线电基础教研室。

1961年8月，电子工程系（四系）成立。成立之初起点就很高，聚集了慈云桂、胡守仁、柳克俊等一批国内计算机的领军专家及康鹏等一批优秀的年轻教员。四系时期，是哈军工电子工程系各专业大发展的时期。特别是计算机专业，起源于海军工程系，成长壮大于电子工程系。

1962年3月，晶体管计算机设计组成立。1965年1月，441B型计算机在没有出现任何差错的情况下宣告成功。1965年底，441B–Ⅱ型计算机研制成功。四系年轻的教员康鹏发明的"康鹏电路"居于世界领先地位，为441B型计算机的研制做出了突出贡献。父亲后来任职的国防科委31基地就装备了一台441B型计算机，这台计算机在基地服役了近二十年，运行一直很稳定，为我国常规兵器事业的发展立下了赫赫战功。

父亲离休以后，有一次我们父子聊起哈军工学员，我说："哈军工学员里出了不少大干部。"父亲不置可否，沉思片刻只说了一句话，"出了很多专家教授"。

中国人民解放军军事工程学院从成立到改制只有短短的十三年，先后成立了九个系，分建前是七个系，分建后为空军工程系（一系）、海军工程系（三系）、导弹工程系（改为五系），加上新组建的原子工程系（二系）、电子工程系（四系），共计五个系。一所军事院校在短短的十三年，就在各项软硬件建设上达到国内一流大学水平。并且是至今为止全世界独此一家的，包含各军兵种工程技术的军事院校。

历史不会忘记，哈军工为全军现代化建设和国家的国防工业立下的不朽功勋，哈军工就是一个奇迹！从父亲的工作节奏中，我看到了那一代哈军工人只争朝夕的奉献精神。

低调的父亲

从我出生起，父亲就一直在院校和科研单位任职。有一年，我的同学邓力的爸爸邓易非叔叔来我们小学讲传统，回家后我就缠着父亲讲他的战斗故事，可父亲不讲，一直到他去世也没有给我讲过他打过的仗。

1969年12月，我参军来到吉林省军区通信营，直到我提干以后才知道，长春的16军是父亲在战争年代的老部队。通过当年16军首长，我才对父亲在战争年代的经历有了些了解。战争年代，父亲在16军46师138团的前身部队任过团政委，渡江战役时担任5兵团两个渡江突击团之一的136团团长，进军大西南时任16军48师政治部主任、川南军区48师兼泸州军分区副政委，可谓身经百战。前一段时间纪念伟大的淮海战役打响70周年，我看了16军46师战史中关于淮海战役的段落。战史中记载了中原野战军一纵一旅（46师的前身）参加淮海战役的主要战斗概况，记载了首战张公店战斗的惨烈，也记载了身为一旅七团（46师138团的前身）政委的父亲短兵相接身先士卒的情节。

“8日3时，杨俊生旅长令担任预备队的七团政委赵阳亲自带三营，由寨墙突破口跑步进村，在一团、二团之间加入战斗。敌人曾一度冲进七团三营指挥所的院落，赵阳政委率领随行警卫员、通信员和卫生员等与敌人拼开了手榴弹，终于把突入院内的敌人打退，并将敌人消灭在巷子里。”《步兵第46师战史》第699页中如此记载。父亲离开哈军工后，先后任过31基地政委、总后勤部供应部党委书记、军事医学科学院政委，他始终是低调做人高调做事。自从我走上领导岗位，父亲就时常告诫我“要夹着尾巴”，我记住了，并一直记到今天。

严厉的父亲

从我记事时开始，对父亲的印象就是两个字——严厉。父亲从来是人走灯关，他看不得开着灯而屋里没有人，说不能浪费国家的电，为这事我可没少挨训。

父亲和母亲都很忙，我与父亲的交流不多。父亲会不定期召集我和两个大点的弟弟开家庭会，指出问题、提出要求、惩罚过失。我和大弟赵晓星小的时候毛病多些，经常是我们先挨批评，然后被打手板。我们兄弟小的时候没有零花钱，看到有的同学能自己买根冰棒吃，真是既眼馋又羡慕。

我家住在小红楼39号楼，紧挨着我家住着的是空军工程系政委沙克叔叔家，往西是海军工程系主任黄景文叔叔家，最西头住着海军工程系政委（后任院政治部副主任）邓易非叔叔家。我们楼住着“陆、海、空”，父亲穿陆军服、沙苏燕的爸爸穿空军服、黄晓光和邓力的爸爸穿海军服。有一天，我突然发现邓力的爸爸穿陆军服了，当时我还奇怪好一阵子。

39号楼一共13个孩子，其中10个秃小子。军人的孩子天生就有军队情节，特喜欢玩打仗的游戏，我们几个大点儿的男孩分成两伙，一伙当红军一伙当白军。可是谁都不想当白军，只好用“石头、剪刀、布”来解决问题。我和黄晓光是同班同学，所以我们经常是一伙的。谁都没有玩具枪，家长不给买。我们就用捡的小木条每人制作一支“枪”，打起仗来高喊着“冲啊、杀呀、缴枪不杀”挺像那么回事，嘴里还不时发出“哒哒哒”的声音，也照样玩得不亦乐乎。

每到过年时放鞭炮，我们这栋楼只有邓家哥俩有点小鞭炮，只要是听见楼西头有鞭炮声，我们几个大点的秃小子立马就会冲出家门去，搞得大人们莫名其妙。邓力、邓壮兄弟俩也挺大方，会主动让我们每人放一个小鞭炮。当有人再想要时，这哥俩就会一边捂住衣兜，一边喊着“没有啦，没有啦”，现在想起来还挺有趣的。

有一年黄晓华兄弟来北京，我们闲谈中聊起这件童年趣事，满桌笑喷。按说，住在小红楼的父辈们在当年都是高工资，物价又是那么低，但父辈就是不让我们有优越感。据我当年观察，我们楼里的孩子大概除了穿军装的黄晓夏大姐，基本都是身无分文。父亲常对我们兄弟说，“你们已经过得很好了，不能脱离群众”，这句话让我记了一辈子。39号楼就是小红楼的一个缩影，也是哈军工绝大部分老干部、老教授家庭的缩影。

哈军工经过分建及改制后，我的邻居、同学们也陆续奔赴祖国的四面八方。前些年大家都退休了，联系也多起来，同学们在不同的地方、不同的岗位上自立自强，都取得了可喜的成绩。仅我知道的，如尚鲜利同学当选全国人大代表，进入国家最高权力机关，肩负重任无上荣光；胡世平同学是我国“银河”“天河”计算机课题组成员，他可谓子承父业，父子俩都为国家计算机事业做出了突出贡献。看到众多德才兼备事业有成的同学，我为发小们感到自豪。最让我喜欢的是，这是一群浑身散发着正能量、充满阳光、有趣的老人。事实证明，哈军工不仅在学员的培养上是成功的，在对子女的教育上同样是成功的，这里首先教你如何做人！

半个多世纪过去了，我忘不了小红楼各位伯伯、叔叔和阿姨的音容笑貌以及他们身上特有的哈军工风范；忘不了和我们兄弟四人（赵晓鸿、赵晓星、赵晓舰、赵晓宾）亲如一家的39号楼的孩子们；忘不了赵家孩子与黄晓夏大姐、黄晓光、黄晓非、黄晓华、邓力、邓壮、沙苏燕、沙苏滨、沙苏庆建立的兄弟姐妹情；忘不了父母常常下班晚，我进不了家门时，在好朋友、好邻居黄晓光家度过的快乐时光；忘不了小红楼里我的同学，肖燕滨、戈北雨、祝晓虹、赵滨、王小宁、刘晓明、卓小工、杜东冬、黄晓光、邓力、李琪的发小同学情；忘不了我和黄晓光、戈北雨在学习小组长刘晓明家里做作业的情景。印象最深的就是刘居英院长伯伯总是笑呵呵地称呼我们“小熊猫”。时光飞逝，中国人民解放军军事工程学院早已成为历史，但她的传人遍布祖国大江南北。我多次回到哈尔滨，漫步在育红小学、文庙街、小红楼、教学楼、军工大操场，我爱这里的一切。在这个大院里，我能感受到哈尔滨工程大学里的哈军工魂，衷心感谢“哈工程”！父亲那一代哈军工人大多都走了，但他们的精神永存！父亲和他的战友们再次集结在陈赓院长的麾下，遥祝军工六校再创辉煌！

永远的“少年之家”

哈军工子弟 吴晓明

从我家来到哈军工，我们就一直住在新红楼。新红楼是由67、68、69、70、71号楼形成的独立院落，其中67、68、69、70号楼全部住的是空军工程系（一系）的干部和教职工。在这座院落里，69号楼一楼有托儿所（收1岁至3岁的本系子弟），70号楼一楼是教员食堂，67号楼一楼是干部食堂，生活福利相当完善。院子中心是活动场地及健身器材，周边绿化得很美。可以说生活在这个院中院的我们是很幸福的，因为我们是听着军号长大的孩子！

每天在大家上班、上学后，这个院子里便相当安静，只有在下班、放学后，院子里才充满了生机活力。尤其是在下午放学后，我们几十个无人看管的小学生就活动在院子的各个角落。上树的、爬房顶的，弹玻璃球的、斗鸡的、跳皮筋的、打沙包的、跳格子的，一言不合吵架动手的……天天都有“战事”发生，常常是家长下班刚进家门，哭泣告状的也进来了。

为了解决干部教员的后顾之忧，空军工程系专门在67号楼一楼东边开办了“少年之家”，抽调了两位工作人员担任辅导员——一位刘叔叔和一位范阿姨来管理我们这些小学生。

几十年过去了，我只记得辅导员叔叔一讲话就会脸红，小范阿姨很活泼，特别爱笑，两位真是我们的好家长！

系里给“少年之家”添了很多适合各种年龄阅读的书籍杂志，以及简单的手工模型。每天下午4点至晚8点开放，放学后的我们进了“少年之家”要先完成作业，不会、不懂的地方，叔叔阿姨会进行辅导，我们也会互相帮助。完成作业后才能开始活动，阿姨会和女孩子一起跳皮筋、打沙包、跳格子、翻绳子，叔叔会和男孩子一起打篮球、翻单杠、斗鸡、弹玻璃球。在叔叔阿姨的看管下，我们很少再发生事故和“战事”。除了玩耍，“少年之家”的孩子还会有组织地唱歌跳舞，每当系里的叔叔或者阿姨结婚（都是晚上在大食堂里），辅导员就会带我们去唱歌跳舞助兴（顺便要喜糖吃）。

寒、暑假时，“少年之家”上、下午都开放，辅导员会请伯伯、叔叔们给我们讲打仗的故事。就是在“少年之家”，我才知道了红军长征、打败日本侵略者解放全中国的整个革命历程。

“少年之家”也教了我们许多科普知识，叔叔阿姨会给我们做简单的化学试验，放科普幻灯片，让我们在图表中了解农作物的生长过程，他们领着我们打扫院落的卫生，逢年过节还会组织我们联欢。

在辅导员的帮助下，我们“少年之家”里的男生女生关系特别好，别看在学校男生女生谁都不理谁，一进了“少年之家”，我们就成了一家人，男生会帮女生爬树挂皮筋，冬天会帮忙磨冰刀做滑板，女生会帮男生用玻璃丝编钥匙链，我们还会一起扔土块石头跟栅栏那边的孩子打架，我们互相之间谁也不叫哥、姐，而是连名带姓或是用小名称呼对方，虽然没大没小，但真的很亲切！

由衷地感谢“少年之家”，将我们这些年龄不同的男生女生集合在一起，互助互学、互相了解，增进了友谊、加强了团结！

“少年之家”一直到1966年哈军工集体转业才正式停办。

我们的“大家”散了，但我们空军工程系的孩子们却永远记住了这个“少年之家”，这个家的友谊是长存的。几十年后，当我们头发都已花白步入老年，在“少年之家”的友谊依然未断，是这个家让我们交到几十年联系不断的好哥们、好闺蜜。正所谓：曲终人散情未了！

感谢哈军工的领导！感谢空军工程系的领导！感谢当年辅导我们的叔叔阿姨！

怀念你——我们的“少年之家”！

怀念你——我们的新红楼小院！

怀念你——我们的哈军工大院！

哈军工精神永不倒！